荒　门

——徐刚散文

徐　刚／著

作家出版社

徐刚 崇明岛人，世代农人之后，毕业于北京大学中文系。青年时期以诗歌、散文成名。著有《徐刚九行抒情诗》、《秋天的雕像》等。其作品曾获中国图书奖、首届徐迟报告文学奖、首届中国环境文学奖、冰心文学奖、郭沫若散文奖等。自1987年始，潜心于中国生态文学写作，由森林而土地而江河，行走于大漠荒野，对勾勒史前荒原更为情有独钟，已成之书为：《守望家园》、《中国：另一种危机》、《中国风沙线》、《大地书》等。

《荒门》实为其由伏羲神话而三江源而大荒漠，是综合历史文化、生态文明之结集新作。

徐刚

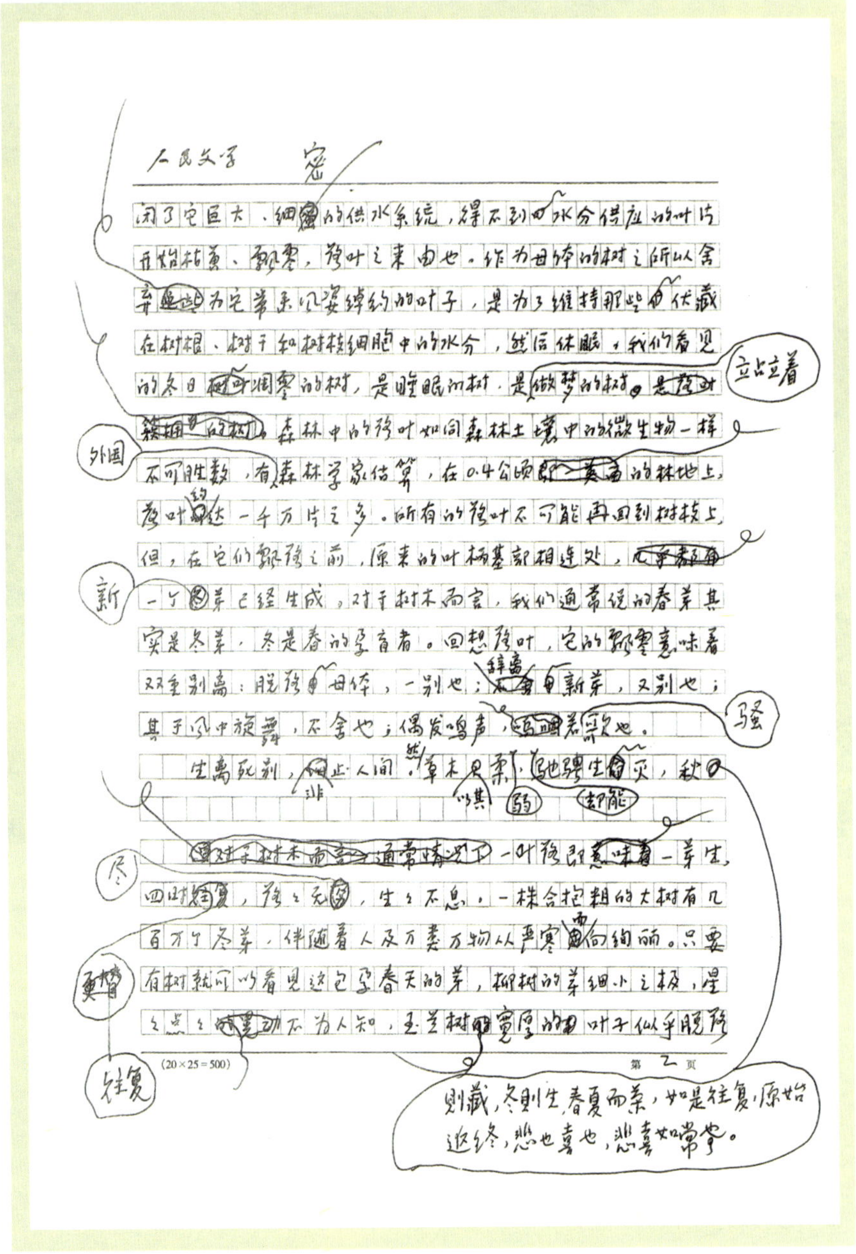

人民文学

闭了它巨大、细密的供水系统，得不到水分供应的叶片开始枯黄、飘零，落叶之来由也。作为母体的树之所以舍弃曾为它带来风姿绰约的叶子，是为了维持那些伏藏在树根、树干和树枝细胞中的水分，然后休眠。我们看见的冬日凋零的树，是睡眠的树，是做梦的树，是站立着的树。森林中的落叶如同森林土壤中的微生物一样不可胜数，有森林学家估算，在0.4公顷的林地上，落叶约达一千万片之多。所有的落叶不可能再回到树枝上，但，在它们飘落之前，原来的叶柄基部相连处，一个新芽已经生成，对于树木而言，我们通常说的春芽其实是冬芽，冬是春的孕育者。回想落叶，它的飘零意味着双重别离：脱落母体，一别也；辞离新芽，又别也；其于风中旋舞，不舍也；偶发鸣声，骚者歌也。

生离死别，非止人间，草木虽以其柔弱，生灭却能，秋则藏，冬则生，春夏而荣，如是往复，原始返终，悲也喜也，悲喜如常。

一叶落而一芽生，四时往复，落落无尽，生生不息，一株合抱粗的大树有几百万个冬芽，伴随着人及万类万物从严寒而向绚丽。只要有树就可以看见这包孕春天的芽，柳树的芽细小之极，星星点点，无声无息不为人知，玉兰树宽厚的叶子似乎脱落

(20×25=500) 第 2 页

作者手迹

沙洲芦荡、江河源区，
及上古荒原，
最先的地，
最初的人，
最早的王，
历史留下了大块空白，
你当想象
其中的涌现，
荒门、宁静与神圣。

——题记

目　录

第一辑

沙岸之门

梦想岛

梦想堆砌的岛，我的岛，崇明岛。

坐夜班船回乡，半个多小时的航程行将结束，我站在船舷旁，在扑面而来的江风波涛中望着，我的岛在暗夜中如一只卧蚕，自西向东静静地置身在三面江涛一面海浪中，那是一种怎样的怡然自得、大彻大悟！既然已经周遭都是波浪了，何不听那涛声的吟唱和妙语呢？假如命运注定要漂泊，那就漂泊，但倘若心是稳固的，也就稳固了，况且还要作茧自缚。那茧的丝丝缕缕曾经衣被江南，还可以牵挂，牵挂不也是一种稳固吗？也有人说崇明岛像一只先祖垦荒时失落的草鞋，我忽而想起了海德格尔在《林中路》中对鞋具的描述，是的，没有谁比这只草鞋更知道拓荒者的艰辛了，光脚穿着草鞋从泥泞的大芦荡里踏出一条小路，这草鞋里凝聚的是梦想的碎片，有春天崇明岛上的油菜花瓣，有冬日荻花的茫茫飞絮，有蠕动的脚指头和脚底涌泉的余温。而这草鞋的鞋底下是一条多长的田埂路啊，春种秋收，挑泥做岸，我们的先人就这样以走路和负重的方式，走着自己的一生。也有回家的温馨，草鞋脱下了，换上布鞋，如果是冬天，家酿米酒温热后的芳香能把小鸡小猫都吸引到主人的身边，一盏如豆的油灯点亮了……

“人辛勤劳碌，但诗意地安居。”（海德格尔语）

只有风声、雨声、夏夜的虫鸣声、偶尔传来的狗叫声，还有便是涛声了。儿时，涛声仿佛就在枕边流过，我经常做的一个梦就是我睡的那张小小的床、我们家的那两间茅草屋都变成了船，在长江里漂流着，一个船队，还有我折过的承载着梦幻的几只芦叶船。

我的故乡我的岛，我总是以这样的回想走进你的梦想中，回到我的童年，回到我童年时就已经守寡的母亲身旁，只是在此时此刻，我才明白并参加了我的诞生，生命、孤独和诗的萌芽的诞生，寻找已故去的父亲而从小为自己编织的梦想的诞生，看着母亲劳碌愁苦的感激之情的诞生。

我是这梦想之岛的农人的儿子。

这个沙子一粒一粒沉积的岛，也是梦想一层一层堆砌的岛。可是梦想之初又在哪里？又是什么？长江已经流淌亿万斯年了，长江在流出之初便挟裹着上游中游的泥沙浩浩入海了，谁能说得清这最初的沉积发生在何时何地呢？人所看见的也就是表象了：在唐朝武德年间（公元 618 年至 626 年），长江入海口有两个沙洲出露水面，时名东沙、西沙，这是崇明岛最早的乳名。

我苦思冥想，那最初露出水面的东沙和西沙上晃动着的芦苇群落，该是梦想的底色吧？那些野鸭及白天鹅便是梦想的翅膀了。有渔船过往，也有渔人把好奇的目光投向东沙和西沙，人的脚步总是犹犹豫豫的，70 年后人的足迹才踏到了这两个小沙洲上。此后的 1000 多年间，又有新的沙洲涨出，又有新的芦苇出生，但，东沙和西沙及别的小沙洲纷纷坍塌，这个时生时灭的过程最终使崇明岛连成东西狭长的一片，也告诉我们：崇明岛绝非瞬息之作。

梦想也曾坍塌过，梦想落进了波涛中，梦想回到江海便是梦想的永生了，但梦想总是冲激着崇明岛，那些新生的沙洲一旦出露便沉浸在梦想中了，在江与海之间，在水与沙之间，像芦苇一样密集地生长，像露珠在狗尾巴草上流动，像渔网里捞起的晨曦和月光，像风吹过农家的竹林，像雨点落在田埂路上。

一次又一次，面对大芦荡，我轻轻地吟哦着：曾经朝夕相伴，你无言的辽阔与苍茫，一如生命的终极猜想，当深秋时节，荻花如霜，你面对旷野白发苍苍地守望，如同我白发苍苍的亲娘，难道说守望的神圣就在这无边无际、无言无声中吗？我是踏着你的泥泞小道到处流浪的啊，大芦荡，我的富有是因为我带走了青枝绿叶的梦想。在江海之间，当潮汐搅动整个大海，有一只芦船从星空下返航，谁也不会告诉我它几乎倾覆以及没有沉默的故事，就这样搁浅在沙滩上，等候着冬天的雪，等候着在那飞飞扬扬的梦想中的一次白色的殉葬，成为泥沙，回到本源，然后托起天使的翅膀，为一对大雁的爱巢奠基，和大芦荡一起，架构一个野性的天堂。

不知道有没有老去的梦想？但，我在崇明岛的东端，在东海的每一次潮汐过后，都能清清楚楚地看见新涨出来的一层大约一个铜板厚的土地，崇明岛就这样以每年两万亩土地的速度日长夜大，这是不是新生的梦想？

这是新地。

这是湿漉漉的新地。

这是沧海桑田的最新明证，它确确实实地告诉我：沧海桑田是眼前的现实，尽管沧海桑田这一词语本身包括了地球海陆演变的一个过程，从此一意义上说它已经十分苍老了；但它又是年轻的，因为这个过程波澜壮阔地演变的年代虽然早已过去，但过程本身并没有结束，人类寄居的这个地球依然是动荡不安、瞬息万变的。

你要看沧海桑田吗？请到崇明岛来。

现在我终于明白了：有的梦想就是现实，比如沧海桑田。有新地的海陆边缘荒凉着，简直可以称为荒野，但这只是人在自己固有价值观下的判断，那荒野湿地已经是地球上不可多得的宝地，崇明岛东滩湿地是国际上知名的候鸟保护区，不仅是中国的候鸟，还有日本、澳大利亚等国家的候鸟都在这里起起落落，这里的生物多样性在人所并不确知的野生世界中，可以称得上是极乐王国。缘于此，崇明岛上层累叠加的梦想，又多了一层野性的色彩。

崇明岛上的农人把春播秋收的农家活称为“种花地”，细细品味“种花地”这一词语的诗性，以及农人和土地之间的亲密关系，我似乎稍稍领悟了什么是“诗意的安居”和“艺术的生存”。各种各样的种子由农人精心耕作、撒播到地里之后都会开花，于是，沉寂的土地成为开花的土地，这花既意味着收获，也是土地和农人之间的相互赞美。蚕豆花带着小黑点，楚楚动人，芝麻开花节节高，丝瓜花、扁豆花、黄瓜花、茄子花，房前屋后的牵牛花、鸡冠花，无不各有姿色。岛上的农人在冬天的冷雨寒风中种油菜，一棵一棵地把油菜秧种到地里，往往会把手冻僵。然后是白雪覆盖——这几年崇明岛上已经很少下雪了——谁能说得清楚油菜为什么一定要度过这个严寒的冬天才能开花结籽？当春二三月，油菜花开时，崇明岛上十里、百里、边边角角，一派金黄的世界，你只要随便往地头一站，便是满眼的金色扑鼻的芳香和成群结队闻香而来、踏花而归的蜜蜂！

这不是花地吗？

这不是诗意吗？

农人从地里的田埂路上走过，他们什么也不说，脸上会有笑意，油菜花将要陪伴他们走过又一个繁忙而辛劳的春耕季节……

这时候，在泥沙一层层堆砌、梦想也一层层叠加的崇明岛上，这梦想又有了花的色泽芬芳，正是在我的故乡，我敢大胆断言，梦想是有色彩、有香味的。

我少不更事的年代，不少时间是在大芦荡里度过的，而在大芦荡里捉螃蟹，是从小练就的功夫，如今一想到蟹肉蟹黄的美味，就恨不得插翅飞回岛上。

螃蟹是崇明岛东滩的又一种野生资源。

有朋友问我，螃蟹与梦想难道也有关系吗？我的回答是肯定的，它们在崇明岛东滩波澜壮阔地传宗接代，它们溯流与回游，带给我们的不仅是人间美味也是千古佳话。造物主赋予螃蟹的是绝对谈不上美丽的外壳，然而它的生殖力、生命力，它的浩浩荡荡而又在游走中度过短暂的两个秋天的生命过程，难道还不能给我们的梦想，增添一层薄薄的凄冷之美吗？

幻想大约都是天马行空。

梦想的一种则是横着爬行的，在水中，不霸道。

有多少梦想需要呵护，我的岛，崇明岛。

2002年11月于北京

沙的门

有些感觉要从回想中捡拾。

少小时代，母亲和乡人都说崇明岛上下八沙、四面皆水，心里便怦怦然：周遭皆水，沙能成地？又怎能逃脱灭顶之灾？但家乡贫穷而安然，农人种地，鸡鸣于野，大狗小狗狺狺地在田埂路上来回逡巡，似无水淹之虞。记得夏秋时节岛上豪雨不断，伴有风暴，我曾目睹河边一棵大杨树被连根拔起，正好横卧在小河之上，成为独木桥。我好看雨，这几无穷尽的倾泻，在地上溅起水花，在河里激出涟漪，把芦苇叶子吹折得来回飘摇，天地难分，一片迷惘。因为是茅草房，母亲和姐姐忙着以大盆小罐在屋里捉漏，我却不让关门，只顾看雨，倘有雷电轰响、裂空，便更加兴奋。偶尔还会冲出门去，被母亲抓小鸡似的捉到屋里，门关上了，天门、地门，众妙之门……

童年是幻想和追问困惑最多的年代，农人撒下的种子为什么会变成青苗？看着母亲在棉花地里除草松土，这绿茵茵的棉花秧，怎么就开出了白如云朵的棉花呢？如此等等，不一而足。于今想来，稚气童真的追问，才是关乎本真、本源的追问，只可惜童年如此短暂，人要长大，读书受分数考学之困；劳动有体力和重负之累，更遑论所谓市场经济的今天，举世滔滔皆言利，谁还去问风从何来？

雨从何来？星星为何眨眼？月亮因何圆缺？群山何以兀立？江河何以奔腾？我们都曾敲响过大地之门，只可惜后来戛然而止了！记得我读初小时经过一个小镇，小镇以石板铺路，石板之间有小草探头，小镇上最吸引我的一是榨油墩子的小铺，可以闻香；一是茶馆有人说书，我会倚在门口听一会儿，说书人正好说到孙悟空一个跟斗翻到了南天门，心中窃喜：这南天门，莫不是天上的门、风雨雷电进进出出的大地之门？

要回想，在回想中删繁就简，让时光倒流，重新沐浴在天真无邪中，用心灵去触摸你曾拥有的最初的惊讶、最初的疑问、最初的风景。倘若这一切又发生在深山野岭、穷乡僻壤，则更是何其幸运！当我们把人生之“最初”与荒野相嵌相接时，那门，那天地之门，自然之门，似乎隐约可见了。

现在我知道了，我的内心之所以荒凉，是因为我从落地在崇明岛西北角的沙洲乡村起，荒野的气息已将我弥漫其中。乃至学步，便与马斑草、花被单草为伍，如同蜘蛛网一般的小河小沟旁一律是芦苇，夏日绿到青黑，冬日芦花似雪，长江北支的涛声从我的枕边流过，湿润着我儿时的梦。生活在清苦和宁静中的崇明农人，把翻田、耕地、插秧、挑粪、收割等等一切繁重而又简单重复的劳作称为“种花地”，这一词语的创始者不是文人而是农人，它蕴含着农人的襟抱和田野的诗性，日复一日、代复一代的劳作，是为了让土地开花，开花之地亦是家园之地。

不要说这一切与荒野无关。崇明岛是长江入海口的河口冲积沙岛。大浪淘沙，拣选也；泥沙沉积，倦游也；层垒叠加，相和也；沙洲出水，玄妙也；崇明沙数，般若也。其成陆之初，造物赐予的最美、最可宝贵之物便是芦苇，成群成片成荡；又集结起各种飞鸟，舞以千姿，鸣以百态；芦荡底层杂草丛生，又有淡水咸水因为潮涨潮落而流窜其间，成为天然河形港汊，有小鱼小虾，有蟛蜞螃蟹，满目荒野而万物欣欣矣！

崇明岛的每一寸农田、每一块土地，都是经农人在大芦苇荡边缘垦拓而成，刈芦苇挖芦根，耕田翻地，表层淤泥肥沃，芦苇落叶伴有鸟粪化成，淤泥下便是沙土层。崇明农田，沙田也，又分高低田，低田则水稻，高田者棉花；芦苇搭成笆墙，农舍也；芦苇燃出火光，炊事也；芦花垫于鞋内，取暖也；芦叶卷成芦哨，稚子之乐也。荒沙举目可视，风景唾手可得，荒野的气息深埋于地下，飘举于芦叶，流淌于河水，包裹于籽实，弥漫于崇明岛上的风和空气中。

余农人也，荒野之子也！

少小时一直想，芦苇是怎么长起来的？何来种子何来根？冬至后，农人掘沟挖泥，一是为了疏浚河道，二是为了积肥，掘出来的河泥又黑又亮，堆砌沟河畔，到开春时再挑到麦地，铺匀、拍碎，那时不会想到土地因此肥沃的话题。小伙伴们奔走雀跃的是在河泥中捡拾芦根，雪白的芦根，鲜芦根也，又脆又甜，冬日的农家水果。然后是大雪纷飞，上学路上经常一脚踩空便滚到河底，把自己滚成一个雪人。及至放寒假，便终日与冰雪做伴了，还有风，好大的风，如是夜间，风从茅屋的笆墙间过隙穿缝，会发出尖厉的叫声，类同芦哨，总之是一个冷字了得！天明开门，风已停，水成冰，村落和田野、树木、干枯的芦苇，尽为立雪、卧雪，农人很高兴，雪兆丰年。我的困惑是，雪压麦苗、油菜，不会冻僵吗？母亲说，雪是被。想起春天的花，夏日的草，对于一个严寒季节的来临，总是困惑。农人中有读过一两年私塾的会在田边地头，一边看雪一边感叹："秋收冬藏啊！"

冬藏什么？是我家里过冬的粮食吗？是，又似乎并非全然。那么，冬天大概是把田野和地底下的种子藏起来了，连同那些青苗，还有成群结队的蚂蚁，春日放水开田时会自己爬到路边的蚯蚓，冬则藏也。那时就连鸟叫声也难得一闻，秋日田野中可以遮云蔽日的麻雀大队，只有稀稀落落的三五只在场院雪地上觅食。回想起来，那如吟如唱的喜鹊的鸣叫，是寂寞寒冬时最让人心生快意的了。有两只喜鹊在我家门前的老杨树上做窝，母亲说这是雌雄一对，它们衔起树枝、柴草，再往老树的高处飞，中间停顿三次，一鸟衔枝之重负，类乎愚公移山。然后搭建，然后鸣叫，然后又衔枝、再衔枝，一个喜鹊窝像圆球状的堡垒，其枯枝断梗数以千万计！乡人对喜鹊情有独钟，为其鸣声，亦为其辛劳，农人感同身受。母亲有明令："不能掏喜鹊窝！喜鹊衔一根树枝就会滴一滴血。"我每见喜鹊便肃然起敬，由此而始。

过了正月十五，田野冰消雪融，重见绿色的时候，就连在田埂路上不知因何忙碌、来回的大黄狗，也会嗅而又嗅土地的清香，这个时节，除了越冬庄稼，田边地头，会蓬勃而生一种野菜——荠菜——清香可口之美味。村里的男童女童人人手挽竹篮，执一小斜刀去挖荠菜。但农人不用"挖"字用"挑"字，盖因荠菜细嫩，又长在小麦地里，轻挑即可，万不可伤及小麦。一"挖"一"挑"，有轻重、粗细之分，有爱意，吾邑农人选择语言之精当、美妙，可见一斑。荠菜馄饨，至今还是崇明岛美食之一，不同的是野生荠菜已少之又少，而代之于人工种植，色香味差之已远！野生野种的日渐消亡，说明我们的土壤及生态环境的污染与恶化，所谓可持续，不仅关乎人类，也关乎野生野种。

荠菜的出现与世世代代农人的享用，不能不使我想起，我们的土地曾经如此肥沃，如此富有！这一片由荒野开拓的田园中，除去农人种植的五谷杂粮之外，那野生的荠菜、马兰头等等至少百十种可以食用的野菜的最早的种子，是谁播撒的？还有那些不知名的为田野缀成花边的野花野草，自生自灭，复生复灭，它们肩负何种使命而只是娴静地、在农人劳作的路边开花微笑？土地，聚沙而成的沙地又有何等的伟力、神通，长出那么多的植物，开出那么多的花，掩埋那么多的种子，而成为我们的衣食之源？神圣啊！完美啊！宁静啊！谁能告诉我其中的秘密？

清明前后，田园皆绿，小河水满，游鱼相逐。唯河沟两岸仍为空白。牵挂着芦苇怎样生芽葆青，我与小伙伴们一次又一次地寻搜河畔。一个早晨，看见出土的芦芽了，羞怯、茫然地面对着地上的世界。新芦出土，对于这块土地及其上的乡村而言，如同节日一般，老人会叮嘱小孩："小心踩了芦芽。"狗用它们的鼻子捕捉春的气息时，在芦芽周遭嗅个不停，偶尔，伸出舌头舔一下。而大公鸡一身盛装地巡视时，会啄食芦芽，于是我们便轰赶，有一次把鸡轰到了小河里，无计可施时，它又湿淋淋地扑到了岸上……

观察芦芽怎样生长的最佳时间，是夜晚刚刚过去的清晨，每一天都会有变化，长高了，变青了，面对春风细雨，你望着它，它也望着你，对这一处曾经是属于它们家族的土地，非但不再陌生，而且渐渐地以王者姿态亭亭玉立从生连片，成为旷野之中野生的旺族。其秆细长中空，其叶宽大肥厚，网络似的芦根稳固着河岸、田地，芦叶则为鸟雀、山羊和游鱼遮风挡雨。盛夏酷热，当我们去摘芦叶折芦叶船时，但见群芦似带，高高在上，小河流到哪里，芦苇带便延伸到哪里，纤纤风骨，摇曳自在……在故乡沙洲的芦苇面前，我是个孩子，永远是个孩子。

崇明岛的夏日火热而漫长。农家搭建于河沟边上的淘米洗菜的水桥，是个好去处。坐在水桥上，水的气息，清凉的气息浮于水面，伸手可挽；芦青——乡人对青芦苇的称呼——触手可及。屏息静气，尽量不要去惊扰河水，沟岸，在唯有天籁之音的时刻，小河之中，芦苇掩映下的两岸，生命涌现出丰富多彩。青虾不知为什么，会游出水面，驻足于芦苇的根部或河岸，水中的鱼层次分明，浮游于水面的是小鱼，小鲫鱼，以尾划水，机敏灵动，好集群，好嬉戏，首尾相逐，会弄出一圈又一圈的涟漪水纹，这水纹由小而大，成圆形，扩展再扩展，触岸而消散至无形。再一圈，往复如是，不知道这是鱼的游戏呢？还是水的欢乐？最有趣的是小鱼追逐芦叶船，鱼之天真童气也，也会把芦叶船弄翻。最开心的是芦叶船顺流而下，直到视线之外。不要说芦叶船空无一物，它搭载的是童子的一个梦。至于芦叶船的倾覆，如同小河里曾经淹死过孩子一样，它也多少有些无情地让少不更事的我目睹了载浮载沉。

芦苇的命运，就是小河流水以及土地的命运。

自 20 世纪 80 年代初，大量的农药、化肥施放，崇明岛上数以千计的饮用、排灌的河沟一律被污染。当我重回故里，寻找我的芦苇、我的芦叶船时，已经满目凄凉。乡间楼房多了，河沟死亡了，流水成为死水、污染之水，野菜、野草也几乎灭绝。没有鱼，没有芦叶船。有零落残存的芦苇，在污染的河岸边挣扎到枯焦。我知道，如诗如画的田野已经不再。污染水便是污染一切——野草、土地、乃至人与万类万物！仿佛听见了施洗约翰的呼告：“人啊，你要悔改！”

有多少风景只能从回想中寻找。

花前，月下，穷乡僻壤的花前月下，不仅多了几分苍茫与自由，还有更多的花，知名的如凤仙花、鸡冠花、水仙花，崇明水仙种于地而不是养于水，农人绕宅而栽，芬芳扑鼻，香气如阵，更何况家家门口桃花、梨花，连绵十里百里的油菜花；更何况不知名的小草小花；更何况河沟两岸的芦苇带，在星光月色下朦朦胧胧，影影绰绰，似静非静，似动非动。此情此景在我读到中国画以前，这水墨似的浓浓淡淡，便烙印于心，流淌于血了。而少小时听说也为之心动的村子里男人和女人的所有风流故事，不在芦苇丛中，便在菜花芬芳的油菜地里，美哉！妙哉！

崇明岛西沙和东滩的大芦荡还在。西沙芦荡，翘首而盼者，长江西来之水也；东滩荒野，苍茫相送者，长江东流入海也。

春日，荒野寂寥，一根又一根一片又一片新芦出土，悄无声息，所有的嫩芽都已经指向天空了。夏至，东滩芦苇荡的绿色，隔断了大堤上看海人的视线，一层一层一重一重的绿浪，厚重宽阔，从坝下涌向东海，其色，可与海之蓝媲美；其声，则与涛声共鸣。海鸥间或飞临芦荡，欣欣然亦茫茫然，其迷路也夫？鸟雀不去穿越波涛，立于芦梢而观沧海，其高瞻者也。秋之初，东滩荒野，芦叶仍不失肥美，至秋深，大芦荡先瘦后黄。潮来时，摧折淹没，守护家园；潮退后，屹立依旧，风光不减。到严冬，芦花怒放，东滩皆白。无风时如立雪，有风起则飞扬；虽然萧瑟，依然绰约；终归零落，蛰伏而已。乾坤互转，阴阳相荡，一元复始可待，天长地久可证，而东滩荒野与东海镶嵌处，在江水海浪的托顶下，泥沙淤积，新地出露，依然是沧海桑田啊，神圣的风景。

面对东滩，恍若隔世，大芦荡在摇曳中吹去了我心上的风尘，在如沐天恩的宁静中，我想说芦苇、芦荡、荒野不是精神，却给人以自立、自强、生生不息的启迪，此非精神乎？或可说人类内心深处所有的崇高、美好的精神，无不来源于大自然，山也、水也、树也，芦荡沙洲也，爱默生说得好："精神乃自然之象征。"

荒野不是一无所有，而是无中生有之地，荒野通常的定义是：自然法则统治下而不为人类活动干扰的一处地域。在美国自然文学中，则往往以"壮美"形容荒野。"韦伯斯特词典有'壮美'一词的解释：崇高、尊贵、庄严；那种被宏伟之情所激起的敬畏之情"，也有学者引申壮美为近乎"悲壮"之美，"带有痛苦的思绪比通常意义上的欢乐要有力得多"（程虹著《寻归荒野》47页）。查《周易》，十四卦为《大有》"应乎天时而行，是以元亨"，元亨，大亨通也。三十四卦为《大壮》"正大，而天地之情可见矣"，"大者，壮也"。壮美、悲壮、大有、大壮，应乎天时，人易而得之，有天地之情，得"亨通"、"正大"，利贞而吉。君不见，中西文化于源头处，相通相接，相得益彰。

大地之门，在崇明沙岛则是沙之门，应于天，存于地，野草发生，五谷结实，保有根，保有种，其门无处不在无所不往，揽风雨，纳冰雪，藏野种，农人履之，鸡狗践之，进门出门，其乐如何！自今，水泥丛林的城市正向着农村田野扩展，混凝土搅拌机以粉碎自然为乐，大地水泥化，人心水泥化，大地纷纷退隐。大地之门只有在尚未拍卖开发的荒野，依然开启着。读者诸君啊，让我们一起默诵梭罗的话："只有在荒野中才能保护这个世界。"

在荒野，在沙岛，在同为大地之孩子的高大细小的植物之间，我感受着无穷无尽的平和、宁静、优雅与智慧，以及大地的蛰伏与奉献，没有卑鄙，没有虚假，没有暴戾之气，"礼失求诸野"，"野"在何方？

忽然想起庄子所说“圹垠之野”，“无何有之乡”，此非野乎？此非荒野乎？在庄子奇绝古今的妙构佳想中，因为自然之道，庄子至今仍是鲜活的：“……乘夫莽眇之鸟，以出六极之外，而游无何有之乡，以处圹垠之野。”

要有感激和敬畏，每一只小鸟都是天使的翅膀，每一根野草都是期待的亲朋，每一种花朵都是打开的爱与甜蜜，每一条河流都告诉我生命就是走在路上。泽畔，荒野，芦花纷扬中，有伊人，有庄子，驭长风，出六极，悠哉游哉，“取红花，取月明，与尔共鉴长久人。”

在时间的地平线上追问一粒沙、一根芦苇，感觉风与波涛，我是今世之人，它们来自远古，在思的悠忽中相遇于门，是有作品——敞开的大地荒野。如同一切完美的作品一样，它只属于远古，那个无法得见，却能感觉其涌现的时代。

沙的门。

2012年中秋，北京

一苇斋

梦 游

又一个梦中，我回到海边，残破的贝壳花边一样点缀着岸线。在海潮冲洗后，一望无际的破碎的连接，是湿漉漉的摄人心魄的美，不知道它们是怎样破碎的？也不知道它们为什么排列成这个样子？梦里没有书，便读贝壳：

> 我永远在沙岸行走，
> 在沙土和泡沫的中间，
> 高潮会抹去我的脚印，
> 风也会把泡沫吹走，
> 但是海洋和沙岸，
> 却将永远存在。（纪伯伦）

我在梦中窃喜，生也有涯，风烛残年的我，又一次地与永远存在之物，相望相闻了。

假如我以为从此自己也可以永远存在，那将是我的无知，社会学家可以探讨的一个话题是：人世间有多少夭折，谁会去追问夭折？多少小生命一声啼哭之后便匆匆归去，他们的偶一露面就是为了这仅有的一次鸣号吗？所有悲壮，孰能与之相比？

那贝壳中的细小者，应是他们的灵魂了。

假如回到海洋，还有重生之机吗？

涛声涌来，谁也不知道涛声是喜是悲，或可说喜者闻之，乐也；悲者闻之，愁也。

我问涛声，其大声，其轰鸣，其不绝如缕，而从无间歇者，为何？其浪花，其飞溅，其海水为蓝，而水花似雪者，为何？

涛声，歌者舞者也，长歌善舞而不答。

有更大声如雷贯耳，甚至能看见梦在颤抖，浪花壁立，巨高，白发飘飘而眉目不清，举手投足，恍若“不知有汉，无论魏晋”之桃花源中人也。

未入先世，焉知是祸？置身当下，焉知是福？汉与魏晋，“城头变幻大王旗”而已。时世为轻，田园为重，“归去来兮，田园将芜，胡不归！”“富贵非吾愿，帝乡不可期。”还有多少人“植杖而耕耘”？

一个拾海的老人，倚礁石而坐，望海。

老人身边是一堆从沙岸上捡拾的泡沫塑料，瓶子，还有一只草帽，几根火柴梗。

老人告诉我：“地与海不干净的时候，人心肯定是肮脏的，肮脏至极。”

老人问：“倘能返老还童，你想做什么？”

“我想折芦船。您呢？”

“我要做球童。”

老人是个失地者，他的地，开油菜花长稻子的地，已成为高尔夫球场。

礁石哭了。

老者又问：“你因何而来？”

“梦中到此一游。”

“原来都是梦。”

我又恳求，把那几根火柴梗送给我。我记得年轻时，曾经把火柴擦燃，再置于波涛，嫩火纷纷熄灭，火柴梗落荒而去，今又重逢矣。

“请便。”老人走了，礁石随之，那黑色的礁石原来是一只黑色牧羊犬，狺狺然为老人探路。

现在，我的沙岸又彻底空旷了。

目送拾海老人的背影时，大芦荡也隐约在望。

我想寻得一根芦苇，让美妙生根站立。

我走进芦荡，便迷失于芦荡，便消散于芦荡，我急着想认识自己，却不认识自己，找不到路。仿佛是在一对翅膀的引领下，我才回到了沙岸与涛声之间。

有一根芦苇如影随形，摇曳于前。

我并没有带走它，可是我已经把它带走了，或者竟是它把我带走了，我在大芦荡中迷失时，已把大芦荡摄入心中，我摄入的是一个完整的大芦荡，然后从心里吐出，却成了一根芦苇。

这不是完全的大芦荡。

这是更加完整的大芦荡。

古希腊德尔斐神庙有名言：“认识你自己。”

克尔恺廓尔，这个伟大的哲人说："选择你自己。"

我在梦游大芦荡后的感慨却是："迷失你自己！"

面对大芦荡汹涌如海浪的激情，你深入其中，体验泥泞；体验无路可走而又必须走出一条小道的感觉；体验大芦荡底层野草、蟛蜞及所有小生命的生存；体验植物感情的倾泻；你迷失，却又清醒地认知，倾泻激情的大芦荡怎么可能没有思想？抵挡海潮，守望家园的大芦荡，虽有摧折，依然屹立，岂可以脆弱言之？

所以你要迷失。

迷失是发现真谛的一条你自己走出来的小路。

曾经迷失，认识了自己：人算什么？人说了那么多正确的废话之后，江河污染，土地消失，思想贫困，泥石流又掩埋了18个云南山里的学童，混凝土搅拌机正在剥蚀并搅拌灵魂，并且轰隆隆地宣称，你无法认识你自己，你也不能选择你自己。

其实，我一直在迷失中，只是梦里的胡思乱想，却不敢铺陈在光天化日之下，怕被人当做疯子，送到精神病院，在吃药与昏睡中了此残生。便做梦，便夜游，与沙岸沙子为伍。如此细小的沙子，其聚集，可以成岸成洲，丈量沙岸的人，你为什么不去丈量一粒沙子？有沙漠研究者称一粒沙子的直径为0.025毫米，沙小矣！可是没有这一粒又一粒的细沙，何来沙岸之高？沙为大，岸为小，得大自在者，得沙也。

迷失于沙迷失于小，渺小自己，得到了安全感，甚至会作歌，歌之曰：高山仰止，细沙赞之，小大由之，乐何如之！

拾海的老者又飘然而至，但不见黑色的牧羊犬，不见了那柔柔的充满着与人沟通交往的美丽的眼神。

老人告诉我："它要去巡视大地。"

老者给我带来了一盒火柴，倘若夜深梦冷，可以枯枝杂草为篝火取暖，"但，你不要企图去点燃大海。""火不能太旺，悠悠燃之，可得长久。"

老者还说："你写了很多书，打动我的有三句话，'雨吻和雪吻，哪个更销魂？'；'假如告别，心灵微笑，拈一朵野菊花'；'星空啊，你因为忧郁而美丽。'"

诧异时，老者已不知去处。

于是拾柴，点燃篝火。席沙而坐。

海潮汹汹，涛声大作，星空明亮，我头顶的星空啊，天恩的千丝万缕绵绵而垂，包裹沙岸上的每一粒沙子，还有我，这一沙一世界中一个微不足道的人。当此惊叹与敬畏时，我想也许能够听见先哲的声音。星光月色下是"空"，"空"到"无"，静极，一切尚未发生，一切正在发生，星云变幻，无中生有，无用之用……

突然有一个"麦克"不知从何处飞到我的眼前："你幸福吗？"

"我在做梦。"

"你是做幸福的梦呢？还是幸福地做梦？"

"我脑残！"

黑色牧羊犬兴冲冲地走来，衔着一枝芦花，踮起后腿和我拥抱，把芦花放到我的手里，默默地注视我，在篝火的金辉中，我知道它奉命而来，想跟我说什么，当语言被省略，一切都只是以双目顾盼时，能体验深邃。

牧羊犬晃动着尾巴，牧羊犬的尾巴晃动着沙岸，晃动着冲击浪，晃动着海天相接处的地平线，晃动着梦。

我举起芦花，我的旗帜。

在夜的尽头，迷失于光。

2012年10月7日晨

北京，一苇斋

还 乡

还乡是为了寻找一条小路，我少小时走过的田埂路；还乡是企图重新拾回童真，感觉老房子里母亲留下的气息。老房子的墙裂开了一条缝，在人去屋空之后，残墙漏屋也在思念故人吗？

记得我曾写过，回乡使我“参加了我的诞生”。回乡者必定是回想者，你只要一回想便是做“思的事情”（海德格尔语）了。思，常常与飘逝和亡灵相遇，我会在故乡的小河边看见儿时光屁股玩水的我，老屋门口纺纱的母亲，田埂路上挑担的乡邻。相遇而已，没有对话只有对视，省俭了一切语言，但证实了少小的我、我的母亲和乡邻的存在。思，让岁月的模糊走向清晰的澄明。

只有在故土，在熟悉而现在又变得陌生的那个鸡鸣狗叫、空气中尚有母亲呼喊余音、土地中依旧埋藏着种子的乡村里，我才能感到“我在自身中的显现”。并且感觉着从地下从天上从四面八方涌现的土地的、植物的、流水的、飞鸟的感情。

思，显现存在；思，牵动各种生命、各种存在物的情绪；思，如同我身后的故乡的田埂小路，不是指向未来而是指向从前。从前是什么？是荒凉，是无，是空，是无中生有，大有。

当思时，这一条田埂小路会飘忽，如开花的彩带。

只有我思中的小路，才是保存在作品中的、永远让我感到亲近而又惊讶的田埂路，如今已被水泥封闭，花与种子、农人千百年来的脚印也封闭其中。

思的艰难在于：面对无处不在的水泥，你要找到入口，找到一处裂缝。此种裂缝，是大地的不甘被封闭、脚印的不甘被埋没而斗争所得。用劣质水泥铺就的路面上，这样的裂缝比比皆是，一种奇妙到让人惊叹的现象出现了：裂缝中会伸出一根小草，稚嫩，鲜活，碧绿。我明白了，封闭不能夺取所有种子的生命，可是我不知道这野草的种子是怎样找到裂缝的？

大地与种子的秘密。

裂缝曾经如此美妙。

我还乡，我在还乡的路上，便迫不及待地回到了以寻找裂缝为乐事的少小年代。田埂的裂缝中会爬出蚯蚓，断墙的裂缝中会开出小花，老树的裂缝中会流出眼泪，河沟边沿的裂缝中会挤出芦芽，还听说石头缝里蹦出了孙行者，我曾问母亲："我是怎样生出来的？"母亲有点不好意思："蹦出来的！"没有缝，怎么蹦出了一个我？

你看一根芦苇，看一棵树，要往地下看，那是多少根须的蛰伏游走，游走出裂缝，游走于裂缝，我以我的思接近裂缝，能让人感到温和柔情的裂缝，拥抱着根须有凝结力的似开似闭的裂缝。它们支撑起了植物本体，又稳固了大地。这样的裂缝具有大地的母性，母性是神圣的，不显露的存在，伏藏神圣。

你再看天上，下雨，落雪，雨从何而下？雪因何而落？倘是雷暴，有闪电游走，类似裂缝，地底下根的游走，不同的是，前者瞬间即逝，何以故？天行健，偶一显现即可；后者蛰伏亘久，何以故？地势坤，包孕万物为务。

凡生息处，皆有裂缝，存在存在于裂缝，彰显于大地，但是，你要思，在禁锢中思出一条裂缝，唯思之裂缝方能开启别的裂缝。

你禁锢自己，你也禁锢了地上植物的根须、天上飞鸟的翅膀，乃至雷雨之夜的闪电，禁锢了大地。只有冲破了对自身存在的禁锢，才能面对充斥世界的水泥的禁锢，并为大地代言，与水泥世界争执：毁灭大地之后，技术还能炫耀自己吗？

人创造了技术，技术帮助了人，但假如不对技术设限，技术将毁灭一切。

我们必须指出另一种裂缝的可怖，在技术匆忙扩张，高楼大厦争相林立过程中出现的裂缝，这样的裂缝与思无关，与钱有关，以腐败的涂料涂抹，于是垮塌。垮塌是对安居的破坏，也是对安居的向往，从出生到死亡，我们总是面对着如何安居的问题。流浪者除外，他可以随遇而安，问题是：他为什么流浪？

我是带着钥匙的行者。

我走了很多路，好深山老林，内心里有一种对伏莽之徒的崇拜，我也曾短暂地伏莽。在一次受伤之后，遁入大林莽中避伤，顺便为一只死去的啄木鸟，献上一束不知名的野花，用十个手指刨地刨出一个小小的坟，安葬了啄木鸟，与它作最后的吻别。然后，按照母亲教我的方法，用泥巴敷于伤口，“泥补泥补，开年再补。”

我反反复复地来回走了又走的，是还乡的路。

还乡路不仅是思的路，还是我开口说话乡音微妙的路，我在这条荒野沙洲小路上学会的最早的吴语方言，包括发音，“姆妈！”“阿姐！”“阿哥！”“饿！”“撒尿！”“拉屎！”……如此惊艳，感动了在自身中显现的自己，这时候，我是我，我幸运地寻回了过去被完全忽略的诗，“源始的诗”。

我是寻找“源始”，确切地说，我要去拜见“源始”。在“思的事情中”，我也想过，“源始”会向我走来吗？大地上的多少风景曾在我心中约会，作为本源的故乡也曾反复出现，却带有呼唤：你要还乡！是啊，假如我不是在乡土的环境里倾听方言乡音，并开口说出，我将没有诗。

方言即是源始的诗。

游子回乡一路方言，与乡亲，与江涛，与草木互诉衷情时，便是一个行吟的诗人。

1995 年春日，因为母亲留下的老房子即将坍塌，我还乡修房。先是回老宅，门口蒿草丛生，打开屋门，有蜘蛛结网，里屋，母亲的床帷永久地合上了……内心里会涌出呼唤母亲的方言，以及被母亲呼唤的乡音，于是，这个时刻便成了诗的时刻：

为了不让老房子倒下，

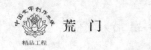

我盖新房子，
搬运土木的过程，
也搬走气息和温情。
那是累积了几十年、上百年的，
辛勤劳碌，呱呱坠地，
以及多少个雷雨之夜，
天空曾经被撕裂又回复如初的秘密。
还有墙头裂缝，台阶荒草，
裂缝是思念我母亲的，
荒草是牵挂我远行的，
十年生死两茫茫啊，
老房子里可有一种气息、一声乡音，
透过裂缝，弥漫远布？
那荒草，那无穷之思的田埂路，
一头诱惑我流浪，
一头驱使我还乡，
那么，人生也就是这样了：
曾经流浪，曾经还乡。
人搬进了新房子，
思留给了老房子。

我曾被称作诗人徐刚，后来读了不少诗，心中有困惑：我的诗还是诗吗？但，我已经敞开自身，又一次看见我在自身中的显现，是拔牙，在故乡的医院里，手执钢钳的大夫说：会有一种离体感觉。一牙离体，生命之一部分离体也。是次还乡，丢掉一只牙齿，拾得两行诗：

一只牙齿的朽败，无非证明：

我依然活着，我正在死去。

壬辰秋深，北京

一苇斋

人在湿地

处在21世纪的今天，还有没有生活在真正意义上的湿地中的人群？有，那就是崇明岛上的崇明人。崇明人是有福的，分分秒秒，崇明人与湿地为伴，他们的路，他们的梦，乃至他们的思维，都在湿地之中，有着湿漉漉的气息。

长江就要东流入海了。

“和实生味，同则不继”，江水与海水的相撞、相拥、交融、汇流，那一咸一淡、一浊一清之间，生命故事从未间断。至少地球演化史上的有一个章节仍然在崇明岛书写、延伸，在岛的东滩，东海的每一次潮汐过后，拾海者看见一层新涨出的沙土层浮出水面，他们告诉我：大约一个铜板厚。那一层浸泡在水中出露于水中的新地，光滑如婴儿的皮肤，细小的泥沙粒隐约可见，崇明岛以每年新增约两万亩天然江海湿地的速度，展露着可以眼见可以触摸的沧海桑田的神奇。

这一片新生的湿地是沉寂的，人类开发的脚步还没有踏进但已经接近它的边界。

因为湿地，才有了崇明岛四时不同、可持续的风景。

春天芦芽葆青，各种水草从泥沼中渐渐透出绿意，整个崇明岛湿地之水开始回暖，温情脉脉地滋润一个梦：绿梦。说不清是春雷先声夺人，还是越冬候鸟的鸣叫，伴随着涛声而宣告一年之计在于春的开始。但，在东滩湿地，当越冬的候鸟离去时却并没有太多的别离的惆怅，都说春阴苦短啊，夏天的候鸟很快就要来了，人把候鸟们分成各种不同的种类，但当先行者离去时不会带去一土一草，离不了窝留下了家……

夏天是蒸腾生长的季节，芦苇的叶子宽厚而修长，从嫩绿色变成墨绿色，东滩、西沙的芦苇荡在热风中起伏，海鸟在湿地的边缘低飞觅食，这种以海为家的鸟很少越过湿地深入到乡村田野之上，但不知道它们夜宿何处？白鹭更像是芦荡中的散步者，有时还会驻足观望，并且会飞到岛上农家的竹林、果园里。河沟里清波粼粼，水稻一片接一片的绿色，对白鹭来说，它是迷路了呢，还是难以区分堤外堤内的界线？

秋季是成熟的金黄，并且会散发泥土芳香。芦苇、滩涂草场，稻子涌动着金色的波浪，唯棉花雪白。这个季节的湿地上空，鸟儿明显增多了，当它们先后在芦荡落脚之后，有的喝水，有的在追逐中谈情说爱，各有各的领地，互不干扰，更不会有争斗和厮杀。很快，芦花变黄了、泛白了，那些野生植物中一年一度的绿色生命期行将结束，人们可以感慨、发思古之幽情，但，对于大芦荡和湿地而言，却永远只是故事的开始。

因此，就连冬季我也不喜欢这样的字句：湿地和它的植被不再有往日的生机等等。应该说，对于湿地而言，冬季是一个退隐的季节，并且需要空旷、荒凉和宁静，是寄居的候鸟们所喜乐的，是荒野在一个含蓄的季节里，积蓄、沉思……

没有水，哪里有湿地？哪有崇明岛？

因水而生、因水而兴的崇明岛，只是因为水，才有独特的地理风貌，自然资源，有了自己的风景线。崇明岛的水是万里长江自西而东流进大海的浩浩江水，崇明岛的水是东海潮涨潮退的汹涌潮水，也就是说崇明岛不仅拥有奔流不息的淡水，同时还拥有浩淼无际的海水。咸咸淡淡之中，有了沙洲的积淀，有了各种野生的植物和动物，有了江海交汇处鲜美的鱼类，总之有了生命的广大和美丽。

崇明岛拥有多少水？

崇明岛的地表水径流量，包括了岛域境内的降水及引自长江之水，崇明年平均水量为 1049.3 毫米，形成地表径流 3.45 亿立方米，占崇明水资源量 10.27%；利用潮汐补充岛上河流的引水量每年为 30.12 亿立方米，占崇明岛水资源总量的 89.73%。比 2002 年世界人均水资源 7730 立方米高出 6 倍多，更大大高于中国的人均拥有量 2120 立方米。

崇明水资源的丰富，完全得益于长江。因而，我们可以这样说：从创生到今天到未来，唯有长江与东海才是崇明岛命运的决定者。

崇明岛西端的崇西水闸，是崇明岛的水口，是连接并汲取源头活水、长江之水的水口，崇明的水是流动的水。崇明内河的水质，随着长 18 公里、底宽 40 至 50 米的环岛大运河的贯通，可望得到进一步的改善。崇明的水在很大程度上将取决于长江，长江的来水量、长江的水质，如果长江成为第二条淮河，崇明岛将不堪设想。另外，实现崇明岛内数以万计的民沟与横河、运河的贯通，也已经十分紧迫了。

崇明的水环境虽然为江、海、岛、陆四大区域的环境影响，显得复杂多样，但真正密切相关的还是长江的水文、海洋潮汐，以及湿地的生长与保护，而长江水文中最主要的则是水质与水、沙状况。长江水、沙之变，制约了流经崇明岛的长江南北支的兴衰，事关崇明岛的沉浮。

崇明岛西端即西沙绿华镇，直接面对长江西来之水，由崇西水闸引排调控，水量最丰，水质最好，是崇明主要的活命水、淡水来源，其水环境的变化直接影响长江水量之分配、泥沙之冲淤、咸潮之上溯、航道之变迁、沙洲分化与生物演替。不论是自然的原因还是人为所致，这里一旦封堵，长江口的水文环境如何重新调适不得而知，但崇明岛作为岛的历史将就此结束。

崇明岛的东滩处在河口最前沿，与东海交汇，在这一片地域长江的影响退居第二，让位于海洋、海潮海风等等。这里水质偏咸，潮汐涨落形成大片的海洋滩涂湿地。

崇明岛的北部濒临长江北支，与江苏省的海门、启东日益靠近，鸡犬之声相闻，舟楫皆可往来，这里的江面已不复长江的澎湃气概，而衰亡滞沉，咸潮涌溯严重。

崇明岛的南沿，与长江主泓道相望相闻，江面宽阔与上海市区遥遥呼应，航运繁忙，这里的水环境对崇明经济发展的影响最为巨大，崇明人视之为生命线。自三峡工程建成后，长江入海水量减少，泥沙沉积加快，低水位时能看见这一条黄金水道、生命水道中，已有沙洲时隐时现，这是又一个警讯！

由此，我们还要考虑到，当连接上海的隧桥工程竣工，北面又有新的长江大桥与江苏连通，人潮汹涌，物流倍增之下，经济发展可望日新月异。但，千万不要忘记，所有这一切都只是仰赖崇明岛这一处沙洲为舞台，而这一沙洲舞台的兴衰又完全取决于河口水环境的独特性。人力不可胜天，人算不如天算，一旦河口水环境被撕裂，一切都将不复存在，太湖危机近在咫尺！

当长江以年径流量9800亿立方米之巨，携青藏高原、云贵高原、四川盆地、黄土高原等西、南、中、北的中国大地的表土，淀积崇明时，其指向神圣而美丽：长江要在流程之末的入海口造出一个包罗万象的岛，这个岛上的每一粒沙子都经过波涛滚滚的拣选，拣选以后的积聚，是青藏高原、云贵高原、四川盆地、黄土高原及湘楚大地的精粹的层垒叠加，成为家园的根本，无中生有的奠基。

那大江之水拣选而成的地，怎么能不是湿地呢？

地质探测告诉我们，崇明岛的粉沙质黏土层厚达几百米，下覆火山及火山沉积岩为主的崎岖地层，这样的地层所拥有的是地球演变及至创生的秘密，是后来的一切自然与人力创造的物质基础。我们根本无法描述其中的细节，而只能说，这一切绝非旦夕之作，每年从西部高原奔腾而来的至少 5 亿吨泥沙的一部分，在东流入海时候淀积其上，成就了崇明岛。

我曾经想过：第一粒泥沙是如何沉落并附着于沉积岩石之上的？

从漂流到沉淀、累积，隐没于波涛中，这是不是一种江海的伏藏？

我们说 1300 多年前，崇明岛露出水面了，那只是崇明岛顶端的一部分，它的显露是一种大慈大悲，但它依旧是伏藏的，我们不知它还含了多少大善知识。

以吴淞高层计，崇明岛的地面高度绝大部分在 3.2 米至 4.2 米之间。这个高程也是充满了神机妙算的：这是历史上崇明岛经受的高潮所致的范围，同时，也是岛上粮、棉、油为主的作物生长合适的高度。

一条顶高 8 米、面宽 5 米、全长 230 公里的环岛江海大堤是阻挡咸潮、抗击台风、防汛的生命线，也是崇明岛上的风景线，它阻隔了江海与沙岛，为了家园的安全，它又将长江、东海与岛上的农田、家园相连接，告诉我们一个完整而美好的家园首先应该是稳固的，而且必须有水、淡水贯穿其间，成为大地的血脉，与农人的生命息息相关。

虽说崇明岛上一望平川，但从地理学的角度还是可以分列出3种地貌类型：堤内三角洲平原，堤外三角洲前缘，以及滨海滩涂。

崇明岛的土地是不断淤积而成的，时间上有成陆先后之别；空间上为江海作用所控，南部和西部沿江地带，成陆时间早，已经过几百年的开发、耕种，早已脱咸熟化，是农人所说的“老脚”地区。1949年以来围垦的土地，集中在岛的北部和东部，是“半熟田”和“生田”，尚未全部脱盐。崇明沙3种类型的土壤即水稻土、旱耕熟化潮土与盐土，呈西向东延伸的条带状分布。3个土类之下又分8个土属，35土种。8个土属为：夹沙泥、黄泥、夹沙土、黄泥土、堆叠土、壤质盐土、砂质盐土；35土种为黄夹砂、砂身夹砂黄、砂底黄夹砂、砂夹黄、砂身砂夹黄等。

崇明的土地，集九州美壤，土地层深厚，沙黏适中，土地肥力的积累和释放协调和谐，适宜多样生物，如岛上农人所言：那才是真正的寸土寸金之地啊！

崇明岛土地的无与伦比的特色已经显现了：其一，从利用类型而言，全部是可耕作的面积广大的农业用地；其二，中国乃至世界土地资源尤其是耕地日趋减少，人类正在而且还将为五谷杂粮担忧的严峻态势下，崇明岛却日长夜大，不断造陆，源源不断地为了子孙后代提供新的沙洲。

潮来一片白茫茫，潮去一片芦苇荡，当轮渡靠岸还没有来得及登陆时，我都会情不自禁地大口地呼吸着，多么清新湿润啊，故乡的空气！

不仅是我这样的归来游子，多少第一次踏上崇明岛的朋友，都会仰望蓝天，尽情吐纳，享受着能够让人荣辱皆忘、心旷神怡的崇明气息。

崇明气息，从某种意义上说便是占岛域面积三分之一以上的湿地之水，绵绵无穷地蒸发成为水蒸气，再以降水的形式返回崇明。崇明总是有似乎亘定的湿度笼罩，而这样的湿度正好是人及岛上的万类万物所喜欢的那种气息。湿地上茂盛的各种植物，除了沉降，吸附、过滤排放水的各种杂质外，还兢兢业业地制造着氧气，你看那一丛一丛一片一片的芦苇就知道了，在摇曳晃动中，是人所不见的空气的流转，一个巨大到100多平方公里的天然氧吧。

崇明岛的湿地，崇明岛四面环绕的水域，崇明岛上没有一寸半寸裸露的土地，崇明岛上的阳光和风啊，便生成了崇明岛上空大气纯净的蓝天白云，辛劳者、失意者、抑郁者，那些在生意场上发财以后的疲倦者，以及走红的、落魄的文人墨客，在崇明岛上，在涛声的簇拥下，都可以远离喧嚣，一忘荣辱，尽享天籁。

崇明岛，我的岛。

我的母亲一般的岛啊，如同母亲一样包容、接纳，你来了便回家了，那空气任你呼吸，当上海、广州、北京常年为灰蒙蒙所笼罩而焦心地逐日计算蓝天数时，崇明岛除开雨雾天外，大气质量基本上都属一类，总是蓝天，总是白云。还有水，一杯长江的源头活水，泡上今年的新茶，水香茶香，生命的芳香。崇明人好客，会有陈酿米酒，如是冬日，烫得热乎乎的，喝吧，人活一辈子总要醉几次。

醉在崇明岛是极其浪漫的一件事，因为你醉在涛声之间波涛之上了。

去崇明岛东滩的日子，最好是春夏之交，夕阳之下，身旁，芦苇摇曳生风；前望，江涛波长浪阔。站在东滩的大堤上，那一块勒有“崇明东滩国际重要湿地”的大石之下，先经受风的洗礼，那种带着海的气息的风，你伸出舌头可以舔得出咸味的风。这里没有无风的日子，只有大风与小风之别，长江入海，江海相融时，怎么会有无风无浪的瞬间呢？

江啊，海啊，云啊，风啊，流啊，动啊，生命的万千气象啊！

有几只告天鸟从空中直飞而下，落到芦荡中。

涛声拍打处，便是可以循声寻去的造地之处，细沙在堆积，经过拣选、冲刷、浸泡以后的又一层细沙将要露出水面，如同婴儿的降生，验证着沧海桑田的神奇美妙，也是江海与东滩无言的宣示：这里是生命的摇篮。

东滩位于崇明岛的最东端，其南北两侧伴长江之水入海，江水向东向东，缓缓伸向浩瀚的东海，总面积326平方公里，是欧亚大陆东岸发育最为完美、生物群落演替最为成熟的河口滨海湿地，它具有鲜明的动态性、自然性以及物种多样性，在河口海岸系统的自然功能中，有着无可替代的防风、抗洪作用。

长江口是个丰水多水、中等潮汐强度的三角洲河口，长江流域无休止、无穷尽的来水来沙，这一迄今为止似乎是永远的运动状态，酝酿、孕育，并影响着崇明岛东滩湿地的发育。水沙运动，江海互动的奇妙的动态性伴随着东滩湿地的延伸，湿地生态的所有方面，从鸟类、底栖生物和植物资源也随之发生微妙的变革演替，大千世界有不二法门，那就是环境造物。这一系列变化的路线图大概是这样的：滩涂淤涨，植被随之延伸，底栖生物也紧随其后外延，而以底栖生物和滩涂植物为食料的鸟类也随之外移；日积月累之后，滩涂分出新老，内侧的昨日之滩涂由于不断淤涨，其高程会渐次升高，被芦苇带替代，或者成为比今日之新生湿地略高的陆地。

东滩的天然植被指示着地表的高层，并显示出尽管不太明显却极为重要的湿地高程的差别。芦苇带在东滩是高高在上的，标志着其地表高层已达到3.3米以上，而藨草、海三棱草则甘居其下，标高自2.8米起到3.3米止。再往前延伸则是涨淤的新地，有小生物爬行其间，沙滩上的小洞便是其穴居之所，小洞光滑至极，如同东滩的一个又一个精微美丽的天窗，贮存着日光和月光。而在此洞与彼洞之间互通声气的那些小生物爬行的轨迹，便是这新生湿地初始的生命线条，是神奇的连接，意味着东滩潮湿地的完整性，是江海边缘的神圣富有。整个东滩属于水陆接触地带，且有咸有淡，水域、池塘、潮间带、芦苇带、沙滩和野草群落错落有致互为镶嵌。

2000年，崇明东滩列入“国家重要湿地名录”和“国际重要湿地名录”。

东滩保护区，位于1991年围垦的团结沙和1992年围垦的东旺沙外侧，呈弧形展开在海堤之外，直至水面。这样一大片看似平坦的泥沙堆积地貌，细察之下，根据潮汐作用的潮位及滩面高度，又有潮上滩、高潮滩、低潮滩三种微地貌生境，并且拥有各自的不同植物群落和底栖动物。这种区别并不是一个初到崇明的旅游者就能发现，因为它微小而模糊，我们区分它，是想说潮汐作用的河口湿地之形成，发育缜密而有趣；我们不必去区分它，是因为这一块不断新生的土地，总是在演绎着大自然的一个公开而又深奥的秘密：何为大地完整性，完整的大地是这样不断开始的吗？

东滩沟汊纵横，这是东滩的又一个微地貌特征。这些沟汊使我想起儿时在崇明岛北沿大芦苇荡中捉蟛蜞的岁月，甚至会联想到，崇明岛在形成之初的相当长一段时间中，其大概地貌也就是芦荡、野草以及沟汊纵横其间了，这些天然的因为潮汐而冲刷出来的沟汊，是崇明岛上最早的天然河道。或者也可以这样说：崇明岛的先民在围垦开发之初，曾在这些天然的沟汊边注目沉思良久，保留、改造了其中一部分，随着人口增多，新的垦区出现，又新掘不少沟河，经年累月，迭代相沿，便有了后来的崇明岛上堪称水利奇迹的网状水系。

芦花就要发白了，每一束芦花都会使我想起母亲，和我的母亲一样的崇明岛上土地一般宽容、仁慈的所有的母亲。那芦花飞扬时，母亲的灵魂也在飞扬吗？

2011年秋改删定

北京一苇斋

鳗鲡与螃蟹

鳗鲡苗，人称水中软黄金，那是说崇明东滩的鳗鲡苗价值之昂贵只能与金子相比较。

作为崇明东滩世无其匹的特种水产资源，鳗鲡与螃蟹均在淡水中生长，性成熟以后到海中交配繁殖后代，后代的鳗苗与蟹苗再游回江湖生长发育，如此往复，在循环洄游中维持种族的延续。此种从一个水域迁徙到另一个水域繁殖后代的过程，叫做生殖洄游。

鳗鲡味道鲜美，是崇明岛上的常客，因为地处长江入海口岛上河港纵横，水质清新，便会有成群结队的鳗鱼出入，一旦被捉，鳗鱼的身体自然弯曲，农人又把鳗鱼称为“弯鱼”。

其实，鳗鱼并不为人们所了解。

在水生生物家族中，鳗鲡对水质的要求之高到了近乎苛刻的程度，对任何类型的水体污染均极为敏感。在二十世纪六七十年代之前，因为崇明地表水质优良，在民沟、竖河、横河中都有鳗鲡生息，乡下并且有专事捕捞的“捉鳗鲡人”，因其通体光滑，捉起来并不容易。鳗鲡在淡水中生活 3 年，然后成为性成熟的成鳗，这 3 年是如此漫长而艰险，幸存者体色苍黑，下腹部两侧有黄金色的光泽，胸部呈浅红色，这样一些让人眼睛一亮并随之发生赞叹的华丽之色也称“婚姻色”。每一年的“霜降”前后，这些通体婚姻色的鳗鱼，在浓浓的夜色之下，便一往无前地寻找入海的通道，急迫而义无反顾，以每天 30 至 60 海里的速度不食不眠不息，直奔琉球群岛周围海域，在 500 米左右的水深中产卵，其水温约为 10℃～ 17℃，盐分在 35% 以上。它们喜欢在这样水深、这样温度、这样盐度的环境中生育，那是上苍为鳗鲡拣选的摇篮。

鳗鲡为一次性产卵，一尾雌鳗一次产卵 700 万至 1300 万粒，产卵完成，成鳗自然死亡。

原来，它们急迫与义无反顾，只是为了延续自己的种群，然后去死。

鳗鱼卵在海洋的中层漂流孵化，到达近海岸时长成 15 毫米左右的鳗苗，呈白色，有透明感，一身娇嫩，再以其天生的溯河本色，在夜间，从长江口进入它们将要生长 3 年的淡水中。

这是鳗鲡生命简略的素描缩影，也已经足使我们感慨万千了。

崇明岛位居长江口咽喉之地，鳗苗进入长江之前必定要先集结于东滩，自 20 世纪 70 年代始，崇明东滩名声鹊起之时，便是鳗苗身价贵同黄金之日。

先是崇明东滩的渔民捷足先登，“鳗网一张，黄金万两”的说法多少有点夸张，但因此而富裕有足够的钱盖两三层楼房，却是真实的。崇明岛上的农民为财富所吸引，造船置网纷纷下海，江苏、浙江、安徽、福建的捕捞船队也蜂拥而来，这就是当时震惊中国的“崇明东滩鳗苗大战”，一条火柴梗大小的鳗苗，最高售价曾达 20 多元。

连续 10 年左右疯狂的捕捞之后，长江口的鳗苗产量急速下降，鳗苗资源濒临枯竭。1996 年以后，崇明的捕捞者先行退出，只有少量外地船只还在捕捞，更多的小船搁浅在港湾中，只是成为那已经远去的崇明东滩曾经喧闹的证据，那些教人亢奋的春天过去之后，现在寂静了。

华丽家族的中华绒螯蟹，是淡水蟹独一无二的至尊。

中华绒螯蟹又称河蟹，崇明人则称之为大闸蟹、大螯蟹。崇明岛上河港纵横，河蟹横行，在我的少小年代，所见的河蟹之多，有的爬到稻田中，或在芋艿的叶子下乘凉，人人捉河蟹，家家吃河蟹。因河蟹之众，上海人有瞧不起乡下人的恶习，至今仍称崇明人为“崇明蟹”。但我们还得承认，当年住在小阁楼、亭子间里的上海人，以吃蟹为荣也难得吃一次蟹，他们有可能是视螃蟹为美味的推动者。

当然，第一个吃螃蟹的人肯定是崇明人。

在中国生活的蟹类有 600 多种，绝大部分生活在海洋中，称为海蟹，一部分生活在咸淡水中，少数完全生活在淡水中。崇明岛的中华绒螯蟹在淡水中生长，却要到浅海河口即东滩繁殖，中华绒螯蟹的近亲是日本绒螯蟹，前者繁殖产卵于崇明东滩，分布在长江三角洲水域，后者分布于我国的广东、福建、台湾、黑龙江河口以及日本、朝鲜的东北岸沿海河流。

螃蟹个体生命的历程为两个秋龄，即从一个秋季到下一个秋季。每年 11 月份，西风渐起，崇明岛上稻熟菊黄，新酿的米酒飘香时，已经长大成熟的野生螃蟹，便从长江宜昌段以下洄游到崇明东滩。这个时候，东滩枯水时的水温在 9℃ ~ 11℃之间，盐度在千分之十八到千分之二十五之间。这样的水温与盐度，正是洄游的螃蟹所喜乐的，它们将要完成螃蟹短暂一生中最重要的使命：传宗接代，养育出数不胜数的蟹苗。完成这一使命后，公螃蟹与母螃蟹先后把自己埋进沙滩，把生命的空间——崇明东滩浅海水域全部留给自己的后代，如是往往，岁岁年年。螃蟹交配时，公的追母的，追逐的过程并不复杂，母的一般都是半推半就。交配时，公螃蟹以其两个大螯夹住母的，一次交配时间可以长达两个小时。交配结束，母螃蟹逃逸，把大肚子藏在沙滩中，公螃蟹自行隐入东滩泥沙中悄然死去。也有公螃蟹一次交配意犹未尽的，再去追求另一只母螃蟹，直到筋疲力尽自沉。设想此情此景此时的崇明岛东滩，是何等热烈而又何等凄冷的新生与死亡转瞬交替的壮烈景象！可是，这一切的发生与结束，却又无声无息，不为人知。

公螃蟹牺牲殆尽，母螃蟹从 11 月份开始抱卵到来年 4 月，蟹苗幼体离开母体后，母螃蟹的使命就此结束，隐入海滩的泥沙中死去。到农历芒种前后，小蟹苗成为大眼幼体后，便从咸水进入淡水，在崇明岛南沿和北沿的长江中溯流而上，每天的行程大约为 10 至 20 公里。7 天后幼体的尾巴消失，继续逆水而行于长江之中，以藻类和贝类为食，最远的可游到宜昌，望大坝而却步。然后洄游，一路上脱壳、蜕变若干次，所谓“死蟹一只”不是说死了的蟹，而是指蜕变中的蟹，毫无防范能力的“软壳蟹”，东游、又东游，直至崇明岛东滩浅海海域。回到生命的出生之地，出生之地是繁殖之地也是死亡之地。

个体的螃蟹终其一生是这样度过的：漫长的浮游，先逆流后顺水，幼时逆流以壮筋骨，历经一次又一次的蜕变，以蜕壳的方式更新生命，然后顺水洄游，似乎只是为迫不及待地完成繁衍生命的重任后死去。

谁能告诉我螃蟹的生命历程是伟大还是渺小？

也许我们只能这样说，所有的生命都有它存在的理由，也各有自己闪光的历程。伟大即是渺小，渺小即是伟大。大自然的怀抱中，凡生命必有个性，也皆有共性，繁衍生息是也，所有这一切是造物主规定的使命吧？

我们怎么来形容螃蟹呢？还是前人在《蟹谱》中说得好："以其横行，则曰螃蟹；以其行声，则曰郭索；以其外骨，则曰介士；以其内容，则曰无肠。"

如果说白头鹤是东滩的"名门贵秀"，螃蟹便是"横行将军"了。还有更多的则是我们知之更少的底栖动物，自生自灭以及自灭自生的野生草类。在淡水、咸水、泥沙和芦苇组成的天然环境里，和崇明岛的农人一起演绎着守望家园、沧海桑田的梦想。

前文所说之螃蟹是野生条件下的螃蟹，并且在东滩的天然水域繁殖，所产之蟹苗即为天然螃蟹。蟹苗具有极强的趋光性和溯水性，即天生的向往光明而又反潮流，对淡水水流十分敏感，适应淡水生活，能爬善游，行动机敏，性凶猛。比蟹苗庞大的浮游生物也会被其捕而食之，捕捉时往往在游水中进行的过程中，以两只大螯出其不意夹击。1969 年以前，崇明东滩、长江口的蟹苗之多如同民沟中的蝌蚪一样不计其数，当时的渔民不屑一顾，在捕捞鱼虾的作业中，总有大量的蟹苗混杂渔网中，便作为鸭子的饲料，或者当做生物垃圾抛弃。

蟹苗命运的突然改变，始于 1969 年，因为岛外养殖场的需要，开始捕捞少量天然蟹苗放养，结果令人振奋，投入崇明东滩蟹苗的湖泊，成蟹产量明显上升，其肉质也格外鲜美，一个存疑终于有了答案：河蟹、崇明大闸蟹亦即中华绒螯蟹和其余淡水鱼类一样，也可人工放养。从此，东滩蟹苗成为一种生物资源，崇明县在 1974 年至 1984 年间，向全国提供天然野生蟹苗 84603 千克，每千克售价 3 至 5 元。如果说这个价格还只能列入廉价商品一类的话，进入 20 世纪 90 年代之后，养殖者从中国各地的蟹种中，以格外挑剔的眼光独独选中了东滩蟹苗，争相抢购，供不应求，价格飙升至每千克 10 万元。在高利润下，人们可以无一例外地为金钱而不顾一切，崇明岛东滩继“鳗苗大战”之后，又经历了一次刻骨铭心的“蟹苗大战”。这个时候，捕捞蟹苗的崇明人已经是少数了，大量的外省市人员驾船而来，其中还曾出现过退役舰艇改装成的张网船。所有大船均备有现代通信工具，发现蟹苗苗情，便以电波指挥各路风帆，直奔东滩海域，展开地毯式的拖网作业，连同刚从受精卵中孵化出来的幼体也一网打尽。

无独有偶，如同鳗苗一样，长江口东滩的天然蟹苗自1996年以后急剧减少，至今仍不能形成汛期。

蟹苗的减少除了连续多年的过度捕捞之外，还告诉我们：崇明岛上、长江三角洲，那些河港沟河汊中曾经成群结队的多得不知其数的野生的成蟹，也越来越少，甚至到了濒危的边缘了。栖息在自然水域的河蟹对水环境的质量十分敏感，尤其是各种杀虫剂和除草剂，因为不同程度的地表水的污染，崇明的阡陌河沟中曾经是旺族的螃蟹，现在已难觅踪影。

种群和数量本已很少的成蟹的洄游过程中，会无可选择地钻入人为设计的围网，也为水闸、涵洞、网兜阻截、捕捉。长江中游的湖泊中，养蟹的围网如天罗地网一般，螃蟹的大螯怎么剪破这些网而突出重围？洄游到崇明东滩的路被切断了。

这一条水路也有被短暂恢复的时候。1998年长江大洪水，湖泊水位高涨，围网体系顿时被淹没，河蟹胜利大逃亡直至崇明岛东滩；1999年，东滩蟹苗数量回升，又有了繁荣景象，这是可以一叹的：人的洪水之灾，蟹的赏心乐事。

2012年春改定于北京

菩提世界

没有没有痛苦的人，尤其是面对死亡。

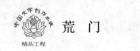

为何痛苦，却是与去除痛苦的欲望相关联，是有寻药访仙炼丹者，长生如梦，谁非向死而生？“我们的痛苦正是产生于我们的愿望和能力的不相称。”（罗梭）因此便有了面对死亡的思考，终极思考之一端，心性襟抱毕露无遗的思考。

6 月末，我在黄山徽州文化园小住，徽州老街以制作砚台闻名的“三百砚斋”，是必访之地，不仅因其砚台、砚盒之精妙，还因斋主周小林兄去年秋天便邀约：“盼明年再来黄山，我有一物与兄共赏。”诺诺之后，也有困惑：此物何物？除却歙石古坑眉纹籽料，小林兄手制的砚台、砚盒之外，尚有何物？难忘小林兄其时从眉宇间闪现的神秘与圣洁的表情，以及瞬间的若痴若醉、神采飞扬，小林是不可思议的，何必猜测？总之是赏心悦目，我想。

便赴约。黄山雨后，云淡风清，我与高峰、小曹直奔“三百砚斋”，上得二楼书房，砚香、木香与茶香缭绕，此身仿佛已在别有天地中了。就在我们品茶时，小林从柜中抱出一物，以云南蜡染白花青底布包裹，轻轻打开时，小林双手微颤，目不斜视，是心与手行将触摸神圣的庄重，而展现在眼前的是一黑推光漆、嵌金合欢花的菠萝大漆盒。这是我见过的小林手制砚盒中最为光彩夺目而典雅者，其中倘是歙砚——不是歙砚又是什么呢——定是上上品之眉纹砚。

我曾见过未及加工之古坑眉纹石，以手指蘸水，轻轻一抹，眉纹各色，波光流转，一律美眉，或清纯，或娇媚，或妖艳，或哀怨，或惆怅，若咏者，若歌者，若舞者，若行者，若思者，能想其貌，能闻其声，“林花谢了春红，太匆匆，无奈朝来寒雨晚来风。胭脂泪，相留醉，几时重？自是人生长恨水长东。”（李后主词）俄顷，观者惊呼，美眉隐去……人在神驰遐想，盒在四方桌上，人视盒，盒视人，人无言，盒不语。小林兄的双手一直在轻抚漆盒，期待的短暂竟如此漫长！“徐刚兄，你再能想象也想不到盒中为何物，现在我要打开这盒子。”盒盖轻取，我、高峰、小曹无不目瞪口呆，但见盒中有二物，一是长 9 公分、宽 5 公分之金丝楠木小棺材，一是直径 6.8 公分的大漆描金紫檀小圆盒。再打开小棺材，内有一束红绸系结之灰白头发，小圆盒中又是一束头发。

故事：今春某日，小林约太太一起洗头。太太稍有惊奇，相约洗头，从未有过。另，小林兄是比我还要秃的秃头，唯周遭白发依稀尚存，何必专门去一趟洗头店？洗头毕，小林捡起自己和太太的各一束头发，红带系结，手捧而归。原来这菠萝大漆盒及其中小棺材、小圆盒的制作，历时四载，昨已竣工，只等着将头发放置其中了，没有仪式，简单而随意。小林告诉子孙：“我们死后不修墓，不立碑，骨灰撒在院子里的花木中，春秋往复，有花有果。不用烧纸，烟熏火燎，污染空气，我不喜欢。想我们时，到院子里走走，月光下枝叶扶疏间便有我们的影子。然后打开盒子，头发与灵魂俱在，此即家祭也。”

然后是说黄山，谈生死。

黄山曾名天子都，相传黄帝曾在山中修身炼丹，唐天宝六年，敕名黄山。日本画者东山魁夷说：“看见了中国黄山，才能理解中国山水画。”王朝闻先生有言：“想学中国画吗？那你就去黄山。没有到过黄山的人，不可能成为国画家。”在熬过了不堪回首的“牛鬼蛇神”的岁月之后，小林选择了制作砚台，夫妻双双寻名师，访古坑，三十多年如一日，凝汗水、智慧、灵感于一砚一盒，成就“三百砚斋”之正果。到如今，人若砚之宁静，砚有人之洒脱，视人赏砚，恍若一体。砚有何用？研磨也。一支毛笔，饱蘸浓墨，悬针垂露于宣纸，或书或画，书乎？画乎？抑或民族文化传承之踪迹乎？文房四宝，砚为其一。砚，宝物也。

弃宝物、传统如敝屣者，你当悔改！

“三百砚斋”是西哲所倡“艺术生存”的典范。以我的理解这“生存”一词，既有人依艺术而生存，又有艺术地生存，还有艺术本身在人的心与手的制作中得以生存，流布之义，以此论之，周小林堪称典范。

人要走，人必死，当思考死亡及身后时，小林显示的则是哲人和诗性的灵光，少一点“聚散苦匆匆，此恨无穷”（欧阳修）的悲愁，多一些相约来世，无有恐怖的身后之浪漫。正如菠萝大漆盒中小林手书的“赠老伴”诗所言：“今生相聚咏白发，来世再续梅竹情。”至此，一个黄山脚下的制砚者，正在为世人诠释的，却是黄山和传统，爱与今生来世了。

我与小林兄是新识的老友，同庚同秃。去年秋天，刘传铭兄邀我黄山一游，蒙小林设晚宴接风，并访“三百砚斋”，是有今年重聚之约，喝过一杯酒，饮过一次茶，两个人却生出了“我寻此公久矣！此公候我已久”的感觉，所谓知己难得、相见恨晚莫非如此？中午，小林请赴宴，我坚辞，要吃徽州小吃，小馄饨、毛豆腐、丝瓜毛豆、老街烧饼，美味也，其乐如何！结账，4 个人消费 74 元。

又要分手了，一时语塞，心思缠绕着那菠萝大漆盒，想起的是王国维所言古今成大事业者之三种境界：“昨夜西风凋碧树，独上高楼，望尽天涯路”；“衣带渐宽终不悔，为伊消得人憔悴”；“众里寻他千百度，蓦然回首，那人却在灯火阑珊处”。依依握别时，小林说：“徐兄，尚有不情之请。”

“只管道来。”

“请留下两句话。”

“一发一菩提，一盒一世界。”

于是归去。

2012年7月记于黄山

写于崇明岛

西沙碑记

无名天地之始也。唐武德年间，长江口涨淤出露二沙，寂寂无名，怡然自得。后渔樵者以西沙、东沙名之，及到设崇明镇于西沙，千载多矣！故先人有言，自有崇明在西沙。西沙者崇明之乳名也，或曰崇明有名之初。江海风波无常，沙洲沦没无数，然人有寻根问祖之德，此西沙之洲早已无存，而西沙之名传承不绝之故也。今日之称为西沙者，实为崇明岛最西端之绿华镇。其初也，为相望相闻之小沙洲，曰：老鼠沙、西阴沙、东荫沙、拦门沙。20世纪70年代之初，3万余农人冒雪踏冰，辟荒垦拓，得土地36112亩，时为新建副业场，今绿华镇之前称，一方沃土也。是有西沙湿地，芦荡摇曳生姿；河港交集，柑橘名满江南。且有明珠湖风生水起，游者不绝；逍遥坡塘之上，吟咏岸柳之间，相忘于江湖。若于曙光之初照或落日时分，看大江西来，于西沙一分为二，再于崇明岛东端汇流入海，其分分合合之理、咸咸淡淡之味，若非江海之交岂能得而品之？噫！西沙碑记，记水乎？上善若水，孰可记之？记沙乎？厚德载物，孰可言之？昔有范文正公记洞庭岳阳，忧乐之思，自此与江河共存。余不才，期后人与余会心者慎终追远耳。

邑人徐刚己丑小雪撰文于北京，越旬余改于崇明旅次。

上海知青纪念墙序

墙，间隔者也。世间门墙无数，大抵森严壁垒，虽一墙之隔，有千差万别。然物为人造，意则无穷。吾邑上海知青纪念墙，即为墙之独特者也。凝青春斑斓梦想，聚垦拓艰辛岁月，闪耀于新海镇原新海农场之所在。其乃墙乎？亦为碑也。思往昔，读斯碑，叩之有声，望之生情。噫！时光之矢一时凝固，其沉重，其美艳，其古意，实为崇明岛穿越时空之一大风景也。君不见碑上有意气风发之人乎？君不闻墙上有壮怀激烈之歌乎？其人也，先行者为上海普陀区十七位知青，凌波踏浪，抵达崇明红星农场落户，其后纷至沓来者约为二十一万八千之众。豆蔻年华，辞父母而开新地；青春少年，别繁华而赴荒野。披星戴月，煎熬寒暑，挥镰扶锄耕种，流血流汗流泪，于崇明岛沿江滩涂伏莽辟荒，先后建立八个国营农场，曰跃进，曰新海，曰红星，曰长征，曰东风，曰长江，曰前进，曰前哨。斯时也，风萧萧，野茫茫，水滔滔，芦荡洪荒，涛声似歌，盐碱如雪。上海知青开荒辟地十余载，识五谷杂粮，能春种秋收，真可谓“大江东去，浪淘尽多少风流人物”！其影响之深远，实无可估量。于上海，为开埠以来所仅见；于崇明，有文化融合之大成；于知青，得人生经历之宝贵。有此三者，能不谓艰难时世中之功德无量乎？回首往事，人或唏嘘，然以天地人三才之道论之，则可曰：劳其筋骨，苦其心志，天将降大任于斯人也！追寻当年上海知青踪迹，星散于上海及海内外，佼佼者辈出，有成者众多，显赫而不忘淡泊，远行而常思故地，以崇明岛为故土而梦魂牵绕。无它，曾与农人为伍，有劳苦经历之故。大地情怀，塑造人生，于此可证也。游子知之乎？而今崇明岛，隧道暗渡水下，长桥飞架江上，波涛流水，候鸟来归，菜花金黄，米酒新酿。岁月催人，有生灭流转；江海相拥，无旧浪新浪。若失阴晴圆缺，则月非天上月；倘无悲欢离合，则人非世间人。曾经挥手作别，总是后会有期，故地重往，游子来归，涛声呼之，浪花舞之，乐何如之，幸何如之！其歌也，余得而闻之矣：“风雨如晦，鸡鸣不已，既见君子，云胡不喜？”是为序。

邑人徐刚壬辰之秋删定于崇明

第二辑

三江源记

山宗水源

这是一块石头，一块拥有一亿年或者更长时间的化石。它采自中国西部地区，记录着青藏高原的地质沧桑。

假如我们从空中遥望地球，中国西部那被称为世界屋脊的连绵的高原傲然迤逦、超凡脱俗，人们说这是造山运动留给地球的英雄勋章。

在这地球的巅峰之上，分布着一条条蓝色的、温柔的、流动的、曲曲折折的线条，那是河流，那是我们的长江、黄河、澜沧江以及它们的分支水系。青藏高原是它们的初始流出之地，亿万斯年的流动便是从这里出发的，流向中华大地，孕育生命故事。然后，汇入太平洋，或者成为国际河流。

顾名思义，三江源便是三条大江大河的源头所在，而在更加宽泛的意义上，三江源是一个地区、地域的概念。正是这样一个特定地域的惊心动魄的地质演变，山川形胜、气候条件，那种难以言说的高峻、苍凉和神秘，架构了世界和中国地质史上最激动人心的篇章。她位于青海省南部，总面积为 31.6 平方公里，占青海全省土地面积的 43.88%，平均海拔 4800 米。人口密度每平方公里不到 0.8 人，有大片的无人区。来到这地球上最高峻、最辽阔的荒野，你能体会到什么叫人烟稀少，你已经接近原始的边缘了。

自从有了青藏高原，便发生了青藏高原猜想——为什么会有如此之高的高原？为什么会有如此之多的大山？为什么这里成了山宗水源之地？一个又一个的疑问长久地困惑、吸引着地球上善于思考的人类。

青藏高原只是昂然挺立在地球上，昂然挺立在世人的注目之中。虽然无数人渴望靠近她、解释她，但人类对这块高原的认识时间并不长。在19世纪以前，只有少数几位外国传教士进入这里考察，其中最有名的是瑞典探险家斯文·赫定，他甚至拍下了走进青藏高原的电影镜头，这可能是第一次记录青藏高原的人类活动影像。斯文·赫定绘制了地图，记录了高原的风土人情、宗教习惯、地理、气候、动植物等等，为外界了解青藏高原奠定了感性基础。尽管这些描绘是零星、片段的，只是对自然现象的描述，仍然难能可贵。当时的人们无法撩开高原的神秘面纱，无法说明这些神奇的高原景象到底是怎么形成的，青藏高原在成为高原之前又是什么样子呢？

时光之箭如白驹过隙，终于有一天，希望洞察自然、追求真理的人类经过锲而不舍的求证后得出了一个大胆的猜想：这里曾经是海洋。那是很久很久以前了，这个时间大约是6亿年前。那时原始海洋无休无止地运动着，似乎在酝酿着什么，那宽阔而起伏的沉思深不可测。

说到海洋，我们不能不怀着敬意想起一个人：魏格纳。这是个大胆的天才的推测者，而魏格纳惊世骇俗的推测来源于一张地图。那是一张他在德国马尔堡物理学院任教时，不知道看过多少遍的世界地图。他莫名其妙地为地图吸引，仿佛这里藏着一种秘密，仿佛这是一本天书。在无数次的搜寻之后，他的目光盯住了大西洋的西岸。魏格纳发现，东侧欧洲、非洲大陆的大西洋西缘，怎么会和西侧北美洲、南美洲大陆的大西洋东缘的轮廓线如此吻合呢？沿北美的东海岸到特立尼达和多巴哥的凹形地形，正好能嵌进欧洲的西海岸的凸形大陆。这叫什么？这叫吻合；不仅仅是吻合，几乎就是还原了。就像把一张纸撕成两半，然后拼接，才可以还原。关键是一张纸撕成了两半，任何离开这个先决条件的碎纸片，都谈不上还原。有一种震惊当时世界的想法出现了：大西洋两侧的大陆，原先是一块完整的陆地，后来因为某种巨大的力量而被撕裂、分开，形成彼此间相隔 6400 公里的大西洋。魏格纳进而提出，地球上的大陆曾经是连成一片的，位于南极附近，周围都是海洋，自然包括现在的青藏高原，那时候世界还没有这个屋脊。魏格纳给这个大陆取了一个名字：联合古陆。

1912 年 1 月 6 日，德国法兰克福地质学院的讲台上，魏格纳在“大陆与海洋起源”的演讲中提出了“大陆漂移说”，世界为之而激动了：我们的地球曾经是漂移来去的吗？她又为什么、怎样成为今天这个样子呢？我们将会漂到何方？

“大陆漂移说”的提出对于地球大陆的形成原因无疑注入了令人兴奋的元素，人类久久没有解决的追问看来好像曙光在望，人类就能揭开大陆形成之谜了。可是，这个学说的证据在哪里呢？高原和大山真的是这样形成的吗？一个个新的难题又重新摆在了世人面前。

1930 年 11 月 1 日，为了寻找大陆漂移的直接证据，魏格纳第四次重返格陵兰岛，在摄氏零下 65 度的严寒极地度过了他的 50 岁生日。让人痛心和始料不及的意外发生了：魏格纳没有返回基地，他长眠在了极地冰雪之中！因为魏格纳的去世，一个如此富有生命力和想象力的伟大的假设开始沉寂，但，真理可以蛰伏，却不会消失。

1959 年，同样在冰天雪地中，一群中国人肩负着青藏高原科学考察的重任，登上了珠穆朗玛峰。按照国际惯例，登上珠峰后，必须站在峰顶拍摄珠峰周边标志性地貌，或者在峰顶留下永久性证据，方可被国际承认。但是这一次，这群勇敢的登山队员什么都没有留下，这是一次不被国际登山组织承认的攀登世界第一高峰的活动。尽管如此，青藏高原已经成为一个如此迷人而又如此茫然的课题，科学考察队陆续来到了高原上，他们正试图回答：为什么会有雪山？为什么会有大江大河？为什么会有青藏高原？

15 年后的 1975 年，中国的登山队和科考队再次联手进军珠穆朗玛峰，这一次，大家不仅要成功登上珠穆朗玛峰，还肩负着一个更艰巨的任务：测量珠穆朗玛峰的高度。

这是一次里程碑似的科学考察。人们调动了各种科技手段，9 位中国登山者在第一高峰峰巅竖起觇标，高举国旗，向着世界大声欢呼。

这是世界屋脊的最高点，和南北极遥相呼应，人称地球第三极。他们为我们留下的不仅是荡气回肠的时代声音，这一次测量所得 8848.13 米的地球最高度也成为精确的数据。从此，在全世界大多数的地图上都以这个数据作为标准。

如今，所有从北坡攀登珠峰的人都是踩着当年英雄们留下的这道梯子上去的。即使这样，全世界登上珠峰的人也是屈指可数。在这片土地上，聚集了好几条世界顶级的大山系。地球上超过 8000 米的山峰总共 14 座，而这里就占了 11 座。

20 世纪初以后，科学家们对青藏高原的考察进一步深入，不断有人在这里发现了海洋化石。这时候，人们已经注意到，青藏高原所处的这片辽阔地域很有可能曾经是海洋。但是面对进一步的追问：为什么？证据呢？却依然茫无头绪。

常承法，这位年轻的中国科学家，从众多的国际地学信息中，捕捉到了“板块学说”，这是魏格纳“大陆漂移说”的延伸和补充。常承法的思绪随之激活，青藏高原不正是印度板块向北漂移，并与欧亚板块碰撞之后，出现和抬升的吗？常承法是中国第一个将“板块学说”应用于青藏高原的科学研究的人。自此之后，他把青春和所有美好的时光都献给了青藏高原这片神奇的土地。近 40 年的时间，他的足迹踏遍高原上下，他提出的学说理论也经受了时间的考验，人们称“常板块”。

对于青藏高原来说，1965 年是难忘的一年，又一支科学考察队不事声张地踏上了这片神秘的土地。他们能发现、寻找到些什么呢？这个问题在队伍出发前谁也找不到答案。科学的严肃性以及高原的神秘和茫然，都使此行的成败得失打上了问号。要知道科考队的任务之一，便是寻找搜集青藏高原曾经是海洋的证据——化石。他们幸运地在青藏高原东垣、海拔 4000 多米的雪山上，发现了地幔物质。在地球的构造中，地幔位于地壳与地核之间，它的最初的状态是地底下的熔融物质，从地球内部喷涌而出，因为海水冷却而成为固体；青藏高原的秘密就记录在这样的石头上：这里曾经是汪洋大海。

科学家把这个海洋称作“特提斯海”，也就是古地中海。它辽阔无垠，当其时也，西藏、青海、云南、贵州的大部分均在它的茫茫海域之中，今日之长江流域西部全在古地中海波涛的覆盖之下。毫无疑问，由这古老的蓝色波涛覆盖的便是后来成为世界屋脊的青藏高原，及随之抬升的周边地域。

一切似乎都是经过周密谋划而又漫不经心的，在人所不可想象的力量的推动之下，印度板块向北漂移和欧亚板块开始亲密接触。

这是两块大陆的接触和碰撞，还有挤压和楔入，于是被挤压而出的青藏高原开始抬升，产生了褶皱、高山、洼地和裂谷。不仅如此，这种惊心动魄的自然运动还逼退古地中海，使之成为浅海。

这时候的三江源离出头之日已不再遥远。这一大片辽阔的浅海在失去了波澜壮阔之后，那些依旧鲜活的游水的小生命，将要成为古海的牺牲品，沉埋在岩石中，挤压成化石，见证一个轰轰烈烈的地质时期，见证生命无论何等卑微都曾经美丽的信息。

青藏高原在远古年代的抬升，实在是太高了，那是必须要达到的高度吗？这几乎登天一般的隆起又是一次还是几次完成的呢？科学家叙述的过程大致是这样的：漂移大陆，板块碰撞，还有海底扩张所引起的发生于两亿年前的印支造山运动开始，从此有了昆仑山、横断山脉等山系，古地中海大幅后退。今天的西藏、青藏南部、川西、黔西等地方不再受制于波涛汹涌，原始云贵高原形成。在横断山脉、秦岭和云贵高原之间，是断隔盆地及槽状洼地，以及云梦泽、西昌湖、巴蜀湖、滇池等水域。这些水域得风气之先互为呼应、互相串联，经云南西部的南涧海峡流入古地中海，这就是古长江的雏形，它的流向与今日之长江正好相反：由东向西。

这仅仅是古长江的雏形，关于长江的源头和流向，还会有匪夷所思的调整组合，而在地质运动的伟力之下，亿万年前的忽高忽低、忽东忽西，也不过就是今日之忽晴忽阴、忽风忽雨一般平常了。1.4 亿年前的造山运动，是又一次轰轰烈烈的造山运动，唐古拉山脉形成，青藏高原继续抬升，褶皱成神奇美妙的高山深涧、悬崖裂谷，古地中海继续向西大步退缩。距今 6000 多万年前的喜马拉雅山运动，其壮怀激烈、惊天动地，莫可形容。青藏高原继续伸向天高云淡，古地中海消失，距今 260 万年时，喜马拉雅山意犹不足，再一次扶摇直上，青藏高原、云贵高原及众多山脉随之进一步抬升，青藏高原成为世界屋脊，长江、黄河东流入海，澜沧江由青藏高原流经云贵高原出境。

按照地质学家的推算，这个过程大约持续了6000万年左右。对宇宙而言，6000万年不过是弹指一挥间，对于人类来说却何其漫长。要知道，人类在地球上存在的时间是250万年，由此可知，就连那些最老最老的老祖宗也没有耳闻目睹高原隆起、江河归源的那一刻。曾经为之惊心动魄的，大约只有古猿了，它们仰天长啸了吗？现在高峰已经耸起，源头已经确立，草木已经丰茂，鲜花已经盛开。从西到东，从高而下，贯穿并滋润着从极高极寒之地到黄土高原、漠北燕赵、江南水乡的，是长江、黄河——我们的母亲河，她们生生不息的奔流，已经成为中华民族大地家园的精神和象征。

青藏高原啊，你的无穷无尽的魅力同时也意味着你拥有无穷无尽的秘密，人类迄今为止的探寻所得，就如同翻开一本大书之后仅仅读了开头的一行字。科学家们试图得到更多的细节印证青藏高原的历史，这样的细节大都已经缺失了，青藏高原的创生也同时意味着一大片海域的消逝，已随之消逝的是这片海域中的所有生命。显然，我们不可能指望3亿年前一条地中海的鱼的后代，或者一片蓝藻来指证这段历史。

多亏地球留下了化石。可是，化石的出现依然带来了新的困惑：青藏高原的现存动物，和当地的出土化石没有太大的联系。这让人们怀疑，这些动物是从哪里来的？远古化石中的那些动物又到哪里去了呢？

化石是地质年代的信物也是证物。青藏高原不仅出土有鱼化石，还有一种叫三趾马的化石。

三趾马是现代马的老祖宗，生活在海拔500—1000米左右的高地。这说明，在三趾马时期，青藏高原具有比较湿热的气候环境。很久很久以前的喜马拉雅山，尚未高耸入云，漫山遍野林木苍翠，一派亚热带风光。青山环抱盆地，生长着常绿阔叶林，一年四季流溢着浓郁绿色；阔叶林之上是挺拔的针叶林深邃的林带，古湖畔则是青葱的灌木丛草原。三趾马和它的伙伴们就奔跑在森林草原之间。

经历了一次又一次天问、地问、大海之问的追问，一直问到青丝变成白发，那思丝伸向岩石原始的缝隙，鱼化石的精灵再现，从相忘于江湖的鱼之乐，到直插云天的之源，哪里是青藏高原的心灵深处？

人们在寻找化石，寻找历史，这一天，有老乡带我来到一个叫做“贝壳山”的地方，数公里长的整个山坡堆满了大小几乎一样的白色贝壳，直觉告诉我：那是历史的堆积，是已经凝固的远古的信息。那又是按照怎样的指令，使贝壳堆砌成山的呢？是海洋留下的化石吗？

事实上这漫山遍野的贝壳并不是海洋化石，而是距今数千年前湖泊消失，留下的湖底沉积物。

青海得令哈又见化石山。

这就是海底化石吗？这里曾经是大海吗？距今有多少年？

那些散落的化石，是不是在提醒人们：假如你热爱这块土地，就要了解这块土地。而化石，唯有化石才是地球的传记。

经南京古脊椎动物研究所鉴别，这是宛足类动物化石，它证明很多年前出土化石的地方是海洋……

在距今大概3亿多年到4亿多年前，这些宛足动物就生活在数十米深的浅海里。海水退却后它的身体残留在海底。残留在海底以后，软体就分解掉了，它的硬体，它的壳子本身还坚固，就留下来了。经历了继续沉积的石化的过程之后，留给我们的就是化石。

整个青藏高原过去都是海。只是脱离海洋的时代，有早有晚。有过徘徊流水，不忍离去。

青藏高原曾经是汪洋大海。

沧海扬尘、高原崛起，大自然只有曾经荣耀的家属，没有繁华始终的家属。失去了适合自己生存空间的三趾马，也就不再有属于它们的时间了，浩浩荡荡的驰骋便凝固在化石上。代之而起的是小得多的藏原羚、高原狐、雪豹等动物，以及伴随这些动物的各种固沙耐寒植物，如紫花针茅、高原地衣等，那是一派大荒凉、大神秘的景象了。

三趾马化石的发现激活了更富激情的联想，当古猿人学会站立演化为人的那个至今仍然不可思议的时期，现在的青藏高原、云贵高原地区潮湿温润、万物兴旺，年平均气温为 10 摄氏度左右。中国已故的享有盛名的古人类学者贾兰坡先生认为，亚洲高原很可能也是人类的摇篮之一，这是关系到青藏高原、云贵高原一个伟大的猜想——人类起源的猜想。

有的猜想将会得到证实或者否定，有的猜想很可能永远都是猜想，我们的思维方式使我们太急于知道答案。其实，没有答案的终极猜想才是最迷人的，充满着对起源和灵魂的敬畏，凡是敬畏必定高贵。

这是一头在青海高原已经不多见的棕熊……

这是藏羚羊、野牦牛、鼠兔等等高原动物，这些都是高原恶劣环境下的幸存者，这些动物都属于青藏高原特有的物种。至今科学家们仍然无法准确说明这些动物是怎样进化而来的，科学家至今没有找到这些动物进化链的有力证据。青海的神秘也许恰恰就在于你很难一一找到你想要的答案，当你认为得到某一答案时，新的疑问又随之出现，这就是青海的魅力。当然我们期待着有更多的了解，因为人类只有洞悉过去，解开了自身生存环境的奥秘，才能更清楚地看到未来！

今天的地球是完美的地球，每一座山、每一条河的存在，都是大自然运动之中的必然。它们的存在不仅受周边环境的影响，同时也影响着周边的自然环境。如果没有青藏高原这一巨大而高峻的屏障，南部亚洲的降水会明显减少，天气不会这样温和湿润，当然也不会有那么多水灾；而阿拉伯半岛和北部非洲却不会如此燥热。青藏高原改变了亚洲、欧洲乃至北半球的气候以及环境格局，也影响了整个世界。

你转动地球仪就看见了，全世界在北回归线两侧的地方几乎都是沙漠，只有在中国是一派绿色的生机。如果没有青藏高原，中国的大江南北就是大漠瀚海。当喜马拉雅山把印度洋北上的气流阻挡在南坡一侧，喜马拉雅山以北的气候就十分干燥了，藏北高原的不少地区年降水量仅十几毫米，中国西北大片的干旱地带包括塔克拉玛干大沙漠，就是在这种气候条件下形成的。

一棵枯死千年的树，由于酷热干旱，鲜有微生物腐蚀死去的树干，它依然站立着。

沙漠广泛分布在中国的西北部，只有少数生命力顽强的沙生植物能在这里生存。为了减少水分的蒸发，它们的叶子如针如刺；它们的根则深深地扎到地下，或是游走在沙地的浅层，都是为了水，汲取深层的地下水，或是表层的沙漠中一点点几乎可以忽略不计的露水。

如果没有青藏高原为中国内陆遮挡住了风沙，温和湿润的江南水乡还是今天这样风光绮丽吗？青藏高原高大的身躯默默地站立在那里，你曾见过青藏高原粗糙的褶皱吗？那是造山运动的记忆，也是风吹雪打之后的痕迹。她使一个民族有了磐石之安，她阻挡了风沙，阻挡了气流，使山后形成了相对的真空，造成空气稀薄。一般人来到这里都会感到呼吸困难，“高原反应”是也。

在极旱之地，远望雪山，那终年不化的积雪已经分不清是今年之雪还是去年之雪了。还有大山深处的冰川，你总是能闻到湿润的气息，你又总是为眼前的干旱所紧迫，也许这就是生存的艰难与荣耀。

人说，青海是中国的“水塔”。青藏高原和水也有着不解之缘，最初这里是海洋，海洋退去后仍留下满天星斗似的湖泊，古青海湖只是其中之一。几亿年过去之后，这里仍然是湖泊的王国，高原湖泊之多，占去了中国湖泊总数的近一半，其中的大多数散落在羌塘牧区、可可西里无人区。那群湖之中的水，已经不是古地中海退去后留下的水了，那么青藏高原之水从何而来?

青藏高原的降水过程颇为独特，喜玛拉雅山使来自印度洋的水气在碰壁之后形成涡流，通过喜玛拉雅山的一条条峡谷，形成巨大的收缩力，把孟加拉湾的暖湿气流抽吸到高原上，与冷空气遭遇随即形成降水。这里的降水过程因为高原严寒表现为下雪，没完没了的雪，纷纷扬扬的雪。三江源区沱沱河沿每年的降雪日为350天，这周期从当年的8月16日开始，一直到次年的8月1日为止，每年的无雪日为15天。

7月，长江、黄河中下游为滂沱大雨笼罩时，三江源区正下着雪，好大好大的雪，没有三江源区如此之多的雪，新雪和旧雪，以及森然耸立的大大小小的冰川，哪有江河之水不尽流?

青藏高原是一块神奇的热土。人类的足迹向前延伸，一代代薪火相传，青藏高原也在岁月的前行中不动声色地变化，她还在继续抬升，只是这种速度无法被我们人体感受到。和地球相比，人类实在是太渺小、太短暂了。

青藏高原仍然以每年10毫米的速度上升。这种上升速度人所不觉，但是它间接带来的结果却让人们吃惊。2001年11月14日在格尔木昆仑山口发生了8.1级地震。在这次地震中，地面产生了巨大的裂缝，并且横向错开，地表错位竟然达到4米多宽，整个地震形成了长达426多公里长的地震破裂带，是迄今为止，中国唯一、世界罕见保存最完整、最壮观的地震遗迹。仅在唐古拉山一带，几乎每年都有6级以上的地震发生，这里地质构造活动非常活跃，板块运动的过程还在延续。

地震还会不断产生。地震只是板块运动的一种，除了地震，在青藏高原，随处可见的还有：山体垮塌、雪崩、泥石流等，这也是青藏高原生态环境极为脆弱的一面。

地球的这种运动，对于人类来说是一种天灾，但对于青藏高原来说，却是再正常不过的了。高原就是在这种从不间断的运动中形成的。

我们生存的大地远不如想象的稳定，漂移的陆地承载着我们不知将要去往何方；人们越来越清楚地意识到，对于全球变化的研究，如果不考虑青藏高原隆升，就不足以得出合理的解释。

青藏高原的隆起不仅导致自身环境巨大变化，以构造抬升为主，高山发育冰川和冻土，高原则以高山－山地草原为特征，它改变了中国以至整个亚洲的大气环流。在青藏高原的周边，有很多裂谷，如同东非大裂谷一样。这样的裂谷，有没有可能越来越扩大？亿万斯年后，会重新成为海洋吗？

超然辽阔的青海啊，山宗水源的所在。

亲爱的朋友，现在，我们可以这样说了：三江源区是高山之源、冰雪之源，也是梦想之源。关于沧海桑田、万类万物，一切在初始流出时便已经发生，或包罗万象于其中了，因而我们不能不追思再三：关于长江、黄河、澜沧江的源头又是怎样认定的？千百年来为着源头的寻根追溯，对于中华民族、中华大地而言，又意味着什么呢？

当我凝视一块化石，
感叹时间的深度和历史的悠久。
既看不见开始，也看不见终点，
以及时间深处的沉思默想。
但，无论如何，我已经知道，
青藏高原并非瞬息之作。

源在何处

水在身边流过，不知源出何处？

青海南部的一片广阔区域，人称三江源区。在这茫茫的冰山雪岭荒野高原之间，可以具体指认的长江、黄河、澜沧江的源头在哪里呢？它们的初始流出又是何等景象？几千年来，古人和今人面对江河之水，西望云天，除了发出“逝者如斯夫”的感慨之外，也一次又一次地探寻江河之源，并多有记载。不妨说这是人类寻根意识中浓得化不开的源头情结，是人类自身血脉的伸长溯源，包涵着对母亲及母亲河甘甜乳汁的崇敬感激，也有遥远而神秘的吸引。

江河认识史上的几千年的历程，还有可能继续下去。

早在战国时期，《尚书·禹贡》中就有“岷山导江，东别为沱”之说。这一短语一般理解为大禹治水曾达岷山，而长江则源出岷山。《山海经》中也有这样的记载：“岷山，江水出矣，东北流，注于海。”与《尚书·禹贡》同时代的《荀子·子道篇》更是断言：“江出于岷山。”《尚书》是中国古代儒家经典，《尚书》所言，就是金科玉律，不可更改，因而“岷山导江”说是不容怀疑的，影响极为深远。

无论如何，这是有记载的江源认识史上的开端，这个开端是否正确并不重要，重要的是我们的先人在 2000 多年前，关于江河流水的思考，已经指向源头了。

西汉时，在今天的四川南部和云南、贵州设立了一批郡县，人们对西南边疆的地理认识有所增加，在高山峻岭之间发现了深藏不露兀自流去的若水和绳水，即雅砻江与金沙江。《汉书 · 地理志》的记载说明，当西汉时，虽然已经知道金沙江的长度要远远超过岷江，但圣人之典不可违背，北魏郦道元在《水经注》中，仍把金沙江当成岷江的一条支流。

自古以来，判定一条江河的源头、或者正源，只有一个标准，即河源唯远。

金沙江的水流量明显要比岷江大，而更为重要的是流程比岷江长得多，为什么我们的祖先在论及江源时，舍金沙江之远而求岷江之近呢？有过这样两种解释：一是，班固或者郦道元根本没有对这两条江进行过实地考察，而只是从民间传说以及古籍记载得出相关结论。这个推论我们完全可以理解，金沙江和岷江两岸崇山峻岭，金沙江尤为艰险，即使在今天要踏访这两条江也要付出巨大的艰辛，何况古代，没有道路、也没有交通工具，要进行实地考察更是难上加难。第二种解释认为，大禹在中国具有近乎神圣的影响力，在人们的心目中，大禹的故事以及大禹的论断都是不可推翻的真理，而班固和郦道元当然不可能摆脱此种局限。

李白在《过彭蠡湖》中的两句诗“余方窥石镜，兼得穷江源”，吐露了诗人穷尽江源的向往；而《隋书·经籍志》记载有《寻江源记》一卷，《四海百川水源记》一卷，惜乎散失不存。但这两卷书名的命名便足以让人兴奋：隋唐时有过寻江源者，有过寻江源文，只是不知道寻到何处了。

唐朝初时有一件事情关乎江源值得一记，那就是文成公主入藏，因为入藏通道只能经过通天河流域，关于长江的认知便意外地上溯到了金沙江上源。

长江从宜宾开始叫做金沙江，一直到云南丽江。到了青海玉树，是长江的上游通天河；在这片土地上，有一个家喻户晓的美丽爱情故事。唐代文成公主公元 641 年进藏，嫁给松赞干布。当时汉藏往来途经青海玉树通天河一带，当时人们对金沙江以上的通天河段，已有相当了解。但是，不知道有没有想到，通天河流到下游，就是金沙江即古绳水也。

到了明代，明洪武年间，也就是 1368 年至 1398 年之间，有一位叫宗泐的高僧奉命去西域取经。他从西藏、青海返回时，经过三江源地区。他在《望河源》诗序中写道：“河源出抹必力赤巴山，番人呼黄河为抹处，牦牛河为必力处，赤巴者为分界也。其山西南所处之水则流入牦牛河，东北之水为河源。”当宗泐掬牦牛河水而饮时，有藏民看见后说：“汉人今饮汉水矣！”显然，宗泐是以抹必力赤巴山即巴颜喀拉山为黄河与金沙江之分水岭的，金沙江之源却在通天河左岸的某一条支流了。这是我们至今所能发现的最早的关于金沙江上源的明确记载。

黄河源头，最早的有《山海经》：“昆仑之丘……河水出焉。”意思是说黄河的水来自于一个叫“昆仑”的地方。

自此便有了“河出昆仑”说。《山海经》记载了中国古河道的诸多信息，但是谁也不知道这本书是谁写的，写作年代也始终没有定论。到了唐代，李白有“黄河西来决昆仑，咆哮万里触龙门”之句，河出昆仑便更加广为流传了。

昆仑是什么地方？昆仑便是今日之昆仑山吗？或者昆仑曾经是西部大山的统而括之的代名词？黄河在历史上的重要性，《汉书·沟洫志》说得最清楚，“中国川原以百数，莫著于四渎，而河为宗。”也就是说，最迟在汉唐时，黄河已被尊为中国的百水之首、四渎之源了。黄河西来，倘论源头，舍昆仑其谁？

关于黄河源比较正确的记载，是唐代和元代到达河源地区的考察奠定的。

唐贞观九年（公元 635 年），吐谷浑乘中原战乱，不时骚扰内地。唐太宗派大将李靖、候君集率兵出击，曾到“星宿川，达柏海上，望积石山，观览河源”。这里的柏海是指今扎陵湖，星宿川指星宿海。史书说他们观河源，其实还是没有真正到达河源。不过这是到达河源地区的最早记录。

元世祖忽必烈统一中国后，为了加强对西藏的管理，想在青藏高原建造一个都城，为此，忽必烈派招讨使都实于公元 1280 年 11 月 4 日勘察黄河源，都实一行到了星宿海，认为星宿海就是黄河源。

星宿海是黄河流经两山夹峙间的开阔川地，没有波浪没有涛声，是人迹罕至的草滩上的水泡子，娴静如处子，大小不一，星罗棋布，一到晚上月光泻地，星光闪烁之下，这草滩上的水泡子也恍若群星，星宿海由此得名。

星宿海离开河源不远了，但，星宿海不是河源。

在中国地图上，找到了长江、黄河，便能清晰地看到澜沧江的脉络，澜沧江由青海进入西藏，再流经云南，出中国国境后流经缅甸、老挝、泰国、柬埔寨、越南，然后注入南海。

这是一条国际河流。在国外，澜沧江也称为湄公河、湄南河，意为“众水之母”、“众水之河”，作为流经 5 国的文化走廊天然水道，哺育着不同语言不同国家的两岸生灵及万类万物，缔造了东南亚地区悠久的文明。在中国境内，澜沧江的知名度远不如长江、黄河，可是因为澜沧江承载、引领着历史最悠久、地势最高峻的茶马古道而蜚声世界，世人知茶马古道而不知澜沧江者众矣！就是这条文化古道，将中国内地的丝绸和茶叶运至西藏和印度，换回马匹、药材及香料。千百年来，无数的马帮沉重而默默地行走着，风风雨雨、雪山冰川、来来往往，直到今天这个古老的过程仍在进行之中。倘若没有澜沧江，就不会有这一过程的起点，就不会有在今人看来如此艰险如此美丽的茶马古道。

能不能说，这是中国保存最为完整、岁月最为悠久的一条古道？正是这一条古道，我们想起了吴哥文化，那是世界上最大的宗教建筑群，拥有600多处建筑遗迹，隐藏在45平方公里的原始森林中……

不管是茶马古道，还是吴哥文化，都是依据澜沧江而生存和发展的。不难想象，在古代有不少游客进出澜沧江，但是大多数游客并没有留下历史记录，只有两个奇人在澜沧江畔留下了游历的踪迹。一位是来自欧洲的马可·波罗。

1275年，21岁的马可·波罗跟随父亲和叔叔经过3年的长途跋涉，来到了中国元朝的首都大都，在元世祖忽必烈的格外关照下，在中国任职17年。在此期间，马可·波罗的足迹遍布大半个中国，在他的游记里，我们可以看到800年前澜沧江畔的民风习俗。尤其是他对永昌的记载，当地的交通工具是马，商贾云集，人们用黄金作为通用货币，也使用银币。马可·波罗所说的就是茶马古道一处重镇。

300多年后，第二位踏访澜沧江的人出现了——徐霞客。

徐霞客从20岁开始他的游历生涯，足迹遍及大半个中国，而走得最远、费时最长、游记文章写得最多最精彩的，是金沙江及周边地区，可是对澜沧江本身却少有记述，后人对此不解，徐霞客如此痴迷云南跋山涉水艰辛无比，到底所为何来？虽然徐霞客足迹遍布澜沧江畔，但是，他却没有为澜沧江这条河留下太多的资料。至此，很少有人提及澜沧江的源头。在当时人们的眼里，那是一个遥不可及的地方。那么澜沧江的源头到底在哪里呢?

中国地图标识着：澜沧江和黄河、长江一样，来自一个共同的地方，那就是三江源。三江源孕育了黄河、孕育了长江，也孕育了澜沧江。

徐霞客是探究江河源头的人。他专门写了一本书叫做《江源考》，凭借自己实地考察得出的证据，在书中对长江和黄河的源头进行了大胆的分析和更正。从而彻底改变人们对长江源、黄河源的认识。

或许，我们可以这样说，徐霞客在云南澜沧江、金沙江一带的游历考察，是为了实践他一生中一个最大胆的梦想：纠正“岷山导江说”，从而确认金沙江是长江的上源。为此，他在《江源考》中，既凭借史书正确的记载，又加上他实地踏访的资料，先是把长江源与黄河源两相比较，世人皆知的是长江长于黄河，假如岷山导江说可以成立或者说不容推翻，徐霞客雄辩地质疑道：“何江源短而河源长也？岂河之大更倍于江乎？”徐霞客又认为“计其吐纳，江既倍于河，其大固宜”，可是为什么长江之源总是以岷山导江作为结论呢？在徐霞客看来，除了这是《尚书》之言外，“金沙江盘折蛮僚溪峒间，水陆俱莫能溯”，深切、穿越在横断山脉间的金沙江，见山不见江，闻声不见水，鲜有寻访者，金沙江的真面目几乎无人可知。相对而言，黄河源的认识便超过了长江，其结果如徐霞客所说：“河源屡经寻访，故始知其远；江源无从问津，仅宗其近。”层层推断之后，结论是毫无疑义的，岷江经成都至叙（今宜宾）不及千里，金沙江经云南乌蒙至叙共2000余里。因而，岷江只能是金沙江的支流，岷山导江之说谬矣！于是，徐霞客称：“推江源者，必当以金沙江为首！”

徐霞客没有再从云南石鼓溯江而上，当他指出金沙江是长江上源时，实际上已经指出了长江源头的方向，三江源区的方向，而这个方向是千真万确的。

在“岷山导江说”和徐霞客的“推江源者，必当以金沙江为首”说之间，直到清朝时不少人选择的仍然是前者，认为“霞客不足道”，认为“经有明文”，所谓“经”者，《尚书》也，儒家经典岂可驳难？看来，实事求是真的说来容易做起来太难了，从古到今皆然。这“经有明文”如果引申为“已有结论”，耳熟能详也。

到清代的中晚期，西风东渐，边患不断，使中国地理学有了长足之进。由于汉、藏、蒙等民族在青藏高原往来频繁，人们对江河源的描述，也越来越详细。1704 年，为了编制全国地图，康熙皇帝曾多次派人探测青藏地区。不过，因交通险阻，气候恶劣，均无法进入江源深处实地探察，只能作出“江源如帚，分散甚阔”的描述，把长江源头地区的布曲、尕尔曲、当曲或楚玛尔河等支流都当做长江源。虽然没有真正确定长江的源头，但是已经接近源头了。

是次探测，还包括了对黄河源头的访察。当时的清朝皇帝为了根治这条多灾多难的大河，迫切需要对源头的了解。

察访人越过扎陵湖、鄂陵湖，到星宿海。留下了“星宿海之源，小泉万亿，历历如星，众山环之”的文字记载，以及一幅星宿海地形图，再次肯定了元朝的结论，将星宿海作为黄河的源头。

从 1707 年开始，在康熙皇帝的主持下，法国传教士白晋、雷孝思、杜德美率领中国测量人员用三角测量法，在全中国实行大规模测量达 11 年之久，于 1718 年绘制成《皇舆全图》。这是中国运用近代测量法经过实地测量后绘成的第一幅中国地图，在这幅地图上标示的金沙江上源为木鲁乌苏河。

1761 年即乾隆二十六年，齐绍南著有《水道提纲》，在这本书中，作者仍然说“大江源出岷山”，其实这是齐绍南为了不给他人提供驳难经书的口实，而虚晃一枪，在写到金沙江时用设问的口气道：“所合之水亦与河源相近，曰雅砻江，皆曲折数千里与马湖水会而入江，其为大江真源乎？”齐绍南不仅自问而且自答：“金沙江既会雅砻，水势甚盛，源远流长，所受大水数十，小水无数，虽滩多石险，舟楫难行，其为大江上源无疑也。”齐绍南还写到金沙江上源有三条河：木鲁乌苏河，今布曲；喀匕乌兰木伦河，今尕尔曲；拜都河，今当曲。

《水道提纲》说明，18 世纪中叶时，国人实际上摆脱了“岷山导江”的教条，把搜寻的目光投向了真正的江源环境、水系分布了。其时仍不为人知的是长江源头的确切地点，及另外一些细节，如沱沱河、尕尔曲上源的起点、位置、水流长度，最后当然是最激动人心的答案了：长江的初始流出是什么样子的？那源头之水从何而来？

1782 年，黄河再次决堤，造成了河南一带的洪灾。乾隆皇帝继康熙之后，对黄河源头耿耿于怀，派出一名叫阿弥达的侍卫前往青海探寻黄河源头。阿弥达到达了星宿海之后又西行 300 里，到了巴颜喀拉山北边，认为这是黄河的源头。应该说阿弥达已经走得很远了，牵挂黄河源头的康熙、乾隆可说是心怀忧虑、目光远大了。

不可思议的是，到了 20 世纪 40 年代，关于江源何处的记载重新趋于混乱，出现谬误，如 1946 年出版的《中国地理概论》：“长江亦名扬子江，源出青海巴颜喀拉山南麓……全长 5800 公里，为我国第一巨川。”这本书还告诉读者，黄河源出巴颜喀拉山北麓，便有了“江河同源一山”，“长江、黄河是姊妹河”之说，并载入中小学地理课本。

以扬子江指代长江是完全错误的，此种用法发生在鸦片战争以后，清朝日暮穷途，什么关口也把不住了，外国轮船长驱直入，但均得从吴淞入口，首先要经过的是镇江、扬州一带的河段，史称扬子江，外国轮船的船长和水手们便把中国的长江更名了，以扬子江取代了。长江英文的旧译名便是 yangtzeking。说中国人中的一部分有洋奴哲学或崇洋媚外，实在不冤枉，民国时期的中国水利部门实际上已经认同洋人之说，以扬子江之名取代长江了，1935 年的全国性治江机构名为“扬子江水利委员会”，1937 年出版的一本书题为《扬子江水利考》。1949 年，中华人民共和国成立后，为长江正名，还长江以“长江”之名。

1976 年和 1978 年的夏天，国家两次组织江源考察队深入江源实地勘察后发现：长江上源伸入唐古拉山与昆仑山之间，有大大小小几十条河流，较大的为楚玛尔河、沱沱河、当曲。这三条河的比较是，楚玛尔河水量不大，当曲的流域面积与水量最大，而沱沱河水量比当曲小，长度比当曲远 18 公里。根据“河源唯远”的原则，沱沱河为长江正源。再沿沱沱河上溯至最上源，沱沱河又分两支，东支发源于唐古拉山主峰各拉丹东雪山西南侧，海拔 6621 米；西支源出尕恰迪如岗雪山，海拔 6513 米，东支较西支略长，长江的正源应为唐古拉山主峰各拉丹东雪山。各拉丹东雪山上段是巨大的姜古迪如冰川，那冰川融水形成的点点滴滴，便是长江的初始流出。

1978 年 1 月 13 日，新华社向全世界发布了这一江源考察的最新消息，同时还宣布，长江全长不是过去说的 5800 公里而是 6300 公里，为世界第三长河。

那么，黄河呢？

钩沉历史，在源头的认定上一个有趣的现象出现了：长江因为“经有明文”岷山导江说被错误地引用了 2000 年；而早在 1300 年前即公元 7 世纪上半叶就有人提出的卡日曲是黄河正源的说法，却一直被怀疑、否定。公元1280年元朝的都实，公元1704年清朝的拉锡，都曾到过河源，望星宿海而止步，仍不知河源何处。

1952年，黄河水利委员会组织的河源考察队把约古宗列曲作为黄河正源，此说存在了20多年，但争议不断。1978年夏天的又一次考察中，发现有三条河流汇入星宿海，它们是扎曲、约古宗列曲和卡日曲。三河相比，卡日曲最长，流域面积700平方公里，长约30公里，关于黄河源头的结论又回到了公元7世纪上半叶的说法：卡日曲是黄河正源。

卡日曲发源于巴颜喀拉山北麓的各姿各雅山，海拔4800米，山脚下有平静的小湖泊，有泉眼，那些泉眼中涌出的清冽冽的泉水，是黄河的源头之水，黄河之水地下来。

澜沧江源头的探寻比长江、黄河要晚得多。1866年，有6个法国人从越南湿热的沼泽地带出发，没有任何澜沧江的地图资料，到了中国西南部的寒冷山区，长途跋涉两年之久。这是一次危险的旅程，由于自然条件的限制，他们难以准确测定澜沧江的长度，也无法提供充分的证据以证明源头之所在。

1994年，美国探险家米歇尔·佩塞尔与他的两个同伴，从玉树州出发，沿澜沧江寻找源头，骑马走了两天，到了一个当地叫隆布拉的地方，认为那就是澜沧江的源头。米歇尔·佩塞尔时年58岁，他付出了常人难以体会的艰辛，可是他对澜沧江源头的认定，却被证明是错误的。

1999年6月，中国科学探险学会18位专家组成的科学考察队，踏上了寻找江源的旅程，只见澜沧江源区河网纵横，水流杂处，湖沼密布，通过对扎那曲、扎阿曲的实测对比，认为扎阿曲河应是澜沧江正源。

这就是我们现在所说的三江源。

这里有长江、黄河、澜沧江各自流出的源头；这里是长江、黄河、澜沧江共同拥有的源区。

什么样的语言也难以言说源区的全部。高原上炽热的阳光、明朗的星空、沉默的雪山，却无论岁月流逝四季更替而一如既往地展现着，它在尘世之中也在尘世边缘，它拥有天，天拥有它。

它总是显得更清新、更平和，并且从来不以高大为高大，沉思默想，以万般慈爱俯视人间，或许那就是大地之上已经越来越鲜见的高尚的引领？

当冰川融水点滴流出时，一条大江诞生了，
与黄河的初始流出是地下涌泉一样，
无不宁静而安详，如同我们的慈母，
我们的引领者，
让沉思默想波澜壮阔。

荒原如梦

青海湖的早晨。

青海湖的波涛看上去让人觉得至少是沉甸甸的，那沉甸甸的感觉很可能源于它的颜色，在绿如蓝与蓝如青之间铺陈、舒张，在无风的日子里，青海湖的娴静与平缓，会使人想起那种不是雷鸣电闪胜似雷鸣电闪的、超越了激情的沉思，让人感到有一种敬畏的力量，弥漫在蓝天白云下。

青海湖的早晨是属于鸟岛上的小鸟们的。

这个面积仅为0.27平方公里的小岛，生活着几十万只分属各个种属，长有各种颜色，唱着各种歌声，却无一例外都有一双美丽的眼睛、一对神奇翅膀的野生鸟类，这里是鸟的天堂。每逢春夏时节，棕头鸥、斑头雁、鸬鹚、大天鹅、黑颈鹤等便相继聚集于鸟岛，不少候鸟从中国南方飞临，还有从东南亚、印度、尼泊尔风尘仆仆地赶来的，如果不是为了某种伟大的使命，什么样的生物能组织起如此浩浩荡荡的万里长征？

鸟岛很小，却是一个有序的、诚信的、和而不同的共同体，每一种鸟都有自己的筑巢区，发出自己的求偶声，在各自的安乐窝里休养生息、互不相扰。不同的筑巢区之间有着并不明显的界线，这个界线大约不足一米宽，这是不同鸟类散步、休闲、聊天的公共空间。谁也不会越界筑巢，更不会强占它巢，在一般情况下，鸟类们从来不会侵犯对方的领地。鸟巢，那些简单的巢及所在区域，是它们各自的也是共同的神圣家园。因而，在青海湖鸟岛，保卫家园的战斗也是壮观而惨烈的：当空中飞来天敌，向鸟岛的任何一个角度发动袭击时，鸟岛上的所有鸟类便会不约而同地鸣叫着拍翅升空，抵御外侮，翻转盘旋，鸣声尖厉，可谓惊心动魄。一般来说，小鸟们是温和的，只是发生夺巢、夺爱，侵犯其下一代的生命时，格斗便不可避免了，面对入侵者、掠夺者，那是自卫反击。

鸬鹚在江南水乡是捕鱼能手，这种古老的捕鱼方式在中国延续有千百年之久，假如青海湖的鸬鹚来自中国南方，吸引它们的是高原空旷呢？还是青海湖如诗如画的美丽？或者竟是鸬鹚捕鱼的年代已经成为历史，它们重得自由之身回到大自然中了？

青海湖为鸟岛上所有鸟类提供的鲜美食物是湟鱼，湟鱼耐盐碱，青海湖水盐碱度很高，为了使体内的盐碱更为顺畅地排出体外，湟鱼赤身裸体连个鳞片也没有，这是生命与环境之间，为了达到某种平衡而作出的选择，这种选择是有趣的也是无奈的。

不少种类的鱼从不离开它们的出生地，生于斯长于斯，就这么一条沟河，就这么一片水域，就这样游来游去，似乎有着无穷无尽的新鲜感，其实，恋恋不舍很可能是习惯使然。还有一些鱼，是更加忙忙碌碌的鱼，总是在它们的出生地和生活地之间旅行，那是一些生下来便注定要出远门的鱼。青海湖湟鱼就是这样，它们到淡水河里产卵，然后去咸水湖中生活。布哈河是青海湖最大的入湖河流，也是湟鱼们产卵的必经之河。在这个季节里，青海湖中所产的湟鱼成群结队、溯流而上，繁忙而有序地拥挤在布哈河中，布哈河展现的是大自然中往往被人们忽略的一种神圣：无论什么物种，不管它是多么细小、平常，皆负有延续自己种族的使命，是天赋之性也是天赋之权。

一只百灵鸟在荒野中孵蛋。

轻轻地、轻轻地，千万不要惊动它。

你看这只百灵鸟的眼睛那样明净清澈，但，也不乏警觉，它正在蓝天白云下耐心而细致地催生着它的小生命，使我们情不自禁地想起一切生命的孕育和降生，阵痛以及血污，然后是奉献所有的母爱，呵护喂养，一只只小鸟飞上了蓝天。

这只孵蛋的百灵鸟已经在它的爱巢里孵了一个星期了。

它并不知道，此时，危险已经离它很近。

天上的乌云越来越密，一场大雨即将来临……对于这只百灵来说，这并不是单纯的一场雨，它还伴随着其他的危险。这里已经是6月，但这里的气温依然很低，不一会儿，雨点变成了冰雹，毫不留情地砸在百灵鸟的身上。这位伟大的母亲，为了保护自己的孩子，只能一动不动，伸展翅膀，任凭冰雹和雨水的侵袭。

这场灾难持续了整整两个小时。

高原上这种局部的冰雹雨雪天气时时可能发生，即使在夏季也不例外。

雨停了、冰雹也停了。雨水和融化了的冰雹开始形成水流。水的流向并不固定，流量虽然不大，但对于百灵鸟的后代，这是致命的。这些雨水的温度一般都在10摄氏度以下，它会使小生命受冻着凉而夭亡。

水退了，百灵鸟妈妈已经筋疲力尽。而它的孩子也在冰冷的雨水中泡了将近一个小时，百灵鸟的两个孩子只有一个顽强地存活下来了。

可可西里的百灵鸟，可可西里生命之美好而又艰险的缩影。

在我国青藏高原中部、青海省的西部，有一条绵延千里、山势雄伟的可可西里山脉。山脉的周围有个辽阔的地区，叫可可西里地区。它平均海拔在4800米以上，面积约23.5万平方公里，是我国最大的一块无人区。这里空气稀薄，气候寒冷多变，自然条件极端恶劣，被称为“人类禁区”。

此时已是初夏。与早已春暖花开的低海拔地区相比，这里却是另外一个世界。漫天飞舞的雪花，巍峨挺拔的昆仑雪峰和玉龙般的冰川，呈现出一派冬天的景色。

强烈的太阳辐射使高原上白天的地表温度强烈增升，气温如夏天；而到了夜间，温度迅速冷却，甚至结冰。一年内有很长时间都会出现这种正负温度的交替变化。这种高原独特的温度环境，对植物生长发育提出了残酷的要求，只有为数不多的高原植物能顽强地生存。这种植物又受冻土层的影响，植根系发育艰难；但这里日照时间长，温差大，有利于植物机质的积累，它的好处是牧草虽然矮小、稀疏，但含有丰富的蛋白质和脂肪，成为野生动物的乐园。

可可西里还是中国现存大型野生兽类最多的地区，北以东昆仑山主脉为限，南以唐古拉山做界，西与西藏、新疆接壤，东至青藏公路。可可西里是青藏高原隆起最强烈的地区之一，平均海拔4800米至5500米，抬升部分形成断块山脉，下沉的形成湖盆谷地，相嵌相间，波状起伏，在冻土风化和冰缘融冻作用下，为荒原风沙地貌。可可西里的镶嵌地貌，带来了地形的多样化，生物的多样化，因而我们无法推测在表面的荒凉之下，可可西里是何等的富有。

可以说，可可西里是青海高原最富神秘色彩的一块高原极地。它拒绝人类，却怀抱着柔弱的小草，并一任剽悍的野生动物漫步或者驰聘；它是大荒凉，也是大富有；它是原始的，但保有大地的完整性；它远离尘世，却又弥漫着来自源头的大智慧的涌动。

可可西里是世界上最著名的高原湖泊密集区之一。

只要你看见了水，你就知道，可可西里不乏生灵而且是野性张扬其生命力的地方，它有大大小小的季节性河流 50 多条，当长江、黄河、澜沧江浩浩奔流时，这些流程只有几公里、几十公里的小河，一样以自己的姿态流动，滋润着可可西里的荒草及各种生物，最后以湖泊为归宿。百川归海没有错，但不是河流的全部，新疆的河流有不少消失在沙漠，青海的一些河流流进了高原湖泊，它们各有源头，各有流程，也各有使命。大大小小都是河，点点滴滴都是水。

可可西里上的河与湖是一种连接，水与水及荒原之间的连接，当天光云影倒映于湖中时，又有了水与天的连接；而当野牦牛、藏羚羊在湖边饮水追逐时，则成了大地之上生命的连接。每年 7 月前后，湖面上的冰层融化了，蓝蓝的湖水似乎还沉浸在冬日的冥想中，高原野湖里荡漾着的是哲人一般的沉思与回想。

这时候，假如有人在可可西里的荒原上驾车疾驰而过，碰巧看见了一群黄羊，这些小精灵先是好奇地歪着脑袋侧目而视，当你企图接近它们时，黄羊便意识到你是一种正在逼近的威胁，便撒腿飞奔，几十只、上百只疾驰而去。这个时候可可西里的动物世界便传播着一个不祥的信息：人来了。

在青藏高原，有一种动物在外形上和黄羊非常相似，那就是藏羚羊。

藏羚羊是世界上唯一生活在高海拔地区的羚羊；长期的自然选择，造就了藏羚羊对高原恶劣环境的适应。

高原上气候恶劣，变化无常，尤其是在冬季，天寒地冻，最低气温可达到零下40摄氏度以下。但对藏羚羊来说，这并不足以对它们构成威胁，它们会在入冬前长出一层厚厚的绒毛，以抵御严寒。它们对食物要求很简单，匍匐水白枝、棘豆、苔草和一些薅薯植物都是它们的美味佳肴。

藏羚羊的鼻腔特别宽阔，肺活量很大，血液中的血红蛋白含量高，适合高原生活。当许多动物（包括人）在海拔6000米的高度，就连挪动一步都非常困难时，而藏羚羊在这一高度上可以60公里的时速连续奔跑一个小时，瞬间时速可以达到120公里，有多少猛兽望尘莫及。其为高寒所困，飞奔荒原，实乃生存所迫也。

藏羚羊喜欢群集于湖畔，注视着湖水时有点忧郁。每一年的严冬之末，是藏羚羊发情交配的季节，它们不约而同地来到荒野草甸集结，这时候它们目光里的神情和姿态与平常有些不一样了，有一种迫切，野性的力量蓄势待发。公藏羚羊之间开始搏斗，为了争夺对母藏羚羊的占有权，真打真斗，各不相让，但不会置对方于死地。输者服输，怏怏退出。胜者会带走6至10只母藏羚羊另觅住处，一个又一个集群式的藏羚羊家族组成了，然后是交配怀胎。残酷搏击中的优胜者，才能得到交配的乐趣和传宗接代的权利，这是无情的自然法则，也是藏羚羊保持优良基因的不二法门。可可西里最温暖的六七月份，是母藏羚羊妊娠期满的日子，曾经打斗得遍体鳞伤的公藏羚羊们，从此不计前嫌，自动集结起来，前呼后拥地护送母藏羚羊至深山峡谷的隐蔽处待产。那深山山谷远在木孜塔格峰下的沟谷地带，没有肥美的草场，只有低矮的荒木和点地梅、紫花棘豆等不足2厘米高的荒草浅丛。藏羚羊对幼崽出生地的选择为什么如此苛刻？隐伏着什么样的玄机？唯一合理的解释是，为了远离人类的骚扰乃至猎杀。这里的海拔在4600米至5200米之间，气候变幻莫测，一天之内忽而晴忽而阴忽而风沙忽而冰雹大雪，就连夏日的最低气温也在摄氏零度以下，一处相对干燥、背风、向阳的坡地就是产床；有时慌不择地，也会把小羊羔生在冰天雪地中，刚出生的小羊羔体重在 2.8 公斤到 3.3 公斤之间，羊水还没有干透，小羊就可以站立，出生 10 分钟后可以走路，3 天后能够奔跑，对于藏羚羊来说，奔走的命运从降生的第 3 天就开始了。或许还可以这样说，这样一个机敏、坚强而苦难的物种，正是因为冰雪的洗礼，方能在人类的追杀之下，至今仍然不屈不挠、无比美妙地巡行在可可西里的荒原上。我们不能不惊叹于它们对于生存艰险的隐忍和适应。在大自然中，和人类相比，它们是弱者也是强者，对于生存的渴望与种族的延续却和人类有着本质上的一致性。它们的生命对于它们自己来说同样是宝贵的，没有什么可以替代，所以不管环境怎么恶劣，它们顽强地奔走在荒无人迹的旷野上。

在卓乃湖、豹子峡附近，有上万只藏羚羊在这里集中产崽，那是生命的奇观、野种的伟大。当小羊羔可以独立生活时，便会在“父母”的带领下返回草场、湖畔。成千上万只老老小小的藏羚羊飞奔疾驰，踢出的沙土可以遮天蔽日。经历了出生地的艰苦卓绝和长途跋涉之后，藏羚羊到了西藏的羌塘、新疆的阿尔泰和青海高原的可可西里，牧草会变得丰盛，新一代的藏羚羊们兴高采烈，但，遗憾的是，为偷猎者伤害的危险却大大增加了。等它们长大，公的还要和公的搏斗，产崽时还要远走他乡，藏羚羊永远是荒原绝地的行走者，行走是它们的生存方式。这是一种靠着行走、退让、艰难地跋涉而传宗接代、延续自己的种族的动物，个中艰辛、悲怆，人又怎能知道？可是它们还能退到哪里去呢？

藏羚羊在漫长的旅途中总会有一些体质较弱的个体掉队，一旦它们脱离群体，它们的生命将受到极大的威胁，或者被狼攻击，或者疲劳过度而死。高原上每天都有自然死去的野生动物，这时候它们的尸体就会成为秃鹫的美餐。

秃鹫是青藏高原上空体型最大的一种猛禽，是禽类中的庞然大物，高山兀鹫的体长为1.2米至1.4米，体重在8公斤到12公斤之间。这是专门等待别的动物死亡，然后把尸体当作美味的动物。它的头部和颈部的羽毛是短短的羽绒，有的干脆裸露，这样可以较少或毫无阻力地将嘴伸进动物尸体的腹腔之内，大吃大嚼。秃鹫有着极为敏锐的视觉和嗅觉，在高空翱翔时姿态壮观优雅，低飞时作盘旋状，极有耐心地观察和寻找，地面上的小动物们会闻风而逃。

我们已经说过三趾马动物化石，它是马的祖先，因为有三个脚趾而得名。用三个脚趾支撑身体比一个脚趾更易于在湖沼草地行走。在三趾马的年代，那时的青藏高原茂密的原始森林中，鲜花已经开放了吗？在再一次的抬升中，三趾马灭绝了，它有没有留下后代？有生物学家认为，在今天的青藏高原，与当年三趾马相类似的最大种群是藏羚羊，可是在三趾马与藏羚羊之间迄今尚未发现进化的联系。如果藏羚羊确系三趾马进化而来，那么进化过程中的过渡是怎样丢失的呢？反之，藏羚羊又是如何进化而来？从三趾马到藏羚羊，这是青藏高原生物演变过程中一段不可思议的空白，可以追寻，可以猜想，但更多的是神秘和茫然。

野牦牛是三江源区的又一道风景线，它体型粗犷，颈部、胸部和腹部的体毛长垂及地，如王者行走在海拔3000米至6000米的高山荒野上。野牦牛身强体壮，体重达1000多公斤，是青藏高原特有的庞然大物、野生动物之最。它以耐寒耐渴耐饥的一身傲骨，目空一切地巡行在冰天雪地间。虽然没有藏羚羊奔跑的速度，但它因力大无比而从容散漫，它是青藏高原威风八面凛然不可侵犯的动物之王。更为惊心的是，体积庞大的野牦牛喜欢结伴漫游和觅食，一旦感觉到异物或怪声或一时兴起，放风者便带领野牦牛群飞奔。这时，高原上便尘烟滚滚混沌一片。

藏羚羊分布在草原、荒野，野牦牛的领地主要是高寒地带的沼泽草甸，沼泽充满陷阱，而野牦牛却以千斤之重能驾轻就熟地穿行其间，悠哉游哉，不可思议。牧民为了获得野牦牛优良基因，常常会把家养的母牦牛放牧到野外，在空旷的荒野中等待着野牦牛的出现，使之与野牦牛交配。野牦牛从不拒绝"艳遇"，大情种也。

高原上的牧民说，牦牛是三江源区与人类最亲近的动物，在古老的游牧生活中，成群结队的野牦牛常常使藏民望而生畏。肯定有过相互之间惨烈的搏杀，后来牧民采用的是将其驯化的办法，最初的驯化始于何年何月已无从考证。但，这是高原上人与动物相亲相近的一次伟大实践，从此，巨无霸似的吃苦耐劳的牦牛便成了藏民生命中的一部分。

青藏高原地区是中国野生动物资源最丰富的地域。其实，从地理条件看，这里并不是最佳生存环境，地球上有更多低海拔地区更适合于野生动物的存在。但这些地方早已被人类独占，不少野生动物在人类的驱赶和追杀下不断失去生存空间，濒临灭绝。青藏高原的很多地域更不适合人类生活居住，在这片广阔的土地上，能生存者只有极少数牧民，更何况可可西里无人区？这也是一些野生动物得以保存的原因。当然，还有一点不可忽略：这里的藏族人民从不杀生，从而使它们得到了保护，能与人类和睦共处。

和藏羚羊一样，高原上的鼠兔也是一个强势群体，它们体积并不大，而且还是许多大型动物的食物来源，但是它们有着惊人的繁殖能力。鼠兔每年繁殖两胎，每胎4—6只。有些雌性鼠兔在出生后第一年就开始繁殖后代了。

高原上的每一个物种都有独特的习性、生存的本能，又分别处在生物链的某一个环节上。以鼠兔为例，它破坏草场依赖高原牧草为生，为牧民所深恶痛绝，它个头不大，善于挖洞，如鼠如兔，但，它也是高原上所有食肉动物的首要猎物。

一只大棕熊在草原上踽踽独行。

棕熊并不多见，一旦它出现在高原的某个角落，就意味着棕熊已捕捉到鼠兔的信息了。和大多数动物一样，捕食是棕熊每一天的当务之急，捕食的对象是鼠兔。如果不是把鼠兔堵在洞里，不让其突围，凭着鼠兔灵巧的腾挪跳跃，棕熊也只好徒叹奈何了！一只棕熊一次吞吃 50 只鼠兔才能勉强充饥，棕熊今天的运气不算好，鼠兔逃跑了，它追不上，虽然气急败坏，也只能暂时挨饿了。棕熊食量太大又太过笨重，决定了这个种群的数量不可能太多，在青藏高原大约也就是区区 2000 只。

鼠兔与当地家养牲畜争夺食物，它们挖的洞穴从根本上破坏了草场的稳固与繁荣，促使牧场退化，因此人们在辽阔的高原牧场上用种种方法扑杀鼠兔，目的就是为了减少对高原植被和草场的破坏。事实上，在鼠兔数量达到较高稠密度的区域里，青草早已被人类饲养的牛羊等家畜吃光了。但是人们却误以为他们看到的这些颓败的土地都是鼠兔造成的。有的鸟类也许更不会同意人类对鼠兔的完全的敌意，因为鼠兔所挖的洞也是它们遮风避寒的家。青海高原上的鸟鼠同穴，使不少人瞠目结舌。有各种各样的推测，我却宁可相信，这是两种分属不同门类的动物，在高原环境下达成的一种平衡或者谅解。当然，它需要前提，那就是鸟与鼠兔之间很难互相伤害，并且没有实物分配的利害关系，天亮就分手，动物之一夜情乎？

在大自然的生物链里，鼠兔究竟起到什么样的作用呢？有人说鼠兔是这个区域的生态警示者。高原鼠兔被一些人认为是高原生物多样性的关键物种。在高原鼠兔被毒杀的地方高原鸟类物种的丰富性与种群密度，要低于鼠兔没有被毒杀的地方。特别是那些栖息在高原鼠兔洞穴里的鸟类，比如褐背鸦和 6 种雪雀类物种以及捕食高原鼠兔的物种。高原鼠兔不可灭绝也。

三江源区是我国生物多样性最丰富也是最为独特的地区之一。高寒草甸与高寒草原及高寒荒漠组成的环境中，中午可以酷热到摄氏 40 度至 50 度，一到夜间便降至零度或者更冷，阳光是如此炽热，空气又是那样稀薄。环境与气候的特征，从某种意义上说就是这一区域的植被特征。在可可西里，很多植物是多年生长一次开花，一旦花蕾绽放，整个植株便马上枯亡。你在可可西里行走，你感觉这荒野的气息，你似乎会听到一声呼唤：我要开一次花！谁不希望炫耀生命的色彩呢？因此，在有的年份，这里的植物要丰盛一些，有的年头就可能白茫茫一片真干净，不过只要根在，草是不会绝的。

在这里，对植物生长最不利的两个因素是大风和强紫外线；为了适应大风的影响，高原植物都非常矮小。即使生长在背风面的植株也只有 30—40 厘米；为了抵御强紫外线的损伤，大多数植物叶背均为毛背，很密很密的毛背，能挡住阳光中的紫外线。另外一些植物表面分泌了大量的腺体，也能防止紫外线对植株的伤害。

植物开放的花朵的色彩比较简约、淡雅，有白色花、红色花和蓝紫色花，人们几乎看不到黄色花，因为黄色对紫外线的反应吸收更为强烈。不少植物叶面收缩成刺，丛生作莲座状，蛰伏着，紧贴地面，蛰伏是美丽的。

不管这些植被采取什么样的方式抵抗紫外线和风沙，它对高原、高海拔这种环境都是一种适应。这是生命进化之神奇的细小的体现。

可可西里有高等植物102属、202种，其中青藏高原特有的为84种。

那些荒草、小花以柔弱的形态展现着生命的平和、喜悦，在高寒、荒野、冷寂中守望三江源区。

在地势比较低、湿度比较大的河滩或者湖滨地段，分布着以藏蒿草为主的沼泽。相比之下，这里的生存条件比起高海拔地区要好一些，植被生长得要高大得多。

这里的海拔高度为3000米，人类已经进入这里生活了。人类总是能利用周边的环境为自己服务。如果不仔细看，这绝对不会被认为是一条船，在当地，这叫草皮船。这可能是世界上最奇特的船了，这种草皮船在当地被大量使用，它成了当地人一个重要的交通工具。

高寒产生了大量冰雪，冰雪融化创造了草原、森林和灌丛。有了水草条件，就有了各种野生动物的生息和繁衍，也就有了逐水草而居的牧人和他们牧放的畜群。一种生命的链条就这样延伸，一个生命之网就这样编织。每一个物种各有自己的生存特性，又都受制于其他物种。三江源遵循着它的自然规律，延续着高原独特的大自然序列，一样枯荣一样兴衰，谁能听得见旷野呼告?

青海湖已经睡着了。

三江源也在梦乡中。

假如你依然沉浸在荒原如梦的遐想中，遥望着山与雪，今夜的荒草和藏羚羊，从心海深处涌起的、离开了青海你很难体会到的那种感动会告诉你，引领我们跋涉历史的长途，面对无数灾难、曲折，而仍然不忘高山仰止、景行行之的，不正是亿万年来流淌在中华民族血脉里的从源头开始的那种山水交融、水滴石穿的精神吗？

如梦的荒原啊！
假如还有最后的旷野呼告者，
他肯定会陶醉在这哲人一般沉思的荒野中，
并且来到可可西里，
我们读不懂卑微的荒草和巡行的野牦牛，
但，那是生命的广大和美丽。

血脉千年

江河的发源地，总是渗透并交织着人类的脚印、文化的进程，从而演绎出更多也更精彩的生命故事，看似平淡的一句“逐水草而居”，其实已经指出了从古到今人类探索前行的方向，你总是离不开水，也离不开草，那些脚印还在吗？

青海乐都县一个叫柳湾的村子里，村民习以为常地过着平静的生活，可是一个意外的发现，却打破了这里的宁静。

1974 年春天，挖地修渠的村民，挖出了一只陶罐，一只空空如也的陶罐。柳湾的村民已经见多不怪了，以往，每当雨季来临，随着山洪暴发，总会有一些陶罐及其碎片散落在田边地头山沟沟里。

正好一支解放军医疗队在村里为老百姓看病，有一位老军医看着这些陶罐想起，很久很久以前这里很可能是个陶瓷作坊。再细看，那一只品相完好的陶罐上画着纹饰，这纹饰还有规律可循，那是不是文物？老军医抱着四只陶罐送到了当时的青海省考古工作队。

这是一只距今 4000 多年历史的彩陶。

柳湾挖地引水的工程停止了，取而代之的是考古发掘。在文化层中不仅发现了彩陶，还有人的残骸、石器、贝壳等随葬品。

1976 年出版的《考古》杂志，翻开这本已经有着稍些历史怀旧感的书页，我读到了当年的考古报告，第一时间的考古成果：在一座夫妻合葬墓里，遗骸的姿势告诉我们一个非常奇怪的现象，男的一般都是仰身、躺着；而女的侧身而曲望着男性，这位女性在死前似乎经历了极为痛苦的挣扎，有没有可能是活埋陪葬的？当时社会，已经进入了一夫一妻制，或者一夫多妻。另外一个墓葬中有三具人骨，其中的一男一女可能是墓主的奴仆。

确切地说，柳湾有一个墓葬群，在一处墓葬的发掘完成之际，考古学家在墓葬的边缘处稍作延伸，便又会发现新的墓葬。发掘持续了6年，先后出土的是已经深埋4000年左右的1730座墓葬，出土各种珍贵文物35000多件，彩陶15000件。

考古的深入，就是对历史追问的深入，首先被人关注的是彩陶本身。这些丰富的随葬品，远远超过死者生前生活所需。需要特别指出的是，彩陶不同于岩画、洞窟艺术等史前艺术，它的一个重要特点是：它与我们祖先们日常生活密切相关。

也许，今天的人们永远无法确切地知道第一个陶器或彩陶是怎样诞生的，它可能产生于我们先祖一次偶然的创造：他们最初是住在山洞里，需要到山下去取水，取水用的器具是用泥做的，这种器具并不结实，而且不能长时间盛水。一次偶然的机会，这个容器掉到了熊熊燃烧的篝火中，后来的发现是令人惊喜的，具有里程碑的意义：泥巴在火中可以变得坚硬，这是烧制的开始，也是陶器的诞生之初。

最早的简单而粗糙的陶器是用来盛水的。

今天，面对陈列在博物馆的这些彩陶，我们不能不感到惊讶和震撼，在没有任何机械工具的情况下，如此美妙的艺术品是怎样制作而成的呢？在我们祖先生活的那个年代，其发轫之初肯定不是为艺术品而产生的，但毫无疑问先民已经在创造艺术了。或者可以这样说，当最初的创作者不以艺术为艺术时，不经意间，艺术却恢宏博大了。

这是一个多么广阔而深厚的文化层啊!

从考古学中一层一层的文化层出发，关于文化的内涵及其形态，可以作如下表述:文化是器物的，文化常常以废墟的方式被埋没;文化是生存和劳作，文化不仅制造器物也制造野蛮，而器物是唯一可以代表历史不同时期到场的可信的明证。

如果说石器提供的是生产工具的话，陶器的出现，却首先是为了生活，它属于生活起居。较之于石器的简单的打制，陶器的生产要复杂得多，有了一定的工艺手段及制作程序，融入了人的有组织的创造性劳动。彩陶的出现以今天的眼光看，是华夏先民在工艺和精神及想象力上的一次飞跃，人类在遥远的洪荒年代里，已经迸发出了爱美的天性，以及对美的追求。在这些平静而沉默的彩陶上，我们是不是隐约看见了艺术的一处源流?

而当陶器诞生之初仅仅是生活用品的时候，也许人人可以得而用之，可是以后的情况似乎有点不一样了。翻开当年的考古记录，有些墓葬的陪葬彩陶竟有近百件之多，有些相对较少，甚至没有。在等级制度森严的当时，这就是财富和身份级别的象征。通过对柳湾 1730 多座墓葬的对比，考古人员发现，这种推断是正确的。越是地位显赫的人，陪葬品越丰富，甚至还有活人陪葬。这种古已有之的不平等使我们茫然，但几千年过去了，平等世界又在哪里呢?

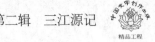

先人的每一种创造都会给我们带来喜悦、激动，乃至困惑。

这个陶盆上的色彩，让我们看见了鲜艳的、欢乐的、某种原始图腾，那是舞蹈吗?当我们谈论原始的时候，就要努力使想象回到原始的苍茫中，那时的舞蹈是不是还是有某种崇拜的意象?或有祈祷、祭祀的功能?无论如何，它的粗犷与潇洒，和存在于两者之间的吊诡，只可直观却远远不能一览无余，今人之思怎么可能完整地复原古人之想？

这一个裸体人像彩陶壶更让人惊讶莫名，它是我国迄今为止发现的最早的人体塑像，不仅制作精美，构想独特，更有学术界为之争论不休的内涵：这个人像的生殖器兼有男女两性的特征，胸前一个男性的乳头两边，是一对丰满的女性乳房。触摸这个造型奇特的男女混合体，如同触摸远古根节，我们该怎样去揣度它的指向？如同这彩陶壶里曾经留下的空气一般，若有若无，玄之又玄。

彩陶纹饰中不少是抽象的线条，追问中华民族艺术的起始，至少有相当一部分是源于抽象，然后才出现具象，我们完全有理由说，中国是抽象艺术历史最为悠久的大国。那时，文字还没有出现，能让人强烈感受到的是这些抽象符号中的思维与情感的刻画，这刻画显然是含蓄的，甚至有点压抑，那最后喷薄而出的是什么呢？不知道，可是人已经被感动了。

那来自远古的出于我们先人之手的原始的信息，是不可抗拒的。它会使我们想起曾经被深埋的大历史中的一个个小而又小的片段，甚至是细节，却因为彩陶器物作为文化的存在，而不容置疑，也用不着任何矫饰。历史学家告诉我们，只有出土的文物才是不可作伪的，只有文化的绵延和发展才是不可战胜的。

在柳湾出土的一部分彩陶壶的腹下部，绘有各种不同的符号，比较多见的有“十”、“0”、“一”等。这些符号是陶器制作者的记号，或代表氏族的徽号，还是我国最原始的古文字？

可以肯定的是，这些符号中的某些符号至今仍然被我们使用。

当把这些彩陶上的符号都收集起来，不难发现，这些简单的符号和甲骨文或者略有相似或者特别相似。

甲骨文的文字集中分布在甲片上，形成一个可以表达意思的整体，这也是文字和符号的最大区别。但是这些零散地分布在各个陶器上的符号，虽然看似具有文字的结构，但显然并不构成叙事的功能。能不能说这是萌芽中的、将要呼之欲出的中国古文字的初步形态呢？

柳湾彩陶绘有的抽象线条中，有多达100种符号，不论它们是否是中国古文字的开始，当制作者在陶器上绘出任何一根线条、一种抽象的符号时，都足以说明，我们先人的智商及其脑容量，已经发达到了一个相当高的阶段。至少可以这样说：文字的出现、中国字的出现，正在有意无意的酝酿和尝试中了，已经为时不远了！

因为彩陶，柳湾这个青海省的一个寂寂无名的村落，已经成为旅游胜地。旅游者已经不仅仅是旅游者了，实际上他们也已经参与历史人类学的考察和寻访了，柳湾先人是一些什么样的人？他们和今日之柳湾人有什么关系？柳湾已经出土的1730多处墓葬中至少有2000多人埋葬在这里，最早的墓葬与最晚的间隔1000多年，在这1000多年的时间段中，这些墓葬的格局大致相同，那是当年的柳湾人特意选择的这么一个祖祖辈辈埋葬于斯的坟场吗？如果是，那么，柳湾当时就有了权威的部落首领，以及对死亡和丧葬的某种宗教意识，并且具有相当的行政能力。

现在生活在柳湾的村民不是柳湾先人的后代，他们的祖上均是迁徙而来的，他们是从拓荒开始建立家园、繁衍生息至今的，在这中间空白的两三千年里，柳湾发生了什么？柳湾人为什么弃祖宗的坟茔舍柳湾而去？

人类学家关于柳湾人的疑问，在青海民和县喇家村得到了启发。考古队在民和的发掘意外地发现了大量的人的残骸，死亡的姿势说明他们是突然之间非正常地死亡的，有的侧卧、有的匍匐、有的相拥、有的母亲紧抱着自己的孩子……一律蜷缩，所有的骸骨上似乎都写着两个字：惊恐！无疑，这样的死亡，大规模的死亡，源于一次突发性灾难，当巨大的不可抗的灾难来临，这个史前时代的城堡毁灭了，城堡里的男女老少几乎无一幸存，曾经是家园的城堡，成了一片埋葬生灵的坟场。

专家认为，喇家村的这一场史前灾难，是由强烈地震及巨大山洪与黄河洪水并发所致。强烈的地震使人因为惊吓而蜷缩，与此同时，洪水又挟裹着泥石流汹涌而至……可以联想的是，柳湾是不是也遭遇过类似的灾难？那满地陶片至少可以证实，洪水确实曾经在柳湾不止一次地泛滥过，但，很有可能，柳湾的灾难不是瞬间灭顶的灾难，他们还来得及逃难，离开故土祖坟的时候，肯定哭声震野……谁能告诉我柳湾人从哪里来？又到哪里去？

在更加开阔的视野中，华夏先人地理大发现的最初的家园之一，很可能便是青海。

柳湾所在的县叫做乐都县，地处青海省东部，人类先祖的足迹曾经长时间地在青海，在这一带徘徊、流连。

早在 1956 年，科学家在柴达木盆地南缘格尔木河上游三岔口、高原腹地的长江源头沱沱河沿岸，以及可可西里三个地点采集到 10 多件打制石器。1984 年 6 月，在柴达木盆地小柴旦湖东南岸的湖滨阶地上的古湖滨砾石层中，采集到石器 112 件，包括雕刻器、刮削器、尖状器和砍砸器等 41 件。据碳 14 测定和地层对比，这批石器距今约 3 万年，一个迷人的信息吐露出了：至少在 3 万年前青海便有了人类的足迹，而柴达木盆地就是他们的家园之地。3 万年前的青海高原可能没有这么寒冷，即便如此，我们的先人怎样来到三江源区、甚至已经到了长江源头沱沱河沿，至今仍然是个谜。他们是找水而来的呢？还是寻找源头而去的？从大量的刮削器来看，当时人们的日常劳作主要是刮削，刮呀削呀，刮什么呢？削什么呢？刮一张牦牛皮吗？削一条牦牛腿吗？总而言之为了生存，为了生存来到沱沱河沿、柴达木盆地，为了生存不经意间创造了历史。3万年比起4000年，可要漫长多了，那些石器经过粗糙的打制，也就是大石块击打小石块，那是旧石器时代，在柳湾彩陶之前很早很早以前，三江源便有人类逐水草而居了，石头可以作证。

1980年夏，青海省文物考古队在贵南县拉乙亥乡，即现在的龙羊峡水库淹没区，发现了6处不同于新石器时代任何文化类型的遗存，在其中一处出土文物1489件，其中石器1480件，骨器7件，装饰品2件。石器中有研磨器和调色板，石器的加工技术除了直接打击和间接打击法，还出现了琢修技术，这表明拉乙亥遗址是旧石器时代向着新石器时代过渡的文化遗存。石器中用于加工谷物的工具——研磨器的出现，说明采集农业已经出现。骨针的尖端锐利有针眼，人们已开始用兽皮之类缝制衣服。遗址中还发现了30多座灶坑遗迹，出土了大量动物骨骼，有环颈雉、鼠兔、沙鼠、喜马拉雅旱獭、羊及狐狸等。这些动物是当时人们主要的捕食对象，这个遗存的年代，约在公元前5000年左右。

岁月越是往后，祖先留给我们的信息就愈加明晰而丰富。大约在公元前2000年左右，青海进入齐家文化时代，出现了冶铜业，标志着生产力水平又有了新的提高，历史进入青铜器时代。在贵南县尕马台墓地出土的青铜镜，直径9厘米，厚0.4厘米，背面有钮，边缘穿有两个小孔，其铜锡比例为1∶0.096，即含锡量约10%，属于青铜，这是我国已知的最早的一面铜镜，出土于古羌人的墓葬中。

齐家文化的住房多为四方形半地穴式，房屋的地面和四壁抹白灰，地面白灰在0.5厘米厚度以上，不仅美观，还可以防潮。这是青海先民在建筑上的一个创举。齐家文化的墓葬有较多的男女合葬墓，这表明父权制得到进一步巩固，丈夫对妻妾有生杀予夺之权，有的还要为男人殉葬。这使我又想起了柳湾的彩陶和柳湾的坟场，柳湾944、951、967号墓中还有身首分离者，掠夺财富、处死俘虏，已经是部落战争中的常事了。

青海古羌人的文化要比拉乙亥人、柳湾人先进，这一切是羌人自己创造的还是与中原文化碰撞的结晶？文化的延伸首先是器物的传播、交流，其传播之途是由中原向青海，或者由青海到中原，则未可定论，很有可能是两者兼而有之。还有一种假设也令人激动，古羌人很有可能是柳湾人的后代，他们的铜器、石器与中原同时期的文物相比，有不少相似之处，其精美也毫不逊色。而多数人类学家认为，中国最大的民族汉族，是古羌人与华夏人的融合。如此说来，做彩陶的柳湾人应是我们的先祖了。

作为姓氏的“姜”字和作为部族名的“羌”字，在古汉语中是一个字，炎帝为姜姓，炎帝出于羌。炎帝既出自西羌，和炎帝一母同胞的黄帝也与羌有着不可分割的血缘关系。目前学术界较为一致的看法是“姜”是羌人中最早转向农耕的一支，后来炎帝的姜姓部落与黄帝的姬姓部落逐渐东移，教民耕种，尝百草，耒耜耕耨，为农耕文明的先祖，也成为了华夏族的一个重要组成部分。

当时，中原大地刀兵四起，战火连绵，诸侯争霸，几无宁日，但，青藏高原却是娴静安详的。在三江源区，优美的牧歌，正和悠悠的白云一起飘荡。

中原王朝的目光投向了青海。

这是一座都兰古墓，它告诉我来自东方的鲜卑人，打破了青海高原上牧歌似的平静，建立了长达350年的王国，战争是血腥的代名词，习惯于放牧和狩猎的古羌人似乎没有多少准备。鲜卑人的到来，也打破了高原的封闭状态，鲜卑人贵族与羌人部落首领终于达成和解共同建立吐谷浑王国。

这片古墓群的发掘不但向我们揭开了一个立国300年的古国之谜，而且对青藏腹地的政权沿革及交通提供了明确的佐证。

一批具有重要价值的文物出现在我们面前：有金银饰品，吐蕃文，古藏文，木简、木牍等，还有衣服的领、袖口和一些单片丝绸，都具有明显的唐代风格，更有罗马、古波斯遗物。特别令人思绪为之一振的是：一方三尺余的丝绸织品上织有异国风物、珍禽异兽、器皿居室、人物形态，精美绝伦。

在这件丝织品的图案中，有“吉”和“昌”两个汉字。图案中两匹马的头形，以及马车的形状，可以联想到东罗马的马车形状，画面有着浓厚的西方色彩。人物中有戴古代中国官帽的，也有的戴着波斯人的小圆帽。图案中还有扛着两叉旗的东方人。还有一件缝成了一个红织锦的小套，在这个织锦上面有古波斯人使用的钵罗婆文字，所绣文字为“伟大光荣的王中王”，这是迄今已知世界仅有的一件8世纪波斯文字锦。

大量中亚文物都是从这里传入中国，中国的茶叶和丝绸便是从这里运到西方的。

一个曾经让历史学家和考古学家争论不休的重大问题有了结论，那就是确有一条丝绸之路的南线线路。从这里西可出阳关而达西域，经吐蕃而至天竺，避开了河西走廊一线因战乱割据造成的阻隔，丝绸之路青海道是也。

青海的地理位置日渐显示着它的重要性，也因此青海便成了边塞险要，征战之地。1300多年前的公元7世纪初，中国历史上空前强大的大唐帝国建立，而在青藏高原，一位名叫松赞干布的首领，称雄雪域高原，建立了吐蕃王朝。他从西藏打到青海，击败了吐谷浑人。此后，唐朝与吐蕃屡次交战互有胜负，历史时有喜剧性的一幕发生，当战火暂熄时，松赞干布两次派专使到长安向唐王求亲。公元641年，唐太宗答应了松赞干布的和亲之请，文成公主便踏上了唐蕃古道，便有了青藏高原上最罗曼蒂克最激动人心的爱情之旅。

对唐太宗与松赞干布来说，这绝不是一件简单的娶妻嫁女的家事，而是关系军事政治的军国大事，各有图谋各有算计。但，史书记载、民间流传、千古不朽的却是活生生的爱情故事，彻底掩埋了主事者的深谋远虑，大约这也是爱可以永恒的一个例证吧？松赞干布到青海迎接自己的新娘，在扎陵湖畔，几乎是远离人间的黄河源区，度过了洞房花烛夜。

文成公主信佛教，通过佛教传播中原文化，同时在青藏高原播种从长安带来的农作物种子，如玉米、土豆、油菜等，不妨说，那是友谊的种子，也是文化的种子。

文成公主入藏后，数十年鲜有战乱，可是战争还是不期而至了，战事繁忙甚至恢复到了200年前的状态。以后人的目光观之，其时其地交战双方的胜负其实并不重要，攻城掠地，你来我往，迁徙流离，分分合合，作为战争的副产品，中国历史上又一次各民族之间的碰撞、交流及融合，在青藏高原影响深远地发生了。

在西宁的东南方向，黄河从青海出境流向甘肃的地方，有一座雄伟的积石山。相传夏禹治水时曾经在这里疏导过黄河。这里是撒拉族的聚积地，这里的人们信仰伊斯兰教。

历史上的撒拉族主要以狩猎和游牧为生。吃苦耐劳的撒拉族，曾经是黄河上的“筏子客”，从青藏高原将货物用牛皮筏子一次次地渡过黄河，运往甘肃、宁夏、内蒙古等地，与惊涛骇浪的搏斗锻炼了撒拉人坚强勇敢的民族性格。尽管，今天的撒拉族已经成了地道的农业民族，但是游牧民族热情奔放的血液依然流淌在撒拉人的血管里。

对于生活在黄河上游的各族人民来说，每一条河流都是天险阻隔。

当居住在别处的人们在河流上建桥的时候，这里的人们还在摸索过河的手段。因为以当地当时的条件，建桥是件太不可能的事。

看着滔滔的水流，我们能想象出来远古先民的渴望和无奈。与此同时，人类的智慧也会迸发出来。人们已经看见树叶和木头可以在波浪间漂浮，从此岸漂浮到彼岸，大河小河的阻隔，两岸的眺望，以及为着渡河的焦虑及其想象，不一样是波澜壮阔的吗？

终于有一天，皮筏出现了，皮筏成了青海省境内黄河与湟水地区各民族常用的渡水工具。

那是用牛皮或是羊皮袋子做成的。将牛羊杀死后，完整地剥下牛羊皮，扎好头尾、四肢部位，充气成为皮袋。将四只或六只皮袋排列捆扎在“井”字形木架上，做成皮筏子就可以踏浪而去。

古老的皮筏子，不知道在黄河上漂流了多少个世纪。这皮筏子既承载着藏族、回族、土族和撒拉族人的生活与经历，也承载着各族人民之间的智慧和友谊。

历史的长河继续流淌，历史的片断有的已经是博物馆的文物，有的依旧活鲜地展现在高原大地上。

600 年前，朱元璋为了巩固大明天下，开始了大规模的屯垦戍边，江浙汉人、兵丁眷属，数以万计到青海安家落户，于是便有了五屯上庄、五屯下庄这样的中原地名。600 年沧桑，600 年交融，屯兵的某些村庄已经没有一户汉人，他们的后代早已在新的高原环境中和少数民族结合在一起了，唯这一面至今犹存的寨墙，饱经沧桑地见证着:600年前陌路之人,600年中血脉相连,600年后亲如一家。

青海是各民族共有的家园之地。历史在演进的过程中，无论经历多少战乱与曲折，却总是以人种和文化的融合而达到新的和谐，那蓝天白云，那雪山流水，那青青牧草上，昭示的是逝者已去来者可期。用三江源区牧人的话说：我们喝的都是这江河里的水，牦牛吃的都是这高原上的草。

柳湾，你的陶片还在吗?

我们已经约略知道了，华夏先人曾经以青藏高原为家园之地，然后由西向东，沿江河而下。其间，灾难战乱、生生死死，可谓筚路蓝缕。柳湾人，那些制作彩陶的柳湾人从何而来，去向何方，也尽在不言中了。三江源的水和土以及草木，滋养了大大小小的各个民族，并提供了各民族间沟通、交流的道路与舞台，也包括刀兵四起，“青海长云暗雪山，孤城遥望玉门关。黄沙百战穿金甲，不破楼兰终不还”，这是唐人的诗。正是在这一过程中，才有了今天中华民族的大格局。如是言之，说我们的身上都流着古羌人的血、柳湾人的血，不为过也。或者还可以这样说，我们的血管都是千年血脉的一个枝节，而且有着从远古遗传下来的烙印，有着三江源区的天性：对流水对土地对苍天的敬畏和感激。

大地是我们的生命相连接，
天光云影、千年血脉就流淌在江河之水中，
因而也奔腾在我们的血管里。
我们看见了文明之路由西向东从高而下的筚路蓝缕，
江河不是精神，但是她有精神：
坠落和不远万里的滋润。

敬天惜地

三江源，广袤而神奇的土地，当江河从这里流出、流动，以无限襟抱广纳百川时，她给出的信息是确凿无疑的：这里也是生命的源头之地，这里的人们崇尚天地、雪山、草原与流水，牧歌就像对着蓝天开放的花朵，经幡飘荡着天地人和风调雨顺的祝愿。

三江源既是地形镶嵌地带、也是民族交融地带，这里是藏族、蒙古族、汉族、回族、土族、撒拉族等各族人民的休生养息之地。在这高峻寒冷、冰清玉洁，同时也是苍茫荒凉的土地上，人们的境界也随之延展，在财富、物质与精神、环境之间，他们保持着敬天惜地、守望家园的美德，同时，他们也不得不面对着汹涌而至的现代文明中的金钱崇拜。

青南重镇结古是玉树藏族自治州的首府。

扎曲由西而下，北塘河从南而来，这两条河流横穿结古镇交汇后东流 30 公里，涌进通天河。

“结古”在藏语中是货物集散地的意思，在历史上结古镇便是青海西宁、四川康定、西藏拉萨三地之间的贸易重镇，直到民国初年，仍从川西每年发 9 万驮茶叶到结古，再由结古发 5 万驮至拉萨，另外 4 万驮在青海藏民居住地出售。其间结古镇有商号 200 多家，经营的货物中有从印度经拉萨转运来的美国、德国、日本货。

今天的结古镇，已经很热闹了，在空旷荒凉的大环境中，你看那些新的建筑物，似乎踌躇满志地要突破一些什么，还有霓虹灯。可是什么样的高楼能高得过可可西里的山呢？结古镇总有令人神往之处，是转经筒？是那种平和的眼神？还是你一眼就能看到的气度非凡的那些结古古树，使这个高原古镇有了沧桑之绿、生机荡漾？它们是这高寒之地的乡土树种吗？不，不是，认识到高原需要树木需要绿色，并非始于今日。

在海拔 3000 多米的高原上，树木的生长极其缓慢，7 年才生长 1 公分，也就是说一棵高 1.3 米的树，其生长时间为 70 年。

分布于结古镇的这些树龄已达 70 年的大树，是 1934 年用牦牛从西宁驮到玉树，栽培养育呵护至今的。为了避免折损和保暖，先是用毡子细心地包裹好苗木，小心翼翼地驮到牦牛背上，一天的行程结束时还得将苗木搭在河里，以补充水分。次日天明再从河里抱起苗木裹上毡子，重新上路。如是抬上又抬下行行复行行地行走了整整 45 天，才到达结古镇，其中的一部分如法炮制分送到各县时，已经是 60 多天、70 天出头了。然后是栽种、养护，那又是一番心血，肯定有死去的，也有活到今天成为高原大树的。那是远道而来扎根于三江源区的绿色，这绿色告诉后人，只要你有爱心，不怕走崎岖的路，让没有树的地方有树，那是可能的。当然，我们还要感谢那些牦牛，它们在重负之下的忍耐和行走。

对于藏族同胞来说，牦牛是高原之舟，马便是草原的翅膀，马蹄声、马嘶声是这个马背上的民族的永远的回眸和期待，是行者对大地绵绵不绝的眷恋。正是这种对马的热爱，有了规模浩大的赛马会，赛马会成为了草原上最迷人的节日之一。

一年一度的赛马会来临之际，牧民们便从各个牧点纷至沓来，骑手一律盛装，帐篷星罗棋布，姑娘们如花团锦簇，欢声笑语，喝酒吃肉，骏马飞驰。这个时候的草原还有雪山，都已经陶醉了，赛马会不仅是赛马，还有物资的交流、互换、购置，同时还为青年男女提供了相识相恋的场所，不妨说这也是草原上爱的节日。相传，赛马会源于格萨尔赛马称王，格萨尔的坐骑原先是一匹野马，驯服后常在通天河边放牧，格萨尔骑着这匹宝马在一次比武会上一举夺魁，自此登上王位，南征北战，成为藏族的盖世英雄。后来，赛马会就成了藏区牧人一显英雄气概、追忆尚武征战的先人的节日。这是牧民们一年中最欢快、最浪漫和最悠闲的日子。

对于马的热爱是游牧民族的一种文化现象。马不仅作为交通工具、生产资料，同时它还是牧人亲密无间的伴侣。每一匹好马，都会衷心地相伴着主人的平凡人生，见证着主人情感的经历。马为主人劳动，主人为马服务，人爱马，马爱人，人的生命和马的生命是互相交织互为印证的。

盛大的赛马会既是体育比赛，也是一次难得的聚会。由于放牧的需要，受制于环境，更多的时候他们与孤独相伴，和马说话，对着蓝天白云与草原倾诉。

骑手们骑着心爱的骏马，个个披戴服饰。在游牧民族心目中，他们的第一财富象征是牛羊，谁家牛羊多，谁家便富有。其次便是身上的服饰，这些装饰品有天然的绿松石、昆仑玉和玛瑙及金银；平时，这些装饰品世代相传，深藏不露，价值不菲，一旦亮相，草原流金溢彩，那便是美的炫耀了。

借着赛马会这个机会，青年男女们聚集在一起，心灵和心灵的距离拉得更近了。姑娘们的辫子覆上了各式彩带，这些彩带形似辫套，用来佩戴饰物。以各种组合方式排列的银质碗形装饰品，大的如同龙碗，小的形似酒盅，上面精雕细刻着各式花纹，镶嵌着红色、绿色的宝石。他们的服装也显示出了热情奔放的艺术风格，任何一种夸张的色彩搭配都不为过，藏族服饰讲究造型的概括和抽象，以宽松肥大的款式勾勒人体基本形状，一般不讲究细部的剪裁。为了适应高原寒冷的气候环境，他们将厚实的质料和简洁的款式合而为一，白天一根腰带束衣，既暖和紧凑又勾出了身段；夜晚解开腰带便能和衣而眠，正如青海民谚所言：“汉民的铺盖在炕上，藏民的铺盖在身上。”小伙子们衣着光鲜地来赛马，他们希望用高超的马术和威武的狐皮帽、宽大的藏袍、精致的靴子、美丽的藏刀、耀眼的配饰来赢取姑娘们的好感。

对于青年男女们来说，美好的爱情也许就是从这里开始的。他们通过优美的歌舞来传达自己的感情。

高原上的牧民们似乎比其他少数民族更为能歌善舞。

青海的玉树、果洛草原人口密度平均每平方公里还不到一人。人类学家们认为，孤独的游牧生涯，使牧人们长时间找不到说话的对象，这时候，唱歌和舞蹈成了他们在草原上的一种宣泄方式和生活内容，由此便产生了在自由、奔放中隐含着孤独和沉重及其呼告苍天的藏族草原歌舞。

这种歌舞具有很强的原始性，有“巫”的流风余韵，说不清藏族的歌舞到底有多少种。因为草原上的每一个歌者、舞者，情到深处时都能随口唱出别人从未听过的旋律，舞出谁也没有见过的身姿。是天才、天性使然也。

形态、风格各不相同的歌舞，经过千百年的漫长演化，最终衍生了另外一个独立的艺术形式：藏戏。

藏戏在形式上来源于歌舞，内涵上却充满原始宗教意味，已有600多年的历史，在全国少数民族戏剧中，是历史最久、产生最早的一个剧种。

藏戏分为西藏藏戏和青海的安多藏戏。安多藏戏历史较短，只有 200 年的历史，但是在青藏高原，它是三江源地区的戏剧代表作。

藏戏来到三江源完全是出于偶然。200 年前，经常有大批僧人前往拉萨的哲蚌寺、色拉寺等著名寺庙学经，时间一长，他们有机会接触到了藏戏并为之吸引，当他们学成回到安多后，也把藏戏带回了家乡。

西藏的藏戏是从普通老百姓中传到寺庙的，安多的则恰恰相反。所以在最初的近百年历史里，安多藏戏只是在寺庙里演出，一般老百姓看不到。一直到了 1958 年，一场由政府介入的民主改革，打破了封闭的寺院表演，安多藏戏才回到民间。

马与人还有草地，以及飘荡着的服饰、歌舞与藏戏，你已经看见了，它们之间的亲密无间，在蓝天白云雪山下。

藏族是一个总是围着草场、雪山、湖泊转来转去的民族。

青海省的牧区主要集中在玉树、果洛和西部海拔较高的地区。传统的游牧方式以冬春和夏秋季节的牧草为主，也有春秋转场用的过渡性牧场。所谓转场就是随着季节的变化，从一个草场转往另一个草场。帐篷是移动的住所，草地是轮转的家园，炊烟会在牧人随时落脚的地方升起，同时飘溢的还有青稞酒和酥油茶的芳香。玉树的牧人说，“春放水边夏放山，秋放山坡冬放滩”；果洛的藏民则有“春季牧场在山腰，夏季牧场在平坡，秋季牧场在山顶，冬季牧场在阳坡”之说。总之，牧民绝不会把一块草地的牧草吃光吃尽。当牧人转场时，牧草就得到了轮休的时机，每年的 5 月下旬到 6 月初，青海高原海拔 3000 米以上的草原便进入夏季了，气温约在 5 摄氏度以上。高寒山地草甸、沼泽草甸、灌丛草甸的青草鲜嫩可口，早晚气候凉爽，暂无蚊蝇之扰。转场的牧民趁时而来，喜凉怕热的高寒地带的牲口既喜欢这时的气候，又可以大嚼青草，可谓赏心乐事。他们刚刚离开的冬季牧场已经空空如也，会留下几根拴马的木桩，却无所牵挂了。不过，正如这里的牧草正在休养生息一样，木桩也可以期待，曾经牵挂的一切还会再来。与此同时，这一块草场上的各种生物，包括极其卑微的地底下的软体动物、微生物等整个生物链系统，都会在寂静中恢复生机。青藏高原千百年来的自然生态、大地的完整性，就在这种古老而又新鲜的转场过程中得以保持。牧者在早晨放牧于山间草甸，中午，太阳光变得炽热时，便带着牲口来到高山顶上，在一个小小的不知名的野湖里畅饮冰雪融水。这时候，会有不期而遇的的野生的黄羊、岩羊们与家畜遥遥相望，眼神里会流露出似曾相识的感觉，相望久了，双方皆无敌意，便混合成一群，吃草、饮水、嬉戏、交配，那不也是天伦之乐吗？

泽库草原上的牧民尼玛一家，就要转到他们的夏季牧场去了，尼玛的祖先是100年前从另一处遥远的草场迁到这里的。经过无数次的转场之后，他们已经有了固定的住所，在自己的冬春草场上盖了房子。因而，尼玛的转场已经不再是举家搬迁，只是带着牛羊转到夏季牧场。大雪飘飘、天寒地冻之前，尼玛一家就会和牛羊一起回来。他们的房子就这样静静地等待着。吃青草的牛羊奉献给草原的是它们的粪便，草地因此而肥沃。牧人说，没有草原就没有牛羊，没有牛羊就没有草原，没有牛羊和草原那就不会有任何生命了。

牦牛是牧民的心爱，一只牦牛可以负重80公斤，日行80公里，翻山越岭，踏雪履冰，一往无前。牦牛的长毛编织的帐篷，唐朝时称为“拂庐”，公元654年，吐蕃向唐高宗献礼，其中有一大“拂庐”顶高3丈，长宽各37步，在长安一时传为佳话。牦牛粪也是不能不提的，牛粪在高原牧区有着非常重要的地位，它是牧民群众日常生活中必不可少的燃料。如果说源区郭道沟的措毛家在牛粪紧缺的时候还有灌木、树枝可供燃料之用的话，那么像澜沧江源头的旦荣乡这样连灌木都无法生长的高海拔地区，牛粪就成为牧人家中取暖、烧茶、做饭的唯一燃料。所以，常年保证储存有足够量的干牛粪，对于一个家庭来说有时甚至比储存粮食更重要。无论是在阴雨连绵的夏日，还是在寒风刺骨的冬夜，暂时没有粮食的牧户不会引起家人太大的恐慌，因为他们有酥油和牛奶，实在不行时还有牛羊可供宰杀。但是，如果一连数天没有牛粪可烧，他们的取暖，特别是每天必须的喝茶问题就无法解决。要知道喝茶在这里是比吃饭还重要的事情。为了喝茶，他们有时不得不烧掉驮东西用的牦牛鞍具或者是支撑帐篷的木杆。这就是为什么我们在牧区常能见到牧民会用崭新的毛毯、毛毡或被子去盖雨中的牛粪的道理之所在。你要珍惜牛粪。想起庄子说道，“无所不在”，“在蝼蚁”，“在稊稗”，“在瓦壁”，“在屎溺”，妙哉！

就像郭道沟的措毛家一样，所有江源区的妇女人人天天都要在帐篷附近的草地上晾晒牛粪。一条条、一片片被摊开晾晒的牛粪就像是南方农人家的块块秧田，在草原上显得整齐而别致。待到经过翻晒的牛粪完全干了以后，女人们就会把它们一堆堆地收起来，堆放在帐篷里以供随时取用，或是在外面地势高一点的地方堆成堆，再在干牛粪堆的外表面光光地抹上一层厚厚的湿牛粪，以防雨水的渗透。所以，才有了在每个人家的帐篷前面或是定居点周围常常可以看到的那些大大小小、有如柴火堆一样的牛粪堆或是牛粪墙。有的人家还把牛粪墙围在自家帐篷的周围以挡风御寒，或是垒成牛羊的围墙用以在冬季接羔育幼。

看着这用一块块干牛粪燃起的熊熊大火和炉旁燃尽的白灰，以及他们捻线缝衣的情景，可见藏民族延续了几千年的放牧生活，虽然原始，却是符合自然规律的一种洁净的生活方式，没有奢华没有浪费。他们根据季节变换，游牧转场，使不同的草场在一年中的不同时段得到充分的利用，并使之得到适时的休养生息，保证了自然生态的平衡和生物资源的持续利用。他们放牧牛羊，牛羊给他们提供了帐篷、皮袄、绳索、毛线等生活用品的原料和肉食、牛奶、酥油、奶酪等食物。特别是以牛粪作为能源，既解决了在广阔高原上的游牧生活中随时随地的烧茶、做饭和取暖的能源问题，又使来自于自然界并经过吸收、合成、利用、分解等化学过程的自然元素又重回大自然中去。来自大地的矿物元素，则又回归大地，多么完整而又无污染的一个自然循环。同时，这些重新回归自然的元素也获得了再一次被绿色植物吸收利用的机会。这种因地制宜、就地取材的生活方式和习惯是人类早期及现代游牧民族长期适应自然的结果，我们一直在说生活方式的改变，其实三江源藏民早已为人们提供了极好的榜样。

苍茫草原上，三步一个五步一对的黑色草帽似的大堆无名物，便是牦牛粪。捡拾牛粪是牧民们日常生活的一部分，它是三江源区的主要能源，它的带着芳香的火光伴随着高原上的人们，度过漫漫寒夜。可以这样说，这雪域高原的历史是大山与冰雪孕育的，也是牦牛粪的火光照亮的。

倘若没有牛粪，在三江源漫长的冬日里，哪来滚烫的酥油茶和香甜的青稞炒面呢？就在牛粪燃烧的时刻，有了奔放的歌喉与舞蹈，听说唱艺人唱《格萨尔王传》，孩子们会进入梦乡。多少这样的夜晚啊，即便在火光熄灭之后那灰烬依旧是一种如火如雪的梦想。梦想着吉祥平安，梦想着来世。

如果说转场是为了牛羊的生长、草地的轮休，转山就是为了人的心灵了。“羊年转湖、马年转山”，这是藏传佛教的信徒千百年来亘古不变的规律。据说，马年如果能够转神山一周，就会人畜两旺，无病无灾。马年转神山一周胜过平时转神山好多次。怀着真诚愿望的人们用“转山”这种方式来崇拜自然，表达对自然至高无上的敬意。

青藏高原腹地的三江源地区有不少神山。

阿尼玛卿山是安多藏区最大的神山，这座神山被视为英雄史诗中雄狮大王格萨尔的寄魂山，非同小可。还有气势不凡的格拉丹冬神山、爱民如子的年波叶什则神山以及无数护佑一方的大大小小的神山。

虔诚的人们从四面八方来到心中的圣山脚下，用赤诚之心和虔诚之躯绕山而拜。围绕庞大的神山转一周快则六七天，慢则十来天。磕长头转山的青壮年和单身者要经过五六十天左右才能完成。他们在这虔诚的朝拜路途中，洗尽尘世间的污浊，换得心中的宁静，同时祈祷幸福的生活。

这种朝拜会整整持续一年。

乾隆皇帝也曾经派遣御使，前往阿尼玛卿雪山进行祭拜，留存至今的这座金碧辉煌的祭坛，据说就是当年乾隆皇帝的御使祭祀阿尼玛卿雪山的地方。

转山的人中有单身的，有结伴而行的，也有扶老携幼全家出动的。这一项计划了又计划、准备了再准备的神圣的活动，在择日起程的日子里似乎没有了平时的喧闹和躁动。马上骑着老人、小孩，牦牛背上驮着简易帐房、被褥、锅、壶以及炒面和祭祀的用品等，神山之行就像一次“搬家”——从凡界迁往天界。

当人们跋山涉水不约而同地集中到转山的起点，也就是祭神的煨桑台时，充满激情的祈祷声犹如海浪般涌起，煨桑台在清晨万丈光芒的照射下，把人们的精神带入一片奇异的境界。

人们拿出早已准备好的祭神之物，柴草燃起来了，祭神的柏树枝冒起了袅袅香烟，炒面在燃烧的柴草、柏枝上堆起“小山”，青稞酒洒向冲腾的火中，洒向煨桑台，洒向神圣的雪山……放飞的“风马”随风而起，随着美好的愿望飘向远方，人们充分表达着对神、对自然的敬意。

人们绕煨桑台三周后，按顺时针方向真正开始了神山之行——转山了。人们虔诚备至地踏上坎坷不平、但充满亲切感和神秘感的山路。沿途一块形状奇异的岩石，一个可以通过人的冰洞或石洞，一泓清凉的泉水，一条乳白色的溪流，一棵上了年龄的树木，一块花草齐生的草地，都会成为转山者心灵深处的圣物或圣地。而一阵突然降临的细雨或一场小雪，甚至从神山峡谷中升起的一片云或吹来的一阵风，都会被转山的虔诚者视为神奇无比的现象，使得人们兴奋不已。

转山的路上，还有病人与年迈体弱的老人。此时此刻，似乎爱哭爱闹的小孩也懂事了许多，顺从地紧跟在双亲之后，亲历艰难的转山之路。最辛苦的当属青壮年了，不论是男人，还是女人，他们的心里除了对神山的敬仰外，还有对老人和孩子的牵挂。他们要安排每日的路程、每日的饮食、每日的住宿。一路上的辛苦和操劳，使得他们日益消瘦，然而这时他们却变得更加坚强和成熟，变得更加有信心、有耐心、有爱心。这也许就是转山所隐示的真谛吧，他们只是走得慢一些，那脚步却更加坚定从容。对老人而言，也许岁月留给他们的时间不多了，为此转山之路成了更加迫切的灵魂的朝圣之旅。

转山成为一种信念之旅、精神之旅，成为一种以苦为乐的坚强者的活动。当人们返回到自己的驻牧地后，帮助他们看护牛羊、看守帐房的人又踏上了转山的路。人生能得几回转？

“转山”者告诉我：自然万物都是生命，山川大地都是神圣不可冒犯的神灵，而人只是大自然怀抱中最为渺小脆弱的生命。人的存在是大自然的恩典，人只能敬畏自然、感恩自然，并在敬畏和感恩中善待自然万物。

那些转山路上的叩长头者，转出了一身沧桑，发出心灵之光的那对眸子却愈加清澈明亮，谁能描述他们的心里有多么干净？

青海省因青海湖而得名。

雪山是神山，青海湖是神湖，青海高原上各族人民的心灵就跳跃在那山水之间。当人类行为对坏境的破坏愈演愈烈、举世滔滔皆言利的时候，我们会发现，天人合一的思想在青藏高原仍然与雪山与青海湖与转山转湖者同在。

传说中的青海湖神生肖属羊，2003 年是藏历金羊年，60 年一遇的重要年份，“转湖”之旅也就在这年初就早早地开始了。青海湖畔到处都是帐篷，数百公里的环湖路上朝圣者不绝于道。桑烟处处，经幡飘飘，摇着转经筒的人流涌向青海湖。人山人海而平和有序，摩肩接踵却笑脸相迎，经筒所转，神之所在……

西汉末年，王莽曾在青海湖地区设立青海郡，以实现“四海一统”。

唐玄宗封青海湖为“西海”，我们常说的五湖四海，青海湖占其一。此后，从元朝到大清雍正皇帝都曾派专使到这里祭祀，雍正并诏书天下封青海湖为“青海灵显大渎之尊神”，修亭立碑，建有西海庙。

一年一度的祭海正式开始了。

当第一缕曙光投射到青海湖，净身的人们已经来到湖边，捧一掬青海湖水，洗尽自己身上的和心里的尘埃；再把自己的马也牵到湖中沐浴，那马儿欣然，仿佛它也知道这圣湖之水是主人之所爱，因而也是它之所爱。

阳光已经照射到青海湖上了，金色的光芒随着波涛闪闪烁烁时，人们燃起松枝，把青稞、谷子、麦粒撒在燃起的火光中，高唱祝福的颂歌，放飞“风马”，默默地祈祷水草肥美，来世幸福，一个期待已久的时刻来临了：欢笑、歌声灿烂着，涌向青海湖。

湖边的圣坛上，放飞的“风马”彩色纷呈，飞翔、撒落，这些被称为“风马”的五色纸片上都有吉祥的凌空驰骋的宝马，风催马蹄，马借风势，天马行空，万马奔驰。千百年来，这“龙达”或者说“风马”和煨桑台的轻烟一起，飘荡在三江源荒野上，把祝祷和吉祥带到了天上地下、山崖水边，今生和来世的梦想就在这祈祷和祭拜声中延续。

当活佛在众多喇嘛的簇拥下来到高高的祭坛，高声吟唱佛经，“祭海”走向高潮，人们把装有金银财宝、五谷杂粮的布袋投放到青海湖里，奉献给青海湖的水神，自己得到内心里的感恩——神湖接受你的赠礼了；把最美好的贵重的一切奉献之后，还有一种平静——从此一无所有，一无所有，也就是一身轻松，了无牵挂。

轻烟散去，“风马”和经幡还在，“祭海”的人正从青海湖边收起帐篷，回到他们来时的旷野，放牧、拾牛粪、摇着转经筒，在雪山下和他们的牛羊结伴行走。

再望一眼源区的神山、神湖，再望一眼那些江源牧人；走近他们的敬天惜地的虔敬，走近他们的友善和从容，我似乎懂得了一点什么，关于贫穷和富有，关于物质和心灵，关于鄙俗和高贵。假如可以引领我们走向真正高尚的那山那水那人，就这样烙印在心上并且随时发出某种指令就好了，人间会变得平和，世界会变得安详。

可惜我们总是一时感动，然后渐行渐远。即便如此，曾经在三江源被感动，那也是一种美好和幸运！

远古的真理有的已经飘逝，
有的被当作了迷信。
没有感激和敬畏之后，
剩下的就是贪婪的黑洞，
现实是了解过去的钥匙，
也指出了未来的某种方向，
人啊，你向何处去？

石头如歌

在三江源区，几乎每一座山，每一条河，每一个湖泊，每一块石头，都是神话，几乎每一个历史人物或每一件历史事件都有关于它的传说或故事。

从结古镇出发，溯巴塘河南行20公里，进入一条危崖耸峙的山谷，只见林木苍翠、溪水奔流，这就是勒巴沟，藏语意为美丽沟，当地人也称之为柏沟、贝纳沟，沟中有“大日如来佛雕像和他的庙宇”，俗称文成公主庙。

庙堂北依高山，殿堂正上方的岩塑上刻有九尊佛像，即大日如来佛像，顶端刻有六字真言：唵、嘛、呢、叭、咪、吽。

当年文成公主远嫁吐蕃路过勒巴沟，为这里的自然风景倾倒，藏族人民的古道热肠更使文成公主有了关山远隔之后的亲切感。这些场景可以在庙中东西两墙的壁画上得到解释：山神自己动手为文成公主清道，用树枝编织彩门，鲜艳的花朵铺满了勒巴沟的山路。龙王率100仙女在山下载歌载舞相迎，僧侣百姓顶礼颂祝。文成公主为答谢神灵和藏族人民的情谊，率领工匠在勒巴沟雕刻佛像，保佑这一方山水，造像的大小、格局均由文成公主亲自制定。为昭示后人，文成公主以汉文撰文以记其盛，立于佛像右侧。藏文的发明者吞米桑布扎，则在佛像左侧专门为此写了“尕恰”——即寺院的说明之意。

汉藏刻文因经年历久的风雨剥蚀，已经很难辨认了，但，岁月自有保持历史的大法：直指人心而不朽，文成公主便是一例。

公元710年唐蕃第二次联姻，金城公主婚配藏王赤德祖赞，过勒巴沟时金城公主驻足不前感慨万端，命随从工匠和当地藏民一起建造庙宇，为法轮常转，也为纪念文成公主的功德，并赐名文成公主庙。

勒巴沟是一条狭窄、细长的山沟，顺着山沟一直可以走到金沙江边。沟中清泉汩汩，溪流潺潺，两边山上的植被郁郁葱葱，植物的多样性也非常丰富。相对于山神开道、仙女相迎的美丽传说，以及文成公主庙等人文景观，让人同样流连忘返的是这里的自然风光。

勒巴沟景色优美，对于当地藏族人民来说，勒巴沟是神圣的地方，山上的柏树枝只可在建造铜质佛像时用以铺垫底座外，整条山沟及其周围山上的一草一木都是神圣而不可侵犯。正是这种因受宗教影响而形成的原始的、传统的、朴素的、自觉的环境保护意识，使勒巴沟青春常驻。

勒巴沟是藏传佛教岩刻、岩画的艺术宝库，是藏传佛教艺人匠心独运的结果。在整条溪水绕涧、满目葱翠的山沟里，从头至尾数公里长的地方，无论是山坡上，还是河沟里，也无论是路面上，还是水里边，只要是有石头的地方，不管是依山傍水的壁立石崖，还是横卧竖躺的独立顽石；也不管石头的体积大小，形状如何，是集中堆放或是零星散落的，上面全都用藏文刻着佛教的六字真言、经文或是佛像及佛教故事。刻有六字真言的嘛呢石与山花、青草、流水相伴相映，一步一步都是让人惊叹的巨石文化景观。这些铺天盖地的嘛呢石，到底有多少，恐怕谁也没有统计过，谁也数不清。在藏民看来，这些巨石是有灵魂的，石是神山之石，镌刻着的六字真言和嘛呢经文是心灵的痕迹，那痕迹或深或浅，深深浅浅都是用心刻画的。

在一处高崖前，生长着几棵大柏树，据说是当年松赞干布迎娶文成公主后，在返回途中宿营的地方。岩壁上的画面是当时留下的，表现的是松赞干布未成佛以前的画像。此外，在高岩上还有大面积的经文。这些勒巴沟最初的嘛呢石刻和佛教摩崖石刻，有用古藏文镌刻也有用印度梵文的，有的经风沐雨已经斑驳，有的苍劲有力显然是新刻的。此外，还有 108 座佛塔和各色岩画，岩画以菩萨、番客、瑞兽为主体形象，高高在上，栩栩如生，从冰冷的岩壁上透露出来的是心灵的神往，也是宗教文化的神秘气息。历经 1300 多年的风风雨雨和当地世代藏民的不断完善，创造与增加，再加上远山近水、林木花草以及栖息其间的珍禽异兽等，这里已经成为自然生态和人文景观和谐相融、浑然一体的美妙画卷，并使勒巴沟有了“山嘛呢、水嘛呢”之称。

这里也是南线“唐蕃古道”的必经之地，古道上一个永恒的话题是：如何在十数米高的岩壁上刻凿经文？有人说是神佛所为，也有人认为是工匠在冬季以湿牛粪堆积岩下，冻结叠高而后借以攀登；另外有人则认为，根本不用那么麻烦，这里的山上有高大的柏树，伐木搭架就行了。这些叹为观止的岩刻和巨石文化，就这样留下了诸多的神秘感。我们可以猜想，却不必忙于下结论。也许后来的猜想者与当年的刻石者之间的差别在于：我们总是更多地想到技术，而巨石文化的创造者所追求的，却是灵魂和境界。

在勒巴沟，车行其中或是游人漫步山道，你都会自觉不自觉地感到置身于佛影和佛像的庄严，就连溪水流过经石和山野清风的声响，也仿佛都是寺院僧众的诵经之音。真可谓步步有真经，处处见佛陀。在这样的境界中，无论你是不是信徒，都会受到感染，一种灵魂的被撞击，呼应着庄严肃穆的神圣感和神秘感。在这里，望着这些漫山遍野、盈沟溢水的经石佛像，足见千百年来，藏族先民——当然也还有今人——所创建的巨石文化之浩繁，也足见佛教信徒们世世代代追求信仰之执著。面对这一切，真不知是应感叹信众之伟大，还是佛法之无边。谁能说得清楚这是什么工程？是物质的工程呢还是精神的工程？无疑，人们所追求的不是一时之利，而是万世之安，假如我不以伟大冠之，哪里还有更合适的字眼？

从壁上岩画唐代仕女体态丰满的形象，以及双鬓抱面抛家髻、唐开元天宝年间流行的小翻领对襟胡服推断，勒巴沟巨石文化开始于1300年前。令无数专家和观者感慨的是，1300年来，这里的藏族人民从未停止过在巨大岩壁上的刻画与创造，当一代人走完人生的路，当一篇经文还留下一个段落没有刻完，后来人会接着刻下去，只是为了信仰，只因为心里有着愿望，没有任何功利的目的，甚至有没有人喝彩都无所谓。这就有了1300多年的心的雕琢，1300多年的手的刻画，雕琢出了足以令当今世界惊讶的巨石文化，刻画出了一段如此漫长而又如此平和、美丽的心路历程。

在这急功近利的年代，拯救的力量又到底在哪里？

距离玉树结古重镇不远处有个叫做新寨村的地方，那里有难以数计的刻有六字真言和经文的嘛呢石，这就是结古嘛呢堆，又称嘉那嘛呢堆，世界第一大嘛呢堆。这一嘛呢堆的创始者，是晚年定居于结古镇新寨村的第一世嘉那活佛。据说嘉那活佛做过一个梦，梦里有菩萨告诉他，新寨村有一眼泉水，泉眼中有一块嘛呢石，从此这里便成了人们手捧嘛呢石纷至沓来的朝圣之地。最初是一块、几块嘛呢石，后来是一堆又一堆不断耸起的嘛呢堆，一个又一个信徒，一代又一代传人，有的刻有嘛呢经文的嘛呢石是从几百里路之外翻山越岭驮运而来的。现在，这里是一座占地面积超过一个足球场的嘛呢石城，有石门石墙，到处挂有经幡、彩布、神塔高耸。没有设计，没有图纸，没有营造的痕迹，只有心心相印、声气相通中灵魂对着苍天的呼唤与赞美。嘉那嘛呢堆是用虔诚的心热气腾腾地垒成的人间奇观，这是一个崇尚精神的民族，在世界屋脊三江源区堆砌的另外一种高度——其高也不及山而胜于山，其小也小于海而伟于海，那是用来丈量灵魂和来世的吗？

泉眼中取出的嘛呢石，能给人一种水灵灵的感觉。吸收日月精华，依赖三江源水的滋润和营养，同时也给清清流水增添了韵味，那是水与石头的交融与摩擦，发出如歌的声响。嘉那嘛呢石经堆既是高僧得梦启示后的执著，又是民众面对精神生活充满的一种渴望和企盼。随着时间的推移，石经堆显得越来越新颖多样。各种颜色得体地把“真言”的字形和优美的图纹融为一体，使每块经石成为一件艺术品。旁边静立着的队列状的宝塔似守护石经堆的金刚力士，给人以威武镇定之感。而珍藏在此处佛堂内的一块“自显”六字真言的嘛呢石，给人以联想，会产生一种皈依的冲动。这个世界第一的嘛呢堆正吸引着来自世界各地的越来越多的游人的脚步和目光，可是揣度嘉那活佛及众多信徒的本意，却只是为了心目中的神圣，除此而外，夫复何求？

这是一个宁可堆砌嘛呢石，却不屑于灯红酒绿、锦衣玉食、高楼大厦的民族。

他们的灵魂离不开的是六字真言，译成汉文便是：“啊，莲座上的圣佛，噢！”

嘉那嘛呢堆到底有多少块嘛呢石呢？据说，有25亿块嘛呢石，数字是惊人的。但亲临嘛呢石堆后，那种宏观的壮丽场面更让人吃惊而赞叹。何必去问这25亿块嘛呢石给人们带来了什么回报，也不能从任何一块嘛呢石上找出其主人的名字。除了刻真言和经文外，嘛呢石和其他普通的石头并没有什么区别。神奇在于当你走进石经堆时，心灵有如迎风彩幡，飘动着，却又宁静至极。

建于明洪武年间的嘉那嘛呢石经堆，在600年左右的时间里，至少有数亿人次搬运着，搬运者中有僧众，有年富力强者，也有老人和孩子。所有这些搬运者同时也是嘛呢石的雕刻者、奉献者。因而这样一个嘛呢堆的创生和形成，那附有灵魂的石头的堆砌和垒积，便是真正惊世骇俗的了。人们在形状各异的石块上刻着普度众生的六字真言，怀着一颗全心全意的虔诚之心，将寄托着情感和希望的嘛呢石安放到这里。

走进嘉那嘛呢石经堆，翻阅有关地方古籍，倾听人们讲述的动人故事，那个有血有肉、有灵气的高僧——结古寺第一世嘉那活佛着汉式僧人服装，以透彻的激情和才智翩然而至，令人感动，令人倾倒。同时也铭刻在每一个信徒心间。石头啊，你是天你是地？你是血肉你是灵魂？你是诗你是歌？你是他你是我？

贡保才旦是一名职业石刻大师，他从14岁开始绘画和石刻，他的贡献已经淹没在“和日石经墙”中了。穷毕生之力，贡保才旦已经完成的作品是6件石刻经版，石经就是将经书、经文、佛像等有关藏传佛教的记载刻石，青海泽库县的“和日石经墙”是中国最大的石经雕刻群。

佛教的石经是虔诚执著的信仰者们用毕生的精力与信念将佛教的大型经典镌刻于石板，以求传世的大型宗教经书，没有虔诚宗教徒的那种执著信念，如此浩大磅礴的石经墙是不可想象的，对宗教徒而言不倦的追求的目的就是为完成一件功德。

在青南牧区，江河源头，有许多处大型的石经墙，它既是一种宗教的文献，又是宗教的一种艺术。泽库县境内的日乡境内，有座藏传佛教宁玛派寺院，叫和日寺，也称切更寺。寺僧最多时达 300 余人。该寺后面山上有四堵大型的石经墙，俗称和日石经，是迄今发现的规模最为宏大的藏传佛教石经，共有 4 处大型石经墙，中间主体石经墙位于寺院大经堂的右面。长 165 米、宽 2 米、高 10 米的经墩，所刻经文为《甘珠尔》大藏经，一共刻了两遍，约 3966 万字；经墙东头有长 9 米、宽 9 米、高 10 米的经墩，所刻经文为《心愿珠尔》大藏经，约有 3870 多万字；经墩东面 40 米处又有一组石经墙，所刻经文刻了 108 遍；主体石经墙往西，约 120 米处另有一石经墙，长 15 米、宽 1.3 米至 1.58 米、高 1.2 米，所刻经文共 17 种。石经墙是用 1–5 米厚、大小不等的石板两面凿刻经文后，按一定顺序累叠而成的，石经板的数量难以统计。据说，这些石经墙的经文板自 1923 年开始凿刻，于 1951 年完成，历时 28 年。如此浩大的工程，独特的石经墙，在整个藏区石经文化遗产中尚属少见。除石经墙外，还有 1000 多幅佛像等石刻画，所刻佛像线条流畅，松紧有致，极富动感，栩栩如生。

贡保才旦的一件作品花去了他近 20 年的时间。

从艺术创作的角度看，如贡保才旦这样精心、悠闲、并且以如此漫长的时间去琢磨一件作品，当今世界可谓罕有其匹。贡保才旦究竟在雕刻什么？为什么而雕刻？也许，我们只能说，他是在雕刻他心目中的神圣，他为自己的信仰和灵魂而雕刻。几十年啊！高原上的雪积了又化了，草场上的草黄了又青了，蓝天上的鹰来了又走了，贡保才旦每天清晨都要用手抚摸擦拭这一件他自己雕刻的佛像，他说，这是完成一件作品的最后一道程序。

青藏高原地域辽阔，绿草茵茵的牧场草原，耸入云霄的雪山冰川，湛蓝的天空，清澈的湖泊，无不滋养着对山的礼赞和对水的钟情，陶冶着人们的性情和心灵。他们除了在水土肥沃之地安居乐业，还有一种生活方式就是放歌于草原之上，游牧于天地之间，与大自然形成了一种天人合一的自然境界。在这一境界中，石头是不可或缺的，石头是最常见的，我们很难说得清楚，对藏民来说抚摸和雕刻一块石头时心灵中的感觉，可以肯定的只是：他们之间并不陌生。人是圣佛之后，诵经毕其一生；石乃神山之石，散落在三江源；成为让行者踩踏的路，也是为了安抚孤独、刻画经文及灵魂之路！

格尔木境内的野牦牛沟岩画，是1600多年前，中国古代青藏高原上游牧民的天才杰作。岩画分布在四道沟山梁南坡，共45幅，约有250种动物和人体的造型画面，其反映的主要内容是游牧和狩猎，动物形象中有牦牛、骆驼、马、羊、鹿、狼、鹰、豹子等。透过这些远古的岩画，我们眼前仿佛展示了一个早已逝去的以野牛和野牦牛为狩猎对象的原始狩猎时代。

位于青海湖西部的天峻县是一个天然的优良游牧地，布哈河从草原深入涣涣流出与另一条河水汇聚一起，这条河被生活在这里的藏族人称为江河。

匍匐于大地的河水，在阳光的照射下，闪烁着一道道光芒，登高远望犹如一条银色的巨龙，蜿蜒曲折，环绕着卢山，一派草原田园牧歌的景象。天峻岩画就凿刻在卢山山顶平滑的大理石石面上。

这些历经大自然雨雪风霜的侵蚀的岩画，已经稍显暗淡。可是每当旭日东升的时刻，在阳光的平射下，灰暗的石面上便会凸现出远古时代的人物和动物造型。这个时候，那久违的教人无法不为之心动的历史时刻，便光芒四射地闪现着：有弯弓搭箭的猎人，有牵牦牛的牧人，有执弓对射的武士，也有祈祷祝福的巫师。这些不知名的艺术家以他们细腻的观察和准确构图，生动地勾勒出处于动态中的人与群兽的造型。

镌刻在世界屋脊上的古老岩画，沉静、无言，在岁月的风风雨雨中，它们还会被剥蚀乃至消失，但作为几千年前三江源区天地人的记录，它们是不朽的，每一个刻画、每一道痕迹，于今想来那不都是历史在不经意间留下的蛛丝马迹吗？

朋友，假如你在青海漫游时偶然地来到了布哈河畔，为那河水从草原深处流动时的天籁之音所吸引，在高原阳光的照耀下，沿布哈河金光闪闪地一路蜿蜒曲折，当大山在望时，那些突然出现的岩画会使你不能不停下脚步，因为几年前的牧人、猎手、牦牛和狼正注视着你……历史像江河之水一样流走了，有一些场面偶然凝固于岩石，成为大山的一个细节，较之于原始的石缝深处露出来的原始信息不同的只是，它留下了人的思索和情感，它已经指向生存和家园了。

这是一群人的岩画之作吗？还是有人开风气之先后，牧者和猎人陆续添加刻画而成的？

何必追问他们姓甚名谁呢？凭借今人已经不再丰富的想象，我们只能大致推测如下：先是一个牧者，当牛羊悠闲地吃草时，他在这块石壁之下一样悠闲地散步。那些牛羊或者奔驰而过的鹿群和野牦牛的某种姿势和明亮的目光，使他感动，便随手拾起一块石头在岩壁上刻画着，刻画着他最熟悉的那些形象，以及游牧生涯中与野兽搏斗的最难忘记的场面。刻画之后，他自己也被感动了。后来还感动了别的牧人，于是再刻画。这是不是岩画之初？

我们可以从岩画中辨认出弯弓搭箭的猎人、牵着牦牛的牧者，以及大力角斗人、巫师及各种动物造型，可是那些圆圈、莲花瓣和不规则的图案、重叠的方块，所指的又是什么呢？也许那是本无所指信手刻画而成的，又何必非要去追问意义之类？兴之所致，随手刻画，山知地知就可以了。

正如我们已经说到过的柳湾彩陶的那些符号一样，对于创造这一切的先民来说，总是心有所动了，人类在不知不觉间正在或将要记录历史，三江源区的雪山荒野正孕育着一种躁动，华夏民族的文明史即将翻开新的一页。

风霜雨雪几千年，雪山依然，高原依然，岩画依然，那是告诉我们，只有一个民族藉以生息、发展的根基和源头之地是稳固的，家园才是美好的，人们才是幸福的，万类万物才是兴旺的。那岩画，那栩栩如生的人物及各种图案，能不能说正是华夏民族很久很久以前的光荣与梦想？

石头、石头，一块又一块石头，
野草中的石头，
河边上的石头，
近在眼前的石头，
远在天边的石头，
沉思默想的石头。
任人雕琢也雕琢灵魂的石头……

在三江源区，你会真切地感受到石头的魅力，石头是家园的一部分，这里的故事、传说和奥秘，都能从石头中得到启示，但，你的心先要与石头相通。

这里是三江源区东南部的河谷地带。

这里的民居形似碉堡，这就是碉房。游历过广东的人可能会想起开平碉楼，一在西北一在东南，一为极寒之地一为气候炎热的南粤，那碉堡似的民房建筑却真有相似之处。其实并不奇怪，人类在这世界上有各种各样的追求，却无不以安居为首。碉房以石头为主要建筑材料，建在背风向阳的山坡台地上，形成群落，因地成形，借坡得势，高低错落，与大自然融为一体。这种建筑一般为二层或三层，外墙全部用块石或片石砌筑，墙很厚，开孔极小，门窗也小，犹如严阵以待的碉堡，碉房由此得名。碉房的底层为牛羊圈舍，上楼的梯子是在一根木头上砍制成踏脚的锯形梯子，二楼有火塘，屋顶开天窗，天窗上有固定的盖顶。打开盖顶，便有蓝天白云绵绵垂落。

碉房外墙石料墙身内包着木柱框架，内墙面衬有木板，因而外不见木，内不见石。三江源地区东南部为半农半牧的多山河谷地带，一小块一小块的农田和牧场极为珍贵，因此这里的民居碉房不占耕地不占草场，没有了土地和青草，光有大房子，我们吃什么？牛羊吃什么？我们的后人到哪里去寻找立足之地？三江源人如是说。

从嘛呢石刻经墙到碉房，从通天河的古渡口到昆仑山口的煨桑台，到格萨尔王的登基台、点将台，到一块又一块大大小小的甚至已经研磨成碎石的铺路石，还有扎曲河上游一泓清水源泉处刻在一块巨石上的祝祷，曾经已踩踏过的石头，曾经抚摸过的石头，还有那些我们未曾谋面却已经心灵相通的石头，那些有字和无字的石头，无不指向大地的完整性。大地是万物之母，在三江源，无论是猛兽小虫还是花草飞鸟，无论是冰川雪山还是沟谷荒野，都是这个世界不可或缺的有机部分，一种休戚相关的美妙无比的链接。而长江之水、黄河之水、澜沧江之水流贯其间滋润一切，仅此一点就足以帮助我们理解源区人对山川万物神性化、人格化的道理之所在了。也许可以这样说，如果万物不是神圣的，属于万物之一的人除了粗鄙丑陋，还能算得上什么呢？

梦牵魂绕的石头啊！
如歌的石头。

石头是地球的传记，
石头还是家园的基石，
信仰的镌刻之处，
灵魂的归依之所。
当一个人的一生与六字真言和嘛呢石相伴时，
他便拥有了大荒凉，大富有。

古风神韵

山，在远古抬升；风，从远古吹来。

古风神韵在青海，在三江源区，不是稍纵即逝、昙花一现，而是盘根错节、璀璨夺目。

1973 年青海大通出土的彩绘陶盆，早于柳湾彩陶，为新石器时期马家窑文化类型。陶盆高 14 厘米，口径 29 厘米，内外壁绘有树叶纹、线纹、圈带纹，有四道平行线的带状纹，带状纹上绘有 3 组 15 个舞人，每组 5 人，手牵手；每人头上有一斜形发辫，向同一方向摆动，每组外侧两人的手臂均画为两道线作上下舞动状；人体下部画有三道线，接地的两道为腿脚，下腹体侧一道为“尾饰”。这就是震惊中国和世界的史前彩绘舞蹈陶盆。

1995 年，青海同德县宗日遗址出土了两个彩陶盆，一个绘有双人抬物纹饰；另一个为舞蹈纹饰，绘的是 24 个人分两组舞蹈的场面。

曾经让我惊讶的柳湾彩陶是以抽象的线条显示某种舞蹈姿势的，而上述两个彩陶盆则以具象和明确无误的肢体语言，展示了青海高原上先人的舞蹈姿势，而且是集体舞蹈。考证认为，这两幅舞蹈纹图，是我国已知的最早的成形舞蹈图案，那是几千年前新石器时期的手之舞之足之蹈之，在中国美术史上占有极为重要的地位。

舞蹈盆的一再出土，说明当时高原上的人们，已经用集体舞蹈的形式，抒发情感或者表现某种愿望了，这样的场面发生在猎获归来，还是一次祭祀活动时，不得而知了。考古学家们最有兴趣、争议最大的是，大通出土舞蹈盆中的“尾饰”究竟为何物？有的认为是先民装饰的尾巴，是对人类从猿进化而来之后失去“尾巴”的怀旧。另有专家认为这是舞者的“男根”外延，夸张、性感，是男人的裸体舞，代表着原始生殖崇拜。

甘肃、青海地区马家窑文化中出土的彩陶器，成为中国彩陶文化中格外亮丽的一道风景线，纹饰繁复，构图巧妙，风格独特，是华夏大地上新石器时代的奇珍瑰宝。规整的器形，精心设计的彩绘图案，对衬协调的讲究，即使以今人的眼光视之，审美旨趣已经非同一般。作为历史的证物，说明从旧石器到新石器时期的漫长岁月里，青海、三江源地区是中国古老文明的发生地、发展地之一，绝非夸大。尤其是彩陶，很有可能已经站到了那个时代的文化的制高点上。仅仅从纹饰而言，彩陶上的蛙纹、平行纹、圆点纹、弧边三角形、波浪纹、S形旋涡纹等等，不能不使人想起中国古代玉器上美妙绝伦的谷纹、云纹、水涡纹、菱形纹、S龙纹等，包括战国时出现的玉舞人，那源头就在甘、青马家窑文化的彩陶上。中国从原始社会开始的器物制作上纹饰的描绘与演化，看似无声无息，其实惊心动魄，它以损耗心智换取了心智和大脑的发达，它美妙地展示了史前人类生活最富有艺术性的一面，在中国古文字出现之前，便承担着文化的传播与教化作用。尤其是以玉器为代表的中国玉文化，几千年来从未断裂，这就是我们至今仍可以引以为自豪的中华民族的文化积淀。

青海高原为什么高远辽阔？因为它富有信仰；青海高原为什么

神奇迷人？因为它饱经沧桑；青藏高原之所以让多少人梦魂牵挂，因为它是独特的、艺术的。“瞿昙寺”这块历经600多年的明代匾额，是朱元璋亲赐的，现在仍悬挂于佛堂内檐门额上方。当年，朱元璋为了表彰一位名叫三罗的曾协助明军西进的喇嘛，修建了这座寺院，始建、增修形成规模，历时36年，先后经略其事的有永乐皇帝、宣德皇帝等。由五块皇帝御碑记载着这一段在中国大西北绝无仅有的功德盛举。

瞿昙寺的格局，是明代宫殿式汉传佛教寺院，院落布局严谨规范，讲求协调对称统一的递进关系。室内的门窗、主柱、梁枋等局部，吸收了藏传佛教的装饰艺术。寺院最宏伟的建筑隆国殿及两侧的长廊，依照北京故宫太和殿的前身即明朝的奉天殿为蓝本。除瞿昙寺的建筑有“西北小故宫”之称外，其壁画、彩画、石雕素称三绝，绘制于宣统二年的隆国殿内墙壁画富丽堂皇，巨幅佛像色彩艳丽，大气磅礴。

大钟楼南部和大鼓楼南部的壁画，内容为佛本生故事；北廊的壁画是清代作品，出自甘肃凉州民间艺人的手笔，有意思的是这个聪明的画者，利用画中的屏风巧妙地留下了自己的姓名。

曾经有学者为瞿昙寺感叹：“前有敦煌，后有瞿昙。”

流经贵德的黄河水清澈秀美，涛声不绝。

贵德玉皇阁，显然是为了让那些远离故土屯垦青海的移民和兵丁心有皈依而建，同时也宣扬大明皇权威加四海。玉皇阁有文庙供奉孔子，武庙供奉关羽、岳飞，此外还供玉皇大帝等各路神仙，思乡者来到玉皇阁，触景生情，是愁上加愁呢？还是稍得安慰？

当600年前，来自江浙的大量移民安家落户后，江浙文化也随之生根发芽，其中的能工巧匠与藏传佛教艺人相结合，形成了声名远播的五屯艺术，也叫热贡艺术。明清之际青海同仁地区的热贡艺术流派为世人瞩目，因为其艺术家多出自同仁的五屯，是有五屯艺术之称。五屯艺术的核心是敬佛、礼佛，绘制佛像的独特表现艺术，1940 年张大千在敦煌临摹壁画时，惊叹于吐蕃时期藏族画家的笔墨，跋山涉水从敦煌到青海朝拜塔尔寺，请教壁画的绘画技巧。正值 18 岁的夏吾才让也在塔尔寺绘制唐卡，此时，巧遇国画大师张大千，便接受张大千的邀请，与其一起到敦煌临摹壁画。在临摹的两年中，夏吾才让受益匪浅，随后又到西藏、印度、尼泊尔观摩作画。

唐卡，精描细绘，浓色重彩，银钩铁画似的线条则是中国画工中工笔的底蕴。唐卡的创作，内容多以佛教传说故事为主，早年多出自寺院僧人之手，是僧人们的一门必修课。

青藏高原，雪白，天蓝，在崇山峻岭之中点缀着美丽的寺院，出家的僧人们，身着红艳艳的袈裟，为神秘的高原雪域，更增添了浓艳的色彩。寺院是藏传佛教文化的传播中心，佛教艺术的创作者，大多也在喇嘛中产生。

夏吾才让少年时曾在家乡的五屯寺，出家为阿卡，阿卡就是喇嘛。也就是从那时起，开始了他长达半个多世纪的艺术生涯。经幡飘啊飘，经轮转啊转，不知飘了多少年，不知转了多少圈。几十年冬去春来，几十年风霜雨雪，几十年人事全非，几十年夏吾老人初衷未变。他每天的生活就是烧香、敬佛、祈平安，教弟子作唐卡。

普通唐卡约为 75 厘米长，50 厘米宽，大多装饰在藏区寺院经堂和百姓家中的墙壁和梁柱之上。在北京雍和宫及承德避暑山庄也有其真品，而在西藏拉萨布达拉宫内的一幅唐卡，高约 56 米，宽约 46 米，可谓唐卡中的极品。

作为享誉中外的唐卡艺术，如今已不再是寺院僧人的专利，为了弘扬唐卡艺术，夏吾老人已在自己家中办起了艺术学校，有不少弟子，拜在老人门下学艺。

在这片广袤的土地上，他们用自己的智慧创造着文明，藏民族还是一个善于用画笔来记载历史和表达情感的民族。自古以来，他们把自己对世界的认识，民族的历史，信仰和宗教，画在墙壁上、石岩上、布上。画师在藏民族中，也是一个具有较高地位的职业。藏族人以学画为荣，许多人酷爱绘画。生长在青海藏区的宗者拉杰就是其中的一位。他想制作一幅记录藏民族文化历史的唐卡。

藏族的绘画流派多种多样，各有独到之处，宗者拉杰联合藏区所有的画派，共同创作这一巨幅唐卡，使这幅唐卡，名副其实地成为集藏族绘画之大成的作品。为了实现自己的梦想，宗者拉杰到藏区拜访高僧学者，寻访各派唐卡画师，从 1985 年到 1995 年的 10 年期间，走遍所有藏区，搜集第一手资料，旅途达 30 多万公里。1996 年 5 月，大型唐卡“中国藏族文化艺术彩绘大观”，在藏族艺术之乡热贡地区，正式绘制成功，其画作之精美、画面之恢宏，可谓极一时之盛。

藏族的唐卡画，有它特殊的工序和绘制方法。绘制唐卡之前，首先要根据画面的大小，选择合适的画布，把四边绷在一个画框中。唐卡是画在布上的，画布必须要经过特殊处理，首先在画布上涂一层薄薄的水作为底色晒干；然后再涂一层有石灰的糨糊；等第二层涂料干后，把画布铺在平坦的地方，反复摩擦，直到看不见布纹为止。处理画布是一件既仔细又烦琐的事，对于彩绘大师来说，仅处理 600 多米长的画布，就是一项浩大的工程。

绘制唐卡时先要画出定位线和轮廓线，再用碳笔画素描草图，然后勾墨；勾墨之后根据画的内容涂上颜色，每次只能上一种颜色。先上浅色，后上深色。绘制彩绘大观，是一项精细活。参与这幅巨作绘制的画师一共有 300 多名，年龄最大的 90 多岁，最小的只有13岁。他们来自青海、西藏、四川、云南、甘肃等藏区，有藏、蒙、土、汉等民族。这幅巨作绘制期间，平均每天有80至100名画师，最多时有200多名画师在同时绘制，如果让一个画师昼夜不停地画，完成这一巨作需要500多年的时间。

藏族唐卡画的绘制颜料，大部分取材于纯天然的矿物和植物。像这些珍贵的珊瑚、珍珠、玛瑙等宝石，都是上等的绘画原料，画师们将这些珍贵材料细心地进行打磨，然后调色绘画。用这些原料绘制出的画，只要保存合适，可以永不褪色。黄金在唐卡画中使用比较广，为了加工便利，一般使用金箔。因为黄金比较昂贵，所以加工起来也格外仔细，以避免浪费。加工好的金子，多半用来勾勒画中的线条，使画面显得流光溢彩，有时也用金子来作画。画面的含金量高达90%，在这幅巨著中，这样的画就有好多幅，仅此一点就可以说是价值连城。

大者大矣！小者小矣！这一巨幅唐卡中有大量的微型图案，像这几只活蹦乱跳的狮子，在整个画面中，只是几个小点，而在放大镜下，甚至可以看到它们的眼神。这幅画画面不足1平方米，而在画面上绘有300多个人物和30多间宫殿，每个人物神形兼备，每间宫殿造型各异。这幅作品是以一根毫为笔尖的画笔绘制的。

五屯的老人、小孩，人人都会丹青，五屯成了青海培养绘画艺人的摇篮。五屯人告诉我们：艺术可以成为一大群人的一种生活方式，五屯的孩子从小去寺院拜师学画，然后自立门户，以制作壁画、唐卡、雕塑为生，艺术既是信仰之道，也是生存之道。人们的生活离不开艺术，因为这里的艺术是和信仰相融合的，从容而平静，敬畏而美好。

有西方的哲人说：拯救之道在于艺术。在青海，在三江源区，我们不是已经眼见为实了吗？

塔尔寺始建于明嘉靖三十九年，是为了纪念我国佛教史上著名的宗喀巴大师而建的。它坐落在青海省湟中县鲁沙尔镇西南隅的莲花山坳中，距省会西宁市 26 公里，是我国藏传佛教格鲁派（俗称黄教）创始人宗喀巴大师的诞生地，也是藏区黄教六大寺院之一。

宗喀巴从 16 岁徒步到西藏后再也没有回到过家乡。他在雪域游学名寺古刹，遍拜大德高僧，辛勤钻研 20 年后形成自己的佛学理论，开创格鲁教派，终成一代佛教鼻祖，达赖、班禅两大活佛都是他的亲传弟子。

塔尔寺的大灵塔有一个凄美的如同神话的故事，这座塔寄托着宗喀巴母亲对长期游学西藏的儿子日思夜想的思念。据说，当年宗喀巴在西藏因忙于研究经典和宗教改革而无暇返乡，可面对母亲来信中夹寄的一束白发，宗喀巴却不能不为之心动，为了抚慰母亲，他马上回信请母亲在他诞生之处盖一佛塔，见塔则能“如同亲晤儿面”。这一佛塔就是我们现在见到的大灵塔。虔诚的宗教信仰，使儿子压抑了思乡思母的情怀；博大无私的爱，让母亲晨昏徘徊于佛塔周围却至死无悔。

相传，宗喀巴大师有天晚上做了一个奇妙的梦。他梦见学佛礼佛的漫漫长途上，荆棘变为明灯，杂草成为鲜花，无数奇珍异宝，五光十色，灿烂夺目。醒后为了再现美妙梦境，宗喀巴大师立即组织艺僧用酥油塑造各种花卉树木、奇珍异宝，连同无数的酥油灯供奉佛前。

这就是塔尔寺这座宝库中的三朵奇葩之一——酥油花。

酥油花以酥油为主要制作原料，酥油是用牛奶经过反复搅拌后提炼而成的黄白色油脂，如果说美玉如凝脂，这凝脂又何尝不是美玉？极柔极润极细腻，芬芳光鲜，可塑性强，可山可水可云可月可神可人可真可幻可虚可实，凭着得心应手的技巧，艺人们可以驰骋想象到极致。

塔尔寺的酥油花制作分为上下两院，在元宵节前3个月便开始设计、构思、制作了，先是冥思苦想，智慧和灵感弥漫着，然后进入匠心独具的创作。在滴水成冰的数九寒冬，先用木料按酥油花图形做成样板，在木板上附以铁钉或铁丝，制成粗坯；再敷以酥油捏成面膜；接下来是细节的加工，让每一个有特殊技能的僧人进行每一个细节的制作；然后上色，由大师总其成。制作酥油花时，正是青海每年从11月开始的最寒冷的季节，室内温度也在零度以下，因为酥油一遇热就会化掉，为便于雕塑，僧人唯恐冷得不够还要把双手放到冰水中降温。酥油花作为一种艺术，有自己的艰辛历程，她的辉煌贯穿在酥油花制作的整个过程中。

元宵傍晚，月上东山头的时候，一盘盘酥油花组装在花架上，此时此刻，塔尔寺两院的酥油花制作者，才能欣赏对方的作品，然后又各自筹备，构思下一年的酥油花雕塑。如是往复，已经几百年了，塔尔寺的酥油花各自争奇斗艳，日益精妙。在这之前，塔尔寺的僧人们已经为之举行了酥油花的开光仪式，在这里艺术行为与宗教行为是合而为一的。

数十万人争相浏览这艺术杰作，在这里与神灵交谈祈盼幸福和来生。人们争相观赏着一个梦，再置回心里，成为自己的梦。

由于酥油花的产生与宗喀巴大师的梦境有关，塔尔寺每年正月十五夜都有展出酥油花的惯例。但是，酥油花又是梦中之花，所以在天亮之前月圆之梦的展示也就结束了。如灵光闪现，从梦中来，到梦中去。

塔尔寺的堆绣是寺院艺术的又一绝。

堆绣，顾名思义就是堆砌的锦绣。由各色棉布、绸缎剪成各种图案，堆贴成一个完整的画面，然后用彩线刺绣而成。堆绣又分为平剪堆绣和立体堆绣两种，前者是将各色布料图案堆贴在白布上，再以彩线、金线镶边而成；后者是在平剪的图案内置入棉絮或羊毛，使之富有立体感再绣制于布幔上，然后将堆绣好的画面用绸缎联结成巨幅画卷。

塔尔寺大经堂中悬挂的“十八罗汉显神通”及“八仙过海”两幅大型堆绣佳作，让人心往神驰，目不暇接。此种布面浮雕与刺绣相结合的艺术，兼得粗犷和细腻之美，让人油然而生巧夺天工之慨。

青海广阔的荒野草原上，人烟稀少，人挤人的时候人人都说烦，十里八里看不见一个人的时候，人人心里都发慌。人类学家认为，农牧民生活使草原上的人们习惯于向着荒野和雪山歌唱，而潜意识里还希望着，在远处的山头上能有人听见歌声，并且以歌声来回应。

在青海东部地区有一种山歌叫“花儿”，歌中常常把女孩子比作花儿，而把小伙子叫少年。“花儿”受到汉、回、土等多个民族的喜爱。“花儿”会的时间在每年农历的五六月间，成千上万的牧民聚集在山坡上唱歌跳舞，“花儿”会和赛马会相比较，“花儿”会更注重于歌声与爱情的盛会。青年男女把对爱情的渴望和幻想，用歌声唱出来，此起彼落的情歌互答，会碰撞出火花，不久便会有新嫁娘骑着马儿走进一处新婚的洞房，那时候，雪山和草原都会微带醉意。

“花儿”会的历史已经难以追踪了，只是此种盛会开始只存在于民间，因为情歌撩人，寺院严禁唱“花儿”，后来一次意外的土匪抢劫，这个禁令被冲破了。清朝初年，一股土匪闯进瞿昙寺抢夺金银财宝，僧人与之奋战到最后关头，有一个香客急中生智在瞿昙寺屋顶放声大唱“花儿”，其余人众同声附和，一时，从瞿昙寺传出的“花儿”声，响彻四野。周围的牧人意识到出大事了，便扬鞭跃马从山上从草场上赶来，土匪们大惊失色，仓皇逃窜。瞿昙寺得以保全之后，从此不再禁唱“花儿”，还将“花儿”会作为寺院的一个纪念活动，这真是度尽劫波慈悲为怀，入世之人朝拜出世之地，出世之人吟唱入世之歌，妙哉！

无论是刻石、壁画、酥油花、堆绣、藏戏或者是“花儿”会，在三江源的各族人民看来，它们是最珍贵的也是最普通的，这一切已经成为人们日常生活的组成部分，有机的共同体。在这里，生活和艺术，是一块嘛呢石、一件酥油花、一种堆绣的正反两面，是一首情歌中的花儿与青枝绿叶的亲密连理。

我有幸碰上了一个土族家庭的婚礼。

土族的婚俗至今还保留着古老而鲜明的民族特色。婚礼仪式既繁缛又极具情趣。婚礼伴着歌舞，要经过泼水、进门、改发、送亲、拜天地等一系列仪式。举行婚礼的时候，新郎家牵着马匹和羊到新娘家娶亲，行过礼之后，娶亲的人，先要被拦在门外，姑娘们在门里，通过歌声向他们提出问题，娶亲的人们也要通过歌声对答，如果对答得不满意，姑娘们是不会轻易放行的。而房顶上的姑娘们，早已备好了水，准备往娶亲人的头顶上泼洒。

土族妇女擅长刺绣。姑娘们长到七八岁，就在母亲、姐姐们的启迪下，开始穿针引线，如果谁家的女孩子会做鞋袜会绣花，就夸她聪明，是个有出息的好姑娘，将来一定是个好媳妇。

按照土族传统的习俗，新娘要在结婚这天改变发式。土族未婚姑娘和已婚妇女的发式有着明显的区别，改发式是已婚和未婚的重要标志。改发必须在吉日良辰，由新娘的姐姐，或已婚妇女，把首饰、礼服拿到新娘跟前，把新郎请进闺房，由新郎亲手为新娘改发，再由新娘的姐姐，为新娘穿戴上新婚服装及首饰。改发之后，新娘蒙上盖头，由新郎接往婆家。

土族人家的婚礼气氛浓郁热烈，歌声不断。婚礼的高潮，是男女老幼围着院子，载歌载舞跳起土族传统的舞蹈。

这场婚礼由服饰、歌舞以及灿烂的欢笑，当然还有酒组成，将要持续三天三夜。

土族轮子秋是土族人的爱好，每家每户的简易小秋千是给孩子们玩的，村子里的秋千是由大板车的车轴和轮子组成，故称轮子秋。轮子秋常常以比赛的形式出现，只是为了欢乐为了玩，没有金牌，没有奖金。

天上是飘来飘去的彩云，

地上是荡来荡去的秋千。

时光就这样过去了，小的出生了，年轻的变老了，三江源呢？草场少了，荒漠多了，但，至少从表面上看，三江源粗犷依旧，豪放依旧，高大依旧。还是轻柔细腻，那是丝绸和刺绣，还有经幡的洒脱、撒拉族口弦的含蓄隽永。

撒拉族的口弦属于撒拉族的传统乐器，把一根细长的铜片或银片弯曲成马蹄形状，中间插入极细的黄铜片，这就是口弦，吹奏时靠舌头弹拨成曲调并调整音量，声音细微，却具有穿透力。

一个小村庄的周末，这一天不是传统的节日也没有婚礼，这个周末之夜是属于整个村庄的所有人的，没有灯红酒绿，不是纸醉金迷，这里的人说："我们并不富有，但我们心情愉快。"这个小村庄每个星期都有自己的歌舞晚会，那不是有些贫穷地区耗资千万的追星晚会，那是他们自己吹口弦的晚会。

今日之世界，今日之中国，尤其在经济发达的城市和地区，还有多少这样真正的群众性的文化娱乐活动？还有没有人以雪山草地为背景，沉浸在历史的回想中说唱一部史诗，而听者为之陶醉？

这是青藏高原上《格萨尔王传》的说唱艺人。

《格萨尔王传》是世界上最长的史诗，而且至今还有行吟诗人口耳相传的吟唱，是不折不扣的具有原生态标本意义的活着的古老史诗，在漫长的历史时期，它的传承主要依靠民间艺人的记忆，以口耳相传的形式保存和传播，是历代艺人呕心沥血的结晶。

啊！三江源，我们的历史，我们的传统，我们的源远流长的流出之地、守望之地、源头之地。

风，
在可可西里呼啸而过时，
它带来的似乎不是指令而是变化，
有季节变更，酥油花、堆绣及"花儿"会。
当艺术成为生活的一部分，
作为一种生活方式时，
高原的神圣便可以向这世界炫耀了：
我就是道路。

源远流长

三江源，是神圣之源。

三江源，是生命之源。

古往今来，在每一个牵挂江河源头的中华儿女的心灵深处，那些寻找源头的艰辛往事，以及有关江河源区的一草一木一沙一水，乃至神话传说，无不是一个有着悠久历史的民族自豪感的延伸。那是一种鲜艳而细小的流淌在血脉里的传承久远的延伸，那是一种无论怎样多灾多难而中华民族总是能够生生不息、自强自立的精神的延伸。我们山有宗、水有源、树有根，我们是这块土地的子孙，正是因为我们拥有江河源头的巍巍高山、初始流出，才有了对源头的一次又一次前仆后继的探访和深长思考，并且可能触及生命和文化的本源。有一种担忧也许不是多余的，拥有者往往因为拥有而不加珍惜。假如你淡忘了源头，假如你淡忘了历史，假如你面对三江源区的雪山没有敬畏之心，假如你目睹冰雪融水的点点滴滴而无动于衷，那么还有什么不可以淡忘，还有什么可以让人激动呢？在当今这浮躁奢华滔滔言利的世界上，一个孜孜不倦地寻访源头、关爱大地、敬仰高山、思考本源的民族，才是真正伟大的值得骄傲的民族。

如果不是大山的超然、巍峨、沉默，哪会有“高山仰止，景行行之，虽不能至，心向往之”？又哪会有绵延跌宕几千年的昆仑神话？昆仑山是青海高山的主体。昆仑山横贯于中国西部版图，是地球上平均海拔最高且延伸面积最大的山系。它西起新疆南部，连接西藏北部，向东绵延到青海东部，全长2500多公里，逶迤奔突，一派王者气象。

昆仑山脉主峰布喀达板峰海拔6680米，位于青海、新疆的交界处，因而也被称新青峰，是青海省的制高点。昆仑山横贯青海，长约1200公里，宽为60至120公里，平均海拔5500米以上。青海的山脉均属昆仑山系，青海亦为“昆仑之省”也。

对于中国的远古先民来说，昆仑山是遥远而神秘的。它的大跨度高海拔，它的雪山冰川，它的险境变幻，它的峥嵘万状，它的可望而不可及，足以让每一个造访者跃跃欲试却又谈山色变、无路可援。敬畏扩大了距离，昆仑山的神秘，使昆仑山成了神话故事的摇篮。

在远古先民的想象中，昆仑山作为男神而存在，而西海即青海湖是女神，昆仑为阳，西海为阴，阴阳结合，天地归一。于是，对昆仑和西海的顶礼膜拜就成了一种原始的宗教意识。后来，当中原文化逐渐进入青藏高原，原始的男神女神观念便衍化成新的神话传说，具有东方色彩的昆仑神话体系出现了。

在古人看来，这样神奇的地方只有神仙才能居住。女娲补天、嫦娥奔月、盘古开天地、西王母与穆天子的瑶池相会等，无不借重昆仑山。昆仑山几乎是万能的并且无奇不有，女娲的补天石便是昆仑石，嫦娥奔月时昆仑山是踏云天梯，瑶池相会送给穆天子的美玉是昆仑玉，仙草奇花、珍禽异兽更不在话下了。一直到后来出现的古典名著《红楼梦》、《西游记》、《封神演义》、《水浒传》等，隐隐约约都能见到昆仑山及其神话的影子。

源于匈奴语的“昆仑”意为“高可达天的横山”！实际上，昆仑已经成为可以无限想象的梦想的词语了。

是的，我到过青海到过昆仑山，而在思的层面上，我看见的却是一个迤逦而去的梦想。

雪山荒野的梦想。

江河流出的梦想。

还记得那些丈量源头的人吗？

还记得可可西里的那一只母亲百灵鸟吗？当我们惊讶于非我同类的野生动物所吐露的神圣母爱时，人啊，真应该好好反思了：我们怎样才能不辜负万物之灵的称号？

还有那些不知疲倦地游来游去的湟鱼，大量的捕捞使湟鱼数量锐减，青海湖入口处的水坝又挡住了湟鱼洄游之路，没有湟鱼的青海湖还是青海湖吗？

20 年前的青海湖鸟岛上的鸟，要比现在多得多，它们对人类也不存有戒心，倘若你接近它，它会歪着脖子打量你。现在，所有的小鸟都变得十分警觉了，只要一有人接近就会四散飞起，悲声大作！

有多少美好正在飘逝。

破坏是一种飘逝，忘却并不再传承也是一种飘逝，如果面对柳湾彩陶而没有感动，不再从舞蹈盆的线条出发上溯千年，深入原始，那是今人的悲哀还是古人的悲哀？如同亚历山大·蒲伯所言：“所有的自然之物，是人类未解的艺术，所有的偶然，都有看不见的方向。”冰川、雪山、嘛呢石，我们读懂了吗？她沉静为何？喜乐为何？悲哀为何？长江、黄河，我们读懂了吗？她流出为何？咆哮为何？断流为何？而冰川雪线的后退，江河湖水的污染，三江源区的荒漠化，所指向的环境恶化、荒漠进逼的警钟已经敲响，已经一而再再而三地敲响了！那是方向吗？那是什么方向？

因而，面对源头的流出，那是神圣的流出啊，我们要心怀感激。

青藏高原冰川的融水占全国冰川融水径流量82%。

长江源头格拉丹东雪山，雪线大致在海拔5500米左右。

格拉丹东，藏语意为“高高尖尖的山峰”，海拔6621米，在南北长50公里、东西宽15至20公里的区域内，海拔6000米以上的雪山有40多座，冰雪覆盖面积达800多平方公里，发育有70多条现代冰川。

冈加曲巴是长江源冰川中比较大的一条，低温、大量的降水是冰川存在的必要条件，而眼前这些高低不平的地面，大大小小杂乱无章的砾石则是最典型的冰川地貌。

那是中华水塔的虽然丰厚毕竟有限的库存之水吗？

那些冰川看上去冰冷而平静，其实在冰川本身的重力作用以及气候等外力影响下，巨大的冰川也在流动之中。或者甚至可以这样说，冰川的前沿就是这条河的开始，是这条河流生命中最年轻的一段。由冰川融水汇聚的长江，点点滴滴含有的流动的天性，在流出之前便已经在孕育了。冰川的流动从容不迫，每年以数米至数十米的速度自高而下滑动，到雪线以下，随着气温升高，冰川下缘开始融化，它的末尾成为冰舌。冰川的流动会带来断裂，然后又冻结，再融化再冻结，一切都是随意的、率性的、天然的、神奇的，这就是冰舌部分的冰塔林奇观。如万笏朝天，又如玉乳连绵，有冰刀、冰剑、冰灯、冰亭、冰廊、冰桥、冰针、冰芽、冰钟乳……还有冰塔，湖光塔影，恍若天上人间。所有这一切名字都是人取的，是人为这个冰雪世界留下的注解，其实人又怎么知道造物的本意？那冰塔林林总总什么都是，却又什么都不是。对于冰川来说，坠落是一种使命，在坠落中融也冻也随遇而安，唯此种坠落的精神将要成为江河的精神而一往无前。

长江源头冰川的流出还告诉我们：初始流出细小到只有一点一滴，却源源不绝，由此会使人想起一个似乎是陌生的字眼：大地的累积。回首三江源区，高原的抬升，冰雪的累积，那也是可以因之而遐想的冰清玉洁的高贵！

次旦是个牧人，每一天都有一个不会轻易改变的约会：轻转着转经筒坐在黄河源头岸边，念着经文陪伴着蓝天、白云、湖水，还有白天鹅、黑颈鹤。他知道有多少种来自天国的鸟，每一种有多少只，假如有一只鸟突然在他视野里消失，他会四下搜寻，像寻找家里的孩子，也像寻找自己短暂迷失之后的魂魄。

对于次旦来说，他并不认为自己是三江源区的主人，而是山山水水一草一木的仆人，他不停地转着经筒念经，他在心里的祝祷永远属于雪山、草地和牛羊。人哪似山啊人也不像草，草木还有根呢，人的生命是飘来的也很快会飘走，人会留下后代，子孙仍然生活在三江源的怀抱里，有水有草有青稞，才有生命、鲜活的生命。三江源对牧人来说，就是他们的全部，从过去、现在到将来。

黄河是过星宿海之后，东流到扎陵湖、鄂陵湖的，这是黄河流域现存的两个最大的湖泊，总面积约 1400 平方公里，扎陵湖水浅显清澈，鄂陵湖的水要深得多，呈青蓝色，典雅而庄重。

山岗、白塔、经幡、煨桑台，这位格萨尔艺人在燃放桑烟之后开始说唱《格萨尔王传》中有关天地万物起源的片断。令人惊讶的是，这部古老的包罗万象的史诗中，关于地球形成过程的描述，竟与现代地球起源的理论惊人地相似，对于地球未来可能面临的灾难及当今人类对环境的破坏，均有预言，甚至对每一个物种从诞生到消亡的漫长的历史，都作了惊心动魄的叙述。

有多少古老的智慧，有的已成为宗教，有的被视为迷信。所有美丽的传说都在“很早很早以前”，当人类对“很早很早以前”苦思冥想并且抱有敬畏之时，人类是智慧而幸福的，人类的有一些灾难往往发生在轻视历史、夸大技术、放眼将来时。

这是一幅让人心碎的画。

这幅画的作者叫索保，三江源头的又一个牧人，他是在黄河源头牛头碑山下开始这幅画的创作的。那是在20世纪70年代时，画面中草原碧绿，羊群在草丛中若隐若现，山岗上白雪皑皑，小溪奔流不息；时至20世纪80年代，雪线上升，碧绿退化成褐黄色；90年代，地表裸露，砾石遍地，冰川后退，小河干涸。索保说，如果再这样下去，三江源头的人和牛羊，将无法生存下去，三江源生态环境的全面恶化已不可避免。

索保不得不离开了牛头碑山下，这幅倾注了他30年心血的画还没有画完。“如果大地没有色彩，我怎么去画水彩画呢？”

三江源区地势高峻，气候寒冷，生态环境极为脆弱也极为敏感，当它还是一个相对封闭、人类的行为没有超出环境承载量的时候，大山、荒野、草场和牧人之间保持着微妙的平衡，沼泽草甸曾经肥美而辽阔，高寒牧草覆盖着极大部分土地。后来，日益严重的过量放牧，屡禁不止的采金挖掘，猎杀野生动物的人类破坏行为，再加上全球气候变化的影响，三江源区已经伤痕累累，长江源区的荒漠化土地面积已达200万公顷，其中通天河流域的沙丘绵延百余里！

青藏高原腹地的冰川随着全球气候环境的变化都在大面积后退。

你眼中看见的是长江源的格拉丹东冰川，从1991年到2004年的13年间就后退了700米。

在环境演变的过程中，既没有单一也绝非偶然，当我们“偶然”发现冰川后退时，源区的大量沼泽因为失水、缺水而枯竭；草甸，那些本来水汪汪的草甸干枯了，出露的是泥沙砾石，将要成为荒漠。

格拉丹东冰峰北坡山前的湖泊沉积，已经裸露出了湖面，比湖面高达5米至8米，源区的又一个关乎长江源头水源命运的湖泊即将消失，消失在我们这一代人手中。面积达600多平方公里的赤布张湖已整体萎缩成4个串珠状湖泊，湖水咸化，咸化的湖水是一个再明确不过的环境恶化的信号，水质的恶化使赤布张湖不再是原来的那个湖了，那是在三江源区啊！有一种联想是惊人的也是可怕的，将来的某一天，长江黄河会不会重复赤布张湖的命运，不再是原来的那条江那条河，假如脉搏不能输送血液，我们的心脏怎么办？雀莫错湖的水量已减少了一半；鄂陵湖的水面降低了近60米，平均每年下降2.3厘米；长江河源地区曲麻莱县县城原有的117眼水井已经干涸了112眼；距鄂陵湖10公里的哈江盐池，在1990年时湖水面积为8.5平方公里，水深近40厘米，到2000年湖水干涸，湖底朝天；星宿海中的龙日错湖在1990时湖水面积为15.3平方公里，星宿海的四个姐妹湖已经消失一半。

玛多县位于巴颜喀拉山北麓、阿尼玛卿山以西的黄河谷地，是黄河流经之地的第一县，这里山峦起伏，湖泊众多，最负盛名的是扎陵湖、鄂陵湖。20多年前的玛多山清水秀，湿地连绵，草场丰美，以草原畜牧业为经济基础。1980年至1982年，人均占有牲畜为100多头，连续三年蝉联全国人均年收入排名第一县。那时，玛多是青海的骄傲。

丰收和富裕或者说经济增长，使人迷失了方向，“突破百万牲畜”的口号之下，玛多的草场迅速过载，不堪重负。当时只要来玛多放牧，就无偿提供牛羊、划拨草场，别地的淘金者放牧者纷至沓来，仅玛多县城增加了10多万人口，又有万人“虫草”大军每年涌入玛多仅剩的草场挖掘虫草。20多年带来的变化使一个世外桃源般的美丽富饶的玛多已不复存在，代之而起的是风沙蔓延，草场退化，河流干涸。有千湖之县美誉的玛多如今已经名不符实，根据2000年的卫星遥感资料，在玛多，面积大于0.06平方公里的湖泊仅剩了261个，玛多县城15口水井中能打出水的只有6口，黑河乡的居民从几公里之外的河里破冰，将冰块运回来当作饮用水。在全球气候变暖的大环境下，降水减少，加上人为破坏，三江源区的高海拔草地生态系统几近支离破碎，处在崩溃的边缘。

三江源区的生态变化已经明确无误地告诉我们，为金钱而疯狂的结果是：草地凋敝，家园破坏，从源头发出的教训关乎发展思路、民族兴衰：无论一乡一县一地一国，你都要小心翼翼地接近辉煌。

三江源还是中国仅有的几处大型陆上野生珍稀动物的栖息地之一，这些曾经陪伴三江源陪伴人类从而使这世界丰富多彩的种群，正面临着一场又一场浩劫，盗猎者横行无阻，栖息地环境恶化，双峰驼喝不到淡水只能喝咸水，为了逃避人类的追杀，不断地退向更加严寒的雪线上……

追杀藏羚羊的唯一理由就是为了金钱，为了地球上那些自命不凡的贵妇人的装饰。印度克什米尔是全球最大的藏羚羊绒加工制作地，从业人员10万之众，1992年的加工量是2000公斤藏羚羊绒，为此付出生命的是13000只藏羚羊。又根据最新外国通讯社的消息说，“沙图什”的市场需求不减反增，每年只有猎杀2万只以上的藏羚羊，才能满足制造“沙图什”的藏羊绒原料。

用藏羚羊绒加工的一条“沙图什”，长1米至3米，宽1米至1.5米，重量100克左右，可以从一枚戒指中间穿过，“沙图什”因而有“戒指披肩”之称，在伦敦时装店里其标价通常为11000美元，有的高达4万美元。

市场这个词，我们并不陌生，至少“沙图什”市场告诉我们：

市场有时是血腥的，它和人类自掘坟墓几无差别。

有的藏羚羊被猎杀、被剥皮了，小羊羔依然紧紧地依在母亲的怀抱里。这个世界上没有人真正需要貂皮大衣、藏羚羊披肩，除了貂和藏羚羊之外。时尚的万物都是为人类的所谓幸福与时髦而存在，我们为什么不能和藏羚羊分享生命的荣耀？

有一则数据说，在青藏高原，在二十世纪八九十年代间，至少有 4 万只藏羚羊永久地消失了，有谁为它们敲响丧钟了吗？可是当生命不再广大而美丽，对于走向最后的孤独的人类来说，丧钟不是已经敲响了吗？

神圣的三江源啊，伤痕累累的三江源。

山岗之上，这位牧羊江源姑娘仿佛与天地融为一体了，阳光从她身上倾泻，江河从她脚下流过，当夕照光临，暮云合壁，一切都将融化在浓浓淡淡的高原夜色中，期待星光月色。

这是一个有着近千年历史的城堡遗址，周遭的这一片区域在十几年前还是黄河第一县玛多县的县城，因为缺水和荒漠化，加上鼠害，县城已经搬迁三次，往后还能搬到哪儿呢？“玛多”藏语即为“大河源头”之意，在这个美好的富有梦想的名称及玛多环境恶化的现实之间，我们是怨天怨地呢？还是忧人忧己？

三江源的水土流失还在日益加剧中。

黄河源区的水土流失面积为 7.5 万平方公里，长江源区的已达 10.6 万平方公里，两项相加的总和是三个宁夏回族自治区的土地面积。

青海境内每年输入黄河的泥沙量达 8814 吨，输入长江的为 1232 万吨，输入澜沧江的约为 500 万吨，这三个数字的总和，相当于每天有 3 万辆载重为 10 吨的满载的大卡车，争分夺秒地往江河里倾倒泥沙。有的年份，黄河已经从源头开始断流了。

三江源区的水土流失是与荒漠化密切相关的，有权威的资料说，黄河源区正在沙化的草地面积为3598.058平方公里，严重沙化的为1427.031平方公里。长江源区正在沙化的草地面积为2089.334平方公里，严重沙化的为1820.171平方公里。三江源地区荒漠化土地面积达到252.8万公顷，主要分布在曲麻莱县和玛多县境内的通天河阶地及楚玛尔河滩地，尤其曲麻莱、玛多两县最为严重。三江源区土地荒漠化的原因除开自然因素、过度放牧、鼠害严重外，无计划的大量采金挖沙井造成草场沙化、土地退化，仅曲麻莱县就有333.3平方公里的草场植被完全破坏成为沙化土地。在黄金和草地之间，人们毫不犹豫地选择了前者，抛弃并且破坏了后者，宁要财富不要家园。

在千百万年的流淌中，三江源为华夏文明的产生与发展所作出的贡献，无可估量无可取代。如果没有三江源，长江不可能流得那么长，黄河就会全线断流，澜沧江的滚滚泥沙将从上游开始翻腾。归根到底，也许应该这样说，没有流出之初哪有流出之中流出之尾？

中国13亿人中，有近10亿人的血管里流淌着三江之水，中华大地在水的滋润下，才有五谷杂粮、花草树木，才有人和人类万物的家园故事。

有这样一个真实的往事：1949年9月15日，《人民日报》发表了征求国旗、国徽及国歌词谱的启事，短短一个多月应征设计的图案达2992幅。政协筹委会在北京饭店413号会客室设立临时选阅室，初选的三幅图案都是红底黄色，第一幅图案上面是一颗金色大星，旗下三分之一处是一条黄色的横杠；另两幅图案下面分别是两条横杠、三条横杠。一颗金星代表着中国共产党领导的联合政权，说明书上写道，一条横杠为黄河，两道横杠为黄河、长江，三道横杠为黄河、长江、珠江。那一颗金星，三道横杠代表黄河、长江、珠江的国旗图案曾经摆到了中南海毛泽东主席的案头。

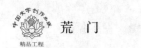

因而，又一次，当我满怀憧憬走进青海接近三江源时，内心里总会生出一种神秘的感觉，实际上我们对于青海也是知之甚少的。这个位于世界屋脊的省份因为孕育了长江、黄河、雅鲁藏布江而蜚声中外，与此同时，青海又是贫困、落后、边远的代名词。青海确实是贫困的，仅以三江源地区为例，16个县中7个县是国家级扶贫重点县，另有7个是省级扶贫重点县，全区牧业人口40.89万人中75.5%是贫困人口。以精神和传统文化来考虑，青海又是富有的，不是一般的而是拥有源头的富有，青海并不遥远，省会西宁就在中国地理中心兰州附近。

我们不了解青海是因为我们在大都市的现代生活中，忙忙碌碌追逐名利，以物质为骄傲，怎么能去体会青海的超然宽阔、青海的冰雪融水、青海的荒野风情？而这一切，又如同血脉纵横影响着甚至决定着中华大地的格局和命运，亿万人家园的成败兴衰。

现在我们看见了，青海境内多条长达1000公里的高大山脉，阿尔金山、祁连山、东昆仑山、可可西里、巴颜喀拉山、阿尼玛卿山及唐古拉山等，架构而成了青海高原地形的基本骨架，也正是从这些山脉及耸起这些山脉的高原开始了中国地形卓尔不群的自西向东，向着太平洋作半圆形逐级下降的三个阶梯。于是，就有了地球上最大的大陆亚欧大陆斜面上，面向世界最大洋太平洋的国度——中国。

我曾两度踏访金沙江，大江并非总是显露的，它隐没在横断山脉的危岩陡壁间，进入川藏之间的山原地带后，金沙江似乎是被激怒了，奋不顾身地下切、寻觅，深切峡谷的高度达1000米至1500米。金沙江正在跨越中国地形的两个阶梯，曲麻莱和宜宾之间，是第一至第二阶梯的过渡地带，地形的突变地势的骤降，激活了每一个水分子的想象力，在仅为650公里长的流程中就跌落了1400米之巨，金沙江的千钧伟力，源远流长的万里流程，便来自这巨大的落差。落差是美丽的，从某种意义上来说，长江的雄沉博大是金沙江孕育的。

就这样长江入海了，黄河入海了，澜沧江流出国门，远走他乡了。

流动，流动，无尽的流动。那流动，在我们熟视无睹的目光里，真是太简单了，直到有一天，黄河断流了，人们才大惊失色。假如江河不再流动，除了死水，那又谈何光荣与梦想？水死，水既死，何物不死？

我们怎能不感激并珍惜三江源带给中华大地的源远流长？

为了万世永续的源远流长，无论是治国者还是人微言轻的布衣百姓，皆应思考一个问题，我能为三江源做点什么？源头开始环境恶化，难道还不足以让每一个中国人撕心裂肺？那是我们子孙的源头之地啊，千年古国华夏民族的源头之地。假如你站在三江源的一处山岗上举目远望，望江河东去，那才是真正的高瞻远瞩，删除了一切形容的高瞻远瞩，感觉神圣，触摸荒凉，倾听大地，你才会知道源头的困境意味着什么。你就会发现，藏羚羊的盗猎者中有一部分已经从可可西里转移到藏北的羌塘高原，那里的藏羚羊种群占世界总数的70%；还有100多个非法开采的金矿，挖金之处植被全部毁灭，河水也随之污染。如果说，玛多有可能是下一个楼兰的话，羌塘会不会成为第二个可可西里？

从淮河到可可西里，为了发财致富而污染河流破坏环境；与此同时，奢侈、浪费、昂贵已成为今日之时尚，可是我们的几乎所有的国家级自然保护区，因为资金短缺无法实行真正的保护，有的甚至形同虚设，殊不知，我们今天保护的正是关乎家园及子孙命运的无可替代的生命资源！

有最新消息说，中国政府开始了三江源地区的生态移民，4万多牧民将以自愿的方式在政府的帮助下逐渐在城镇定居，5年内三江源的核心区域将成为“无人区”。

毫无疑问，对三江源来说，这是一个好消息。

让我们虔敬地祝福三江源，祝福青藏高原，默默地继续猜想，小心谨慎地触摸那神秘之山，神圣之水。据说，青藏高原还在抬升，关于长江、黄河、澜沧江的源头，也仍有争论。概而言之，当20年后，三江源或能再现昔日的美丽，索保的未完成的水彩画能在大地的色彩中重新展开时，从源头唱响的“花儿”，将要怒放在每一个中华儿女的心坎上。

再见，三江源，我将离去，不知道能不能带走你的神圣和苍凉？自西而东，由高而下，在中国地形的最高一级阶梯上，回首或者前瞻，心里无不充满了感激之情。真的，你看见了中国地形，你就知道什么叫源远流长了。

中国地形高峻博大，气势磅礴，并有江河之水一以贯之，奔流不息，那是造物的恩典。有了高度，有了落差，有了水的坠落，才有老子在《道德经》中关于水的著名的论述。水“善下之”，“利万物而不争”，“天下柔弱莫过于水”，却能以“天下之至柔驰骋天下之至坚”，在这里，“水”的指向，不仅是物质而且是精神了；三江源流出的不仅是江河而是文化了；因而在华夏子孙血管里奔腾的，是水与文化的交响了。

三江源，我只是匆匆过客，但我的心将与你的冰川雪山共苍茫！

这个有人类生活在其中的大地的唯一边界是河流，

它拥有源头并广纳百川彰显生命。

我们都是这个边界上的子民，

我们赖以生存的这个边界足够辽阔包罗万象，
但绝非无边无际无穷无尽。
生存的忧患是从源头开始的，
当河流消失，一切都将随之消失。

2012年10月删定
于北京一苇斋

第三辑

寻找伏羲

从历史的荒野中走来，我们总是在忘却真实的历史，匆匆忙忙地扑向被描绘的未来。

我情有独钟于这荒野。

寂寥的、无比宽阔的有文字记载之前的历史，是神话、传说，是石器、荒草，是散落的织物碎片，也有地穴和房基……它们退隐了并且永久地沉默，但我知道那是历史的高地，是华夏民族物质和思想的发源地，是阴阳八卦的诞生地。那些重叠于渭水流域的新石器时代的脚印、残留的尸骨和彩陶，是华夏文明的引领者。

谁说神话和传说不是历史的一部分？

寻觅、钩沉这一段距今八九千年的历史，必定要从伏羲开始，“三皇”第一位，一划开天者，天水和周口淮阳的农人说：“他是人祖爷。”伏羲就是挥之不去的洪荒记忆，他是华夏民族的第一个男人、第一个父亲、第一个王。

苍茫上古

当我的笔墨将要触摸遥远而迷离的上古年代时，首先想起的是歌德的忠告：“如果提到原始，就应该说原始的话，那就是诗一般的语言……当我深入此荒芜的岩缝时，我首先羡慕诗人。”然而对于我来说，更羡慕的是田野考古者，以及他们手中最原始的工具：锄头和洛阳铲。当世界上东方和西方的政治家，对人类历史向未知的过去延伸，越来越漠不关心时，正如《考古的故事》的作者约翰·罗梅尔所言，是考古学正在并必将改变这一切，“它向我们展示了全人类最老的一些祖先，它给地球上每个民族提供了长达几千年的先前未知的一段历史”。而且，在我看来，它还会以完全崭新的叙事方式叙述其广度和深度，令人耳目一新的时间的延续和演变，并且指向“一个普遍来说始终比其他所有问题都重要、且反复出现的问题：我们的祖先是谁？究竟是什么样子？”（《考古的故事》约翰·罗梅尔）

能不能说，这便是苍茫上古？华夏民族的先人是怎样一步一步走出那天地玄黄、日月洪荒的野蛮时代的？带领他们的又是谁？

这是一个如此宽阔而又寂寥清新的时代。

这是一个如此陌生而又血脉相连的时代。

人类的共同始祖是从大自然轰隆巨变中产生的非洲大裂谷开始茫然而新奇地认识地球的。因为环境的改变，不再以爬树为生存的主要技能后，双脚站地直立行走便成了最早的高瞻远瞩。面对自然博物馆里猿人的头骨化石，那些大睁着的永远不再合拢的眼睛，似乎既有茫然又有惊喜：那是大片的土地啊，其上有大山、森林、河流，还有成群结队的野兽，他们不知道所有这一切是什么，他们只是扛着木棍手执石头行走、流浪……所有的这些步履蹒跚的足迹，后来被称为史前地理大发现，也是地球人类家园的最早、最悲壮的奠基。

他们在寻找什么？他们要走向哪里？

据人类学家说，原始人大约在250万年前开始用两块石头互相碰撞，以制造简单的工具，开始了人类史前时代最原始同时又是里程碑式的技术活动。

通常认为，由此开始，古人类将要走向一个文明的新起点。但，很难想象他们曾经为此而欢欣鼓舞，他们只是行行复行行为了生存逐水草而居。最初的创造者在创造之时，从来不以创造为创造，当这个漫长的旧石器时代沿着枯骨与石头向前时，怎么会没有脚印呢？怎么会没有爱抚的呻吟、生孩子的血污及痛苦呢？但，一切都已经飘逝，成为空缺、大空缺，大到“无”，大到“不以有为有”。

天将降大任于斯人也。就在旧石器时代之末，人类蒙受的灾难和磨炼，以及迁徙和行走，大大开阔了劫后余生者的视野、生存的技能。距今18000年前的地球第四纪的最后一次冰期，使地球上1/3的陆地被冰雪覆盖。冰雪所含的水的总量约为2735.8万立方公里，海平面比现在低120米左右。地球大陆架的相当一部分沧海变桑田，在亚太地区、黄海、东海平原与日本列岛冰雪相连，日本的北海连接起库页岛，千岛群岛连接着勘察加半岛，西伯利亚东端与美洲大陆连为一体，今日之白令海峡，是一处宽达1000公里的陆桥。这里是冰！那里是冰！原始人类与成群结队的动物，为了寻找食物而在冰与冰之间行走，从而完成了最后的地理大发现，南到火地岛，北到北冰洋沿岸，除了南极之外，地球各大洲均已为人类占领。

因为寒冷与干燥，得益于迁徙的发现，人类祖先中的一部分便集中在相对湿润、温暖的海滨、河口。中国的黄河、东海平原地区，西亚波斯湾谷地，欧、亚、非三洲交汇的地中海谷地，成为聚居地，出现了地球上人类早期文明的萌发期。

然后是地球气温回升，冰川融化，海平面上升，昔日的陆地成为海洋，这就是中国神话和传说中的“十个太阳”、“洪水漫地”的洪荒年代。居住在海滨、河口、谷地中的先民遭到了灭顶之灾，为了走避洪水从东方、东南方向西北高地迁徙。

这是旧石器时代向着新石器时代的过渡期。

这一时期的古气象资料说明，中国的中原及西北地区气候温暖湿润，有黄河古象遗骸出土，属热带、亚热带气候，丛林茂密。

这是一个多么伟大的过渡时期，当漫长的旧石器时代即将结束，当冰消雪融大地回春，人类又有了可以安居的高原、台地之后，我们的先人似乎已经预感到一个新时代的来临，并且跃跃欲试。

因而，我们才能说这是一个孕育、萌芽、催生的筚路蓝缕的时代，是辉煌初创的三皇五帝时代，也就是徐旭升先生笔下的中国古史的传说时代。关于这一时代华夏先民的大致格局，蒙文通先生在1933年出版的《古史甄徽》认为，我国古代民族分为三族，即江汉民族、河洛民族、海岱民族。徐旭升先生在《中国古史的传说时代》中认为，中国古代部族可以分为华夏、东夷、苗蛮三大集团。徐旭升还认为，蒙文通所说的江汉民族"大致等于我们说的苗蛮集团"，河洛民族"大致等于我们所说的华夏集团"，海岱民族"大致等于东夷集团"(《中国古史的传说时代》61页注解1)。先民们采集、狩猎，采集者一般都是妇女，在一个相当广泛的区域内，她们总是会先找到一条河，可以喝水，然后沿着河认真寻找草籽果实，抓鱼。那时世界上根本没有路，有了江河，有了逐水草而居便有了最早的在河畔踏出的小路。不同族团的人也会在河畔相遇，大家都觉得惊讶，会用简单的语言打招呼、相互询问，很少打架，但也争抢食物，争不过的一走了之。"始而相争，继而相亲，参互错综。"（徐旭升语）

在历史的苍茫荒野中，三皇之首、百王之先是谁？是伏羲——华夏民族的第一个男人、第一个王。唐司马贞在《补史记·三皇本纪》中说："太昊庖牺氏（庖牺即伏羲，笔者注），风姓，代燧人氏继天而生。母曰华胥，履大人迹于雷泽，生庖牺于成纪。蛇首人身，有圣德。”《春秋世谱》云：“华胥氏生男名伏羲，生女名为女娲。”又据《太平寰宇》记：“蓝田为三皇旧居，境内有华胥。”

蓝田是不同反响的，蓝田有伏羲之母华胥氏的陵墓。

因为骊山的几次抬升、隆起，横岭塬也随之上升，秦岭北麓便形成了一个凹陷地带，灞河不得不西流入渭河，蓝田便成了东、西、北三面环山、避风挡寒的家园之地。加上灞河流水充沛，两岸草木从生、阶地平坦，河中鱼鲜成群，蓝田又是采集和狩猎的好去处。多么好啊，秦岭、渭河，秦岭西接昆仑山，东西绵横；渭河以及它的支流汩汩不息，流淌在关中平原上，后来人说的八百里秦川便注定成为了一个民族、一个大国的历史发生之地，英雄出现之地。

蓝田地区新石器时代文化遗址密集、连片。

灞河、辋河两岸，一个连着一个的遗址从辋河口到华胥镇仅40华里中，就有阎家村、黄家沟、蒉山、小寨、宣堡、榆林、营上、文刘坡、田家湾、李家窑、卡家堡等23处。其中新街遗址残剩面积达5万平方米，文化层厚积4米，石器、陶片、兽骨俯拾即是。蓝田周边同样如此。巩启明先生在《关于仰韶文化的几个问题》一文中说：“我们把华胥氏所处的时代，界定为2万年前至1万年前这个时空范围，中石器向下发展为老官台文化，老官台文化向下发展为仰韶文化半坡类型。”这样的考古文化序列，在事实和理论上是可以成立的。“老官台文化发现于陕西华县老官台。时在1955年。1959年对同类文化遗存元君庙发掘，考古文化说明，老官台文化是分布在渭河流域的一种新石器时代早期文化类型，其遗址有：华县老官台、元君庙、渭南北刘、白庙、华阴县横陈、临潼白家、长安卢坡头、西安半坡、扶风降巾长西村、彬县下孟村、大荔梁家坡、商县紫荆、西井李家村等。”

这些密集的遗址也是密集的证据，证明着蓝田和渭水流域是生命故事的发生之地、发祥之地。华胥氏族生存其中，并且居于这一考古文化序列的源头位置。

关于华胥氏，陆思贤先生有此一解："华胥氏即花胥氏，华、花一字，本源于花图腾的鲜艳花朵，如日之晔。其名胥，《说文》：'胥，蟹醢也。'华胥亦即'花醢'今言'花蜜'，华胥意为光华而又甜蜜的花朵，伏羲氏的母亲是一枝花。"

蓝田欣欣向荣、众生活跃的新石器时代，应有多种族团生存其间，不知何故，史料文献所存的只有华胥氏一族。或可说，是时也，华胥氏乃鳌头独占者，一个"华"字关系到华夏民族发生之初，口口相传中的去与留，已经有了权衡与拣选。《竹书纪年》称："太昊之母，居于华胥之渚，履巨人之迹，意有所动，虹且绕之，因而始娠。生帝于成，以木德王，为风姓。"《陕西通志》："羲母陵在蓝田县北50里。"《蓝田县志》："蓝田县有华胥陵，史称三皇故居。"

黄帝梦游华胥国，荒诞而又美丽，其中是否有寻根问祖的深意在？

据《轩辕本记》："黄帝梦游华胥国，此国为神仙国也。"又："伏羲生于此国，伏羲母此国人。"《列子·黄帝》篇记黄帝梦游道："黄帝昼寝，而梦游于华胥之国。华胥氏之国，在翁州之西、台州之北，不知斯离齐国几万里，盖非舟车足力之所及，神游而已。其国无帅长，自然而已。其民无嗜欲，自然而已。不知乐生，不知恶生，故无夭殇。不知亲己，不知疏物，故无所爱憎。不知背逆，不知向顺，故无所厉害。都无所爱惜，都无所畏忌，入水不溺，入火不热，斫挞无伤痛，指擿无痟痒，乘空如履实，寝虚若处林。云雾不碍其视，雷霆不乱其听，美恶不滑其心，山谷不踬其步，神行而已。"

黄帝之时，华胥国还在吗？

黄帝梦游的华胥国，已经是口耳相传之后的神仙国、理想国了。

蓝田有中国唯一的华胥陵。

华胥陵，也称羲母陵，位于蓝田县华胥镇孟岩村，相传为华胥氏长眠之地，它北枕骊山，南望灞水，隔河与白鹿原相望。

华胥陵原南北长200米、高8米、东西宽40米，陵区有古柏苍松，虬枝铁干，基台雄伟，钟鼓高悬。

《太平寰宇》记："蓝田为三皇故居，境内有华胥陵。"华胥陵周围分布着华胥沟，即古华胥之华胥渚也。三皇庙今已不存，有几间土坯房在杂草丛生间仍然有香火点燃。画卦台下现是一个砖厂。蓝田宋家村还存有一块明代碑石，正面刻"古华胥国"字样，左右刻"华胥肇娠，皇帝梦游"。阿氏村旧名娲氏村，女娲生息之地，这个富集历史人文信息的古村落之名，到了20世纪60年代改名为阿氏村至今。但，村里的老人会指着黄土塬下的红水河说，"女娲是从这河里提水的"，"女娲用补天余下的石头先筑女娲堡，再修女娲村"。在娲氏村的塬上望去，红水河彼岸即是陈忠实笔下的白鹿原。

华胥陵的周边现在是一排排民房，残存的墓体断垣上剥落的黄泥墙，依然透露出历史的沧桑与古旧，缠结着丛生的杂草枝蔓。

无论日光下还是月光下，我们的圣母，我们的一个小小的却又自由自在、无惧水深火热的古国，睡着了，永不醒来。

陵上开放着一朵野花。

华胥氏族，华美之族，那是插在华胥氏发间、披戴在华胥氏身上的兽皮的各色山花吗？

在上古，华胥只是一种发音，后人因音据义是有"华胥"一词，

“华”之音一旦出现便是光芒四射的了，后来又成为了文字之华，流传、沿用至今，是华夏之华，中华之华。

后人孔颖达说：“中国有礼仪之大，古称华夏；有服章之美，谓之华。华夏一也。”

关于苍茫上古，蓝田的巨厚堆积可以作证，那是一片富有美丽的空白。

1963年夏天，中科院古脊椎动物和古人类研究院的考察队来到蓝田，在县城西北10多公里的一处冲沟的陡崖上，挖掘到了一具直立人下颌骨化石。当科考队前往至山镇时，蓝田下起了滂沱大雨，避雨时和当地农民聊天，说起这一带出土的“龙骨”时，农民指着灞河对岸黄土塬说：“公王岭上有。”雨越下越大，大雨不让考察队员走了。他们便住下来往访公王岭。所有的考察队员都惊呆了：那些出露在断壁悬崖上的化石，仿佛已经等待他们很久了。三天的小规模试掘，获得了牛、马、鹿熊和猪的10多种化石，而这些化石又是一种来自地底下的提示：这里埋藏着更大的秘密。是年12月在北京召开的全国地层委员会扩大会议上，公王岭化石成为一个议题，会议决定全国12个科研单位、高等院校以中科院为首组成考察队，再赴蓝田进行新生代地质考察。

1964年4月，考察队来到蓝田公王岭。

公王岭的化石不仅丰富，埋藏的形态也非常独特，它们一窝一窝地汇聚而又互相叠压，很难一一分开，化石中最常见的是肢骨和牙床，且是不同种类的动物混合成一团、一堆。5月22日是激动人心的，在一块坚硬的钙质结核上，考察队发现一颗猿人牙齿化石，带队考察的贾兰坡先生闻讯赶往公王岭，为了保证化石的完整性决定：以大块套箱法，将含有化石的堆积物运回北京在室内整理。30多个套箱中，含有猿人牙齿化石的一个套箱重达800多斤。

专家们从这些化石中陆续剥离出的动物还有剑齿虎、剑齿象、三门马、大角鹿和古野马等。10月12日上午，中科院内一片欢腾，人们奔走相告：蓝田人头骨化石渐渐显露，娴静地注视着这个世界。

经测定直立人下颌骨化石距今约65万年。蓝田猿人距今115万年。伴随蓝田猿人共生的动物群有42种哺乳动物，现生种占13.8%，这就是“蓝田公王岭动物群”。

蓝田猿人被称为20世纪考古的重大发现，为人类起源提供了直接的证据，是中华民族的远古根节。

化石是蓝田的记忆。

蓝田，浩浩荡荡的远古生命家园。

我们无法判定蓝田人、陈家窝村直立人以及华胥氏族之间，是否属于古人类的同一谱系。但，我们可以断言，在人类进化不同阶段的过程中，华胥氏族是渊源有自的，蓝田这片神奇的土地，因为它的独特地理环境，显然是华夏人类的一处发祥之地。

蓝田是圣地。

蓝田有圣母。

已经干涸的华胥沟即是当年的华胥渚。

流水已经飘逝，塬上草木依旧。

每一个采集的早晨就是从这里开始的吧？

蓝田月上中天的一个夜晚。

华胥民族的一次祭祀活动。

人们的身体在晃动，晃动在星光月色下，双手举向夜空，一边抛撒花朵一边发出呼喊："啊——啊——"

他们在祈祷什么？

也许，因为雨季的即将来临，红河、灞河的水位不断高涨，给华胥氏带来了不安，她不得不面临着一种选择：是固守蓝田的高阶台地呢？还是迁往他处？

这样的困扰很快就消散了。

他们要享受这个夜晚。

月色轻柔，星光点点。

一对对的男女纷纷隐向丛林深处。

有欢愉的、急促的呼吸声，还有女人的呼叫声……

一只粗壮的手挽着华胥氏的手，向着幽暗处走去。

我们的圣母华胥氏于华胥渚雷泽履大迹而怀孕了。

闻一多先生在《伏羲考》中说："履迹乃是古人祭祀仪式的一部分，疑即是一种象征性的舞蹈，舞毕相携至幽暗处，因而有孕也。"

雷泽有多处。河南濮阳与山东菏泽之间有雷泽，蓝田也有雷泽，华胥氏于何处雷泽始娠伏羲并不重要，即便是去濮阳转而又去成纪，在那悠哉游哉的年代，对于风流美丽的华胥氏而言，又有什么不可能的呢？

总之是华胥氏履大人迹而怀孕了。从古到今所有母亲的怀孕都是伟大的，她们将要诞生新的生命。华胥氏的怀孕则是更伟大的怀孕，她将要奉献的那个小生命叫伏羲，我们人文初祖的第一个王。

夜幕下的蓝田，像一个梦，不，像一个个重叠的梦。

所有的梦都是一种期待。

期待着开花结果。

期待着一个生命的出世。

期待着一个时代的来临。

蓝田巨厚堆积的一处原始裂缝。当我的思丝深入这一裂缝时，便可以感受到，虽说在任何地方都可以回望历史，但总有一些特别的地域会散发出特别催人冥想的气息，引领我们走向过去，走向考古专家用洛阳铲、在化石与骨骸间寻寻觅觅中勾勒出的，关于蓝田古人类发展的以考古文化为实证的脉络：100 多万年前的蓝田猿人——生活在 60 多万年前的蓝田直立人——距今 40 万年的涝池河猿人——与公王岭近在咫尺的 20 至 30 万年前的古人类——距华胥陵 10 公里冯家村出土的 2 万年前原始人下颌骨化石，然后是前文已记的华胥氏遗迹，及老官台文化，再向下便是仰韶文化半坡类型。毫无疑问，蓝田是人猿揖别之地，当人猿揖别时，仍在树上爬来爬去的猿，也许并不在乎那些在地上茫然走来走去的人，他们要走向哪里？

英雄时代

只有在历史的风景中，现实才会摇曳生姿。

同样，我们的生命也总是因着虔敬的追思和钩沉，与过去相连接，从而才有可能幸运地避免轻狂浅薄，激活生命的想象力：我们从哪里来？我们的人文初祖是谁？陕西历史博物馆研究员杨东晨认为“华胥氏族在华胥之渚（今陕西蓝田）日益发展，人口有所增长，需要寻找新的食源地。部落内的氏族，有的留居，有的向北或向东发展，一支迁往华亭、今甘肃庆阳华池县；华胥氏自己带领的一支到了成纪、今甘肃天水，并生儿子伏羲。几年后又生女儿女娲”（《中华始祖母华胥氏》）。一个花崇拜的氏族，一个很可能是母系社会的最后的一个首领，繁育人口的神圣的老祖母，以及她的氏族后人，把花的种子带到了渭水流域更加广泛的地区，从而也带来了众多的“华”的名称：华亭、华池、华原、华阳、华阴、华县、华山等等；或可概括为：从华胥到华族到华夏到中华。为此，我们要以胆略和勇气，借助考古文化的实证，再现华夏文明肇始时的一个英雄时代。

是的，这是英雄时代、创造历史的时代。

在民智未开、只知其母、不知其父，“能覆前而不能覆后，卧者居居，起者吁吁，饥即求食，饱即弃余”（王允《论衡》）的上古原始社会里，是远远谈不上人民创造历史的。从漫长的旧石器时代，进入大约只有 1 万年的相对短暂的新石器时代，时箭之矢仿佛突然加速，有了急迫感，甚至有点焦虑，期待着引领这个时代并且能够为以后的千秋万代奠基的英雄。

大凡英雄的出现，其必不可少的条件有三：人物、环境和事件。英雄的历史作用，在人类历史的某个起点上，会最大程度地得到体现。于是，当新石器时代开始，一个生活在古成纪的原始氏族，在面临着生存和发展的重大选择时，伏羲氏出现了。

史籍称：伏羲生于成纪，徙治陈仓，都于陈。古陈仓即为今宝鸡，陈是今日河南周口之淮阳。

成纪、古时成纪，也真是源远流长了。汉武帝元鼎三年即公元前 114 年，以渭河为界析陇西郡新置天水郡，北属天水，南归陇西。天水郡辖 16 县，成纪在其中，这就是人们通常说的汉置成纪。

史地学家从历史发生地的宽阔性上指出，汉置成纪之前的成纪，是一个更广阔的地理范围。伏羲诞生地、伏羲带领一个氏族开创新时代的，是一片地域，而不是孤立的某城某镇，这就是古成纪，也是《明史》所言的成纪地。显然成纪地包括了成纪，但远比成纪辽阔，它客观地为伏羲时代给出了一个更加丰富的创造空间。

《水经注》说：“瓦亭水又南……故渎东迳成纪县，故帝太昊庖牺（即伏羲）所生之处也，汉以为天水郡。”又：“瓦亭水西南出显亲峡，石宕水注之，水出北山，山上有女娲祠。庖牺之后，有帝女娲焉，与神农为三皇矣。”

瓦亭水也称陇水，即今之葫芦河，北山即是秦安陇城北山。

正如陈守忠先生所言，“传说中的古成纪，指的是陇中黄土高原偏西，由东边贴大陇山静宁、庄浪、清水等县，向西包括秦安、通渭、天水、甘谷，而至朱圉山为止的这一片地方。”范三畏先生则在《旷古逸世：陇右神话与古史传说》中，为伏羲诞生与创业之地界定道：“也只有到此，我们方能较有把握地划出一个伏羲发祥地的大体范围。它东起天水东境陇山渭河，西抵渭源渭水源头。北达静宁、庄浪的水洛河、葫芦河流域，其南境则有可能已到西汉水北岸仇池山一带……”

这一依陇山沿渭水流域展开的广大地域，集山水、草木、丘陵及黄土阶地之大成，是古代先民游牧、渔猎、初始农耕不可多得的物华天宝之地，并成为伏羲时代的展开之地。由此，我们似乎也稍稍明白，华胥氏为什么始娠伏羲之后到了成纪。

我追寻的脚步，也从蓝田到了天水境内的秦安大地湾遗址。大地湾遗址总面积为 275 万平方米，一期大地湾文化距今 8300 年。1978 年至 1984 年，甘肃文物工作队经过 7 年的考古发掘后，已揭露面积为 13800 平方米，“它是迄今为止渭河流域最早的新石器文化，并且发现了我国最早的彩陶，同时种植了我国第一批粮食品种——黍。”大地湾文物保护研究所所长程晓钟如是说。

一个英雄时代，必定是有建树有伟大王业的时代。

当远古人类在 250 万年前开始两块石头之间的撞击，这一撞击的结果很可能是原始人心智发生变化之始；撞击之下的石块变形，石头碎屑的飘落，是先民由撞击生出功力的初始感受；撞击后的石块能够成为更加得心应手的敲砸、刮削及猎杀野兽的工具。然而这一富有经典意义的时刻，离开人类有意识地打击、制造更加精细的石器，仍是如此遥远！

在大地湾，伏羲已经开始带领他的氏族打击、磨制新的锋利的石器了，手握这些石匕、石刀和骨箭头，他们变得更加自信有力。可是，生存的挑战似乎是无穷无尽的，不断增加的部族人口要吃饭、想吃饱，孩子们嗷嗷待哺，山上可以采摘的野果越来越少，尤其是冬日和青黄不接的春荒时节，洞穴里仅有的一点点储存的干果吃完了，将何果腹?

河里有鱼，有成群结队的鱼，曾经以树棍奋力敲打以骨针投掷，却很难捕获。

典籍记载：伏羲结绳而网罟，以佃以渔。还说，伏羲师蜘蛛而结网。在各种历史文献中，关于网的发明始终只归功于伏羲一人。网，在今人看来太简单的一张网，在伏羲时代却是史上空前的重大发明。网，这一张从此可以网罗天下万物的网，是当时之世最先进的生产工具，水里可捕鱼、地上擒走兽、天上捉飞禽的网，是伏羲发明的圣物，是英雄时代的一种标志。

圣物何在?伏羲的网不是后人编造、子虚乌有的网。

大地湾一期发掘的出土文物中，有纺轮坯与尖状骨锥，纺轮坯是由陶片打磨而成。这些织网的工具无言地证明着网的存在。稍晚一些年代出土的纺轮坯与骨锥、角锥，越来越光滑精细，除了说明制陶及加工工艺在伏羲时代的进步外，同时还表明：伏羲的网因为其功用显著而世代流传。还有陶质的网坠，伏羲不仅发明了网，还在不断的生产实践中发明了可以使网产生重力作用能沉入水中的网坠。

大地湾一期出土的陶器大多有绳纹和网状纹。

大地湾先民已经把生产工具的网，作为精神文化的寄托，而成为一种纹饰了。顺便说一句，此种网状纹饰，一直流传到殷商乃至汉唐，成为玉器、青铜器上常见的一种铺地纹饰。

我们已经很难再现伏羲织网之初的艰难了。

伏羲作为一个英雄时代的代表，首先因为他是一个天地万物的观察者，他曾一次次地在心里发问：山何以能立？树何以生根？水何以能流？风何以能动？从蜘蛛结网中他看见了蜘蛛吐丝的连结和交叉，试以草绳仿之，一张最早的网出现了。也许这第一张网不大，甚至很小，到河边小试身手，张网以候游鱼集群而至，再收网，竟然是一网鲜鱼！

众人雀跃，欢声雷动：伏羲！伏羲！

伏羲的网所捕获的鱼，是富含蛋白质的美味，当这一美味成为大地湾先民的一种食物来源时，改变了伏羲部族的体格，人们变得强壮，不再为饥饿担惊受怕。出土的兽骨及锋利的骨镖还说明，大地湾人以拦网、陷阱中套网捕获野兽，也就是说，大地湾先民不仅吃鱼而且还吃肉。居民中出土的灰坑、灶坑还证实了史书中伏羲“取牺牲以供庖厨，食天下，故号庖牺氏”的记载，这就是不再茹毛饮血，而是用火加工，吃熟食。人类用火的记载，在我国可以远溯至百万年前的元谋人、北京山顶洞人，但以火煮食，在厨房里加工，则始于伏羲。

大地湾的火光真是来之不易！

“伏羲对人民贡献最大的，恐怕是把火种带给人民，让人吃到烧熟的动物肉，以免使大家生胃病、闹肚子吧。取火这件事，史传上有的载到燧人名下，有的载到伏羲名下，更有的记载到黄帝名下，可见古来原无定说，伏羲又叫‘庖羲’或叫‘炮羲’，那含义就是‘取牺牲以充庖厨’（《帝王世纪》）‘变茹腥之食’（《拾遗记》）的意思。

要想达到上述目的，一定得有火才成，所以‘炮牺’（烧动物肉）的发明，其实也就是取火的发明……伏羲在神话中是雷神的儿子，他又是管理春天的东方天帝，和树木的生长很有关系，我们想：雷碰着树木将会发生怎样的景象？那毫无疑问，将会熊熊燃烧起来，发生炎炎大火。从伏羲的出生和神职联想起来，很容易得到火的概念。所以说我们把取火的发明归于伏羲，似乎更为妥当。当然伏羲取得的火，大约就是山林里大雷雨之后燃烧起来的天然火。”袁珂先生这一段论述见于《中国神话和传说》一书，有见地且合情理。

这是伏羲和众人分食鱼鲜的夏天的一个中午。那么多活蹦乱跳的鱼，堆在葫芦河谷地的一片林地旁，不一会儿，采集的女人从林子里出来了，各种野生的果子堆放在另一侧。先是女人看见鲜鱼成堆地惊呼：“啊！啊！”然后是捧起大鲤鱼，伏羲带头又蹦又跳地转圈，手之舞之、足之蹈之。接着，按惯例伏羲先给老人和孩子、妇女分发鱼及别的食物，最后留下一条小鱼自己吃。生吃，先用石刀把鱼头割下，吃鱼头，吮鱼血，再把鱼身用刀割成几段，能嚼碎的骨头吞而咽之，大骨头不能吃也不能扔，集中起来磨成骨针或制成骨镖。伏羲吃得特别慢，他只有一条小小的鱼，他本可以一口吞吃的，他只能慢慢吃，他喜欢看孩子们吃得津津有味的样子，他一边吃一边想：为什么每一次吃鱼之后总有女人和孩子叫喊着肚子痛然后闹肚子？每年因为闹肚子总要死去几个孩子，那些孩子临死之前还哼哼着“伏羲、伏羲”，可是伏羲救不了他们。这时陇山顶上有乌云飘过，有雷声响起，后来是更多更响的雷，大雨倾盆。伏羲让众人散去各自回到住处后，有一个雷好像落到了林子里，树林中冒出红色的光，红色的光一直蔓延到林地边上，树和草都在冒烟，“嗞嗞”地响，有“噼噼啪啪”的声音。伏羲退后几步，这种景象见过几次了，可是这一次就在眼前，那光那烟是什么？又一阵大雨之后，大火熄灭了，伏羲闻见一股香味，从没有闻见过的香味，走近一看那是刚才吃剩下的鱼，鱼皮变黑了，用手掰开送到嘴里，已经不是生鱼的味儿了，好吃！

雨后大地湾风清气爽，人们重新聚集在伏羲身边，捡出几条火烧过的鱼，争相大嚼，吃得津津有味。伏羲告诉众人，山林里雷火蔓延过之后，生鱼就变成这样了。"火！""火！"大地湾人如获至宝，一片欢呼声。伏羲回头望去，林子里的火虽然已经不见，但有白色的烟，走近一看这是一棵枯死的树，浓烟中还有火星。伏羲蹲下望着这火星，不经意间随手捡起几根枯枝放上去，一会儿，火光重起，火焰熊熊；伏羲又捡来了一捆连枝带叶的柴火覆盖其上，火焰被压下去了，只是冒烟，随后大火又开始燃起。伏羲当即决定，由专人守着这堆火……

德国人赖因哈特·沃尔夫，在他所著的《中国和中国菜》中说："中国的烹调，起源于东皇伏羲氏。"此说似应从"庖牺"中演化而来，所谓烹调，伏羲之世显然谈不上，煮熟而已。大地湾众多的灰坑表明当时火坑的利用已经相当普遍，甚至有了压火、存火、取火的沿用至近代的烧火法，烧熟与取暖，使先民的生活告别了活剥生吞，饥寒交迫。火光闪烁的大地湾的夜晚啊！

大地湾，葫芦河畔伏羲的网，伏羲的火。

天下归心的英雄时代的旗帜。

这一张网产生的社会效应，倒是可以想象的了：自有人类开始，吃饭、吃饱就是一种本能的最基本的追求，民以食为天，从有人之日开始便人同此理了。谁能让天下人吃饱，谁就可以为天下王，伏羲发明了网并教天下人使用网，从而走出了饥饿的时代，而且还有火，从生吃到熟吃，天下人谁不拜倒在伏羲脚下？

这网中打捞的、捕获的，这火光映射的，是一个英雄时代的伟大王业。

因为网，狩猎而得的禽兽有时吃不完，便先吃已被打伤的、性情凶恶的，豢养一部分，用树木、石块围栏，如牛、羊、野猪、鸡、狗等。时间长久了，又发现这些动物还可以下崽。这个发现也是革命性的，从豢养牲畜到原始畜牧业，大地湾的历史又前进了一大步，生产力发生了突破性的飞跃。

大地湾的墓葬中出土了猪骨、狗骨，还有羊骨。

伏羲以他的发明创造空前地提高了生产力，改善了大地湾先民的生活条件，但每当伏羲坐在卦台山下观天察地、沉思默想时，仍不免忧心忡忡：为什么部族里有那么多的婴儿死亡？为什么有的孩子出生时就天生有疾？这是因为得罪了周遭的山呢还是山顶上的天？

伏羲又听着山林中的鸟叫，那是雄鸟为了吸引雌鸟的注意，然后才有了林中百鸟齐鸣。当一只雌鸟飞到那只雄鸟身边时，雄鸟就要担负筑巢的重任。伏羲又看着林中路上的兽群，那一只小鹿居然奔驰疾行，为什么那样强壮？伏羲又想着野兽发情的季节，那些公的为了争夺一只母兽不顾一切的格斗，强者获得了交配权，然后下崽……

这一切，意味着什么呢？伏羲似有所悟：那种群居乱交、不聘不媒、男女杂游的生活必须要改变，要让男人为女人做点什么。这就有了人类历史上关于嫁娶之礼的第一个原始法规：一个男人如果想和一个女人交媾，必须送两张鹿皮，这就是典籍记载的伏羲“制俪皮之礼，以定嫁娶”。

送两张鹿皮给女方，可以说是最早的聘礼，是“礼”的萌芽。为了女人就得猎杀两只鹿，为了猎鹿就要具备强壮的体魄，还要有智慧。群居乱交的局面得到了扭转，一个在伏羲意料之中却又让人喜出望外的结果是：此后部族里生出来的孩子很少有先天残疾，并且健康多了。

伏羲又命大庭氏造房子，洞穴式的窝棚成为半穴式的茅草房，既造大房子，也造小房子。大地湾出土的房基的格局，往往是一间大房子旁边，连接着几间只有五六平方米的小房子，没有灶坑、灰坑，显然这样的小房子是两个人的天下，是送了两张鹿皮之后的男人带回一个女人的居住之地。

这就是伏羲时代，英雄时代。晋《拾遗记》称：伏羲“长头修目，龟齿龙唇，眉有白发，发垂委地”。

追记这一时代的最激动人心处，是我们发现了自己，我们身上的灼灼其华、血脉的源流之处，以及人类为什么对发明创造如此孜孜以求。从某种意义上说，人类世界是以自身的繁殖及器物和制度更新，而存在而发展而延续的。

当英雄永久地沉默，一代又一代的人们便在传说和祭祀中延续思念和崇拜，使之成为永恒，成为一个古老民族的古老历史的一部分，如泥土之朴厚，若江河之绵长。

太阳与花

太阳远在人类出现之前，便照耀着地球了。

大约45亿年前，地球形成，然后是古海洋的出现，由此便发生了一些列根本性的变革：海藻前仆后继地在浅海地带登陆，森林出现，动物出现……假如把这一切生命创生的过程浓缩到一年之内，其先后顺序大致如下：1月，大爆炸创生宇宙、太阳和地球；2月，地壳凝结；3月，古海洋出现；4月，古海中出现最早最简单的生物；5月，最初的化石形成；5月以后的半年的时间，是地球上繁忙的地质春秋时节，一个里程碑式的时刻终于来临了；5月以后古海中出现了蓝、绿藻，并且完成光合作用这一程序，然后是一次又一次的登陆，森林出现，动物出现。到12月中旬，恐龙走向末日，森林里开花植物出现，这一年的最后一天午夜时分，人的时代刚刚开始。

人，终于站在太阳之下了。

人，是如此艰难地站到太阳底下了。

当人猿揖别各奔前程时，对于站立起来的古人而言，太阳是天地万物中最耀眼、最醒目的天上之物，白天，人走到哪里它跟到哪里，为赤身裸体的原始先民带来温暖。但是，太阳也会消失，它升起又落下，不知从哪里升起也不知落在何方，总之天黑了。为什么有夜晚？远古的人们不知道这是夜晚，但惊讶于天黑，太阳呢？

黑色的帷幕落下、张开时，暗和冷的感觉从四面八方袭来，形成一种巨大的压迫，不敢行走也无法行走，便躲进丛林或者山洞。颤栗中能看见幽幽的星星和月亮，然后在恐惧、不安与焦灼中睡去，不知道最早的原始人做过的最早的梦，是什么样子的？是什么色调的？

第二天清晨，在各种彩云和朝晖之间，太阳快要出来了。

走出山洞的人们，便会用一种近乎得救的困惑的目光注视着晨光，这时候，丛林中的一群猴子纷纷跃上树梢，向着东方的朝云嘶鸣不断，在一阵阵啼叫声中，新鲜的太阳升起了……

也许，这是人类太阳崇拜的野性的启蒙。

今天，我们已经很难想象，当第四纪最后一次冰期结束，人类从阴暗寒冷的洞穴中爬出来，太阳使整个世界重新获得温暖和生机时，我们的先人是以怎样的泪眼向着太阳跪拜？又以怎样的欢呼向着太阳致敬？同时我们也找到了一个准确无误的答案：地球上所有的早期人类都有一个共同的崇拜：太阳崇拜。正是由这一自然崇拜产生的人类最早的文化——巫文化——开启了人类通向未来之门。

华夏民族是崇拜太阳与花的民族。

当大地湾的每一个清晨，在猴子们于丛林中啼叫着东方将要日出时，伏羲便带着飞龙氏、潜龙氏、大庭氏、降龙氏、土龙氏、水龙氏及春官、夏官、秋官、冬官、中官下跪于陇山之下，面向东方迎候日出。这一仪式，后来成为大地湾祭祀事项中最重要的礼神活动。在伏羲作甲历，“岁以是纪而年不乱，月以是纪而时不易，昼夜以是纪而人知度，东西南北以是纪而不惑”之后，每个月的初一清晨是大地湾先民全体出动，在陇山下恭迎太阳的时刻。后来，伏羲又发现每当月圆之夜，陇山及周边草原上的狼，都会不约而同地集中在陇山空旷处的一个山坡上，对着升起的月亮，引颈长嚎，如长歌，如慨叹，直到月上中天，才呼啸而去。

猴因何向日而啼?

狼因何对月而嚎?

日月星辰，天地山川啊!

远古先民的太阳崇拜，后来成为我国最早的典籍《尧典》中的宾日之祀。同时，又有研究者认为伏羲传说源自太阳崇拜，伏则溥也，伟大也，羲则日光日气也。但，在把伏羲与太阳、太阳神及日气羲光相连接之前，有必要对伏羲众多的名号及其含义作一番检讨。

东汉的应劭说:“伏者，别也、变也、法也。伏戏始作八卦，以变化天下，天下法则，咸伏贡献，故曰伏戏也。”

唐陆德明在《纪典说文》中称:“包，本又作庖……孟、京作‘伏’。牺，郑云:鸟兽全具曰牺。孟、京作‘戏’，云:服也，化也。”

这两则训诂的解释告诉我们，伏羲也称伏戏、包牺、庖牺，有儒家的教化思维，意指百王之先的伏羲以教化之功，执伏牺牲而君临天下。还有的典籍是以事迹、王业来解释伏羲这一名号的，如先秦的《世本》:“取牺牲以供包厨，故曰包牺氏。养牺牲以庖厨，故曰庖牺氏。”东汉的班固说:“伏羲仰观象于天，俯察法于地，因夫妇，正五行，始定人道;画八卦以治天下，天下伏而化之，故谓之伏羲也。”东晋王嘉在《拾遗记》中另有一解:“庖者包也，言包含万象，以牺牲登荐于百神，民服其圣，故曰庖牺，亦谓伏羲。变混沌之质，文宓其教，故曰宓牺。”

以伏羲的功绩，引申出“伏羲”的不同写法，虽然意在特别颂扬伏羲王业的某一方面却与训诂解释一样，是后人所为、后人认定的，是同一或类似语言的记录。那时已经开始有刻画符号，所谓伏羲“造书契”是也，但没有文字，伏羲的名号流传下来是记音，有文字之后因为汉字的同音单词较多，再加上因事而义，便有了各种不同的写法。

那么，伏羲之名号，到底本意何在?

闻一多先生在《伏羲考》中，以西南苗族等少数民族流传的伏羲、女娲借助葫芦，在大洪水之后的创生神话为基础，以训诂结合民俗学，指出“伏羲”即“匏瓠”，葫芦也；女娲即“匏瓜”，也是葫芦之意。

考虑到葫芦曾经广布中国，青葫芦可食，干葫芦可做日常用具，而且是先民最早的渡河之舟，在旧石器和新石器时代更替之际，在陶器发明之前，我们的先民曾经有过一个相当长的时期吃葫芦、用葫芦。而千奇百怪的葫芦的形状，让人感到惊讶产生崇拜，《诗经》说“绵绵瓜瓞，民之初生”，瓜瓞就是葫芦，人类之所出也。《礼记》也说：“陶匏以象天地之性。”陶匏，以陶烧制的祭祖用的葫芦，含天地阴阳创生之意。

据此，刘尧汉先生认为：“中华民族各成员以开天辟地的盘古——女娲和伏羲的合体葫芦为共祖。”盘古传说出现在“三国”时徐整的《三五历纪》中，远在战国时出现的伏羲、女娲之后了，伏羲见于《易·系辞下传》、《管子·封禅篇》、《庄子·人间世篇》、《大宗师篇》、《胠箧篇》、《田子方篇》，及《尸子》、《荀子》、《楚辞》、《战国策》等，女娲见于《楚辞》、《山海经》、《礼记》等。考虑到“匏瓠”、“槃瓠”、“匏瓜”的葫芦精传说，盘古传说源出伏羲、女娲当无疑义，甚至连“盘古”这一称号也是因“匏瓠”、“槃瓠”的一音之转而得名。

何新先生及其所著《主神的起源》认为，伏即溥，伟大之意，羲与羲娥、羲和为同一名号，意指太阳神，伏羲又称太昊，太昊者光芒盛大之太阳也。在诸多关于伏羲之名的释义中别具一格。

伏羲的名号与解释，自古及今，形形色色，各具深意各有魅力，我们还能从中发现一些什么呢？庞朴先生认为“混沌，在汉语中有各种音变，分别用以命名不同的事物，如馄饨、糊涂、囫囵、温敦、混蛋、葫芦等”。有趣的一种指向出现了：混沌有音变为葫芦，闻一多论定伏羲也有音变为葫芦，伏羲、葫芦，归于混沌，根据《山海经》对混沌神的描述：黄色球形，有时红若丹火，有翼无足能飞，漫无轮廓，那就是太阳神、太阳了！

多么美妙啊，葫芦、混沌、伏羲、盘古、太阳！

混沌是无。

混沌是道。

混沌是太初。

混沌是无极。

上古先人面对着太阳的混沌、混沌的太阳，在百思不解中得出的结论是：这是孕育一切、化生万物者，因为伏羲及伏羲时代对太阳的崇拜，类比伏羲织网罟、定嫁娶、画八卦的王业，伏羲就是时人、后人心目中、传说中的混沌、太阳了，万类万物由是而生者，当然是唯一的、无可争议的人文始祖了。

太阳崇拜，辉煌的崇拜！

正是在这辉煌的崇拜之下，伏羲如日中天成为普照大地的王，并由此开始了天地阴阳、八方来风、人与万类万物的思考，以涓滴细流成为华夏文化的初始流出。

流出之地，源泉之地。

辉煌的太阳下，花朵是最美丽的。

由自己的母族华胥氏带来的花崇拜，所包含的伏羲及上古先民对花开花落、花落之后结实、凋零及其再一次开花的期盼，后来成为了大地湾先民的一种精神生活，乃至精神寄托，是对土地之母性的最早、最直观、最形象的感受。如同太阳一样，为我们的先民给出了最初的神圣感、神秘感，有的花朵为什么成串成片？有的果实怎样能挂满枝头？没有了果实怎么果腹？

从一朵花出发，先民的崇拜如此朴实、如此美丽，而又彻上彻下，由天及地。从太阳到阳光下的花朵到地底下的根与种子，所有的期盼，当时还很难用语言表达的愉悦与激赏，使我们的先民早在“野蛮时代”，便显现了精神上的某种崇高的向往，由此种下了华夏民族乐天知命的最早、最美丽的基因。

现在就让我们欣赏这些埋藏在地底下的光芒四射的太阳纹饰，以及彩陶花瓣，历史深处的幽暗与惆怅，难道不正是它们照亮的吗？

这是河南舞阳贾湖遗址出土距今7000多年的陶缸，外壁上刻有光辉四射的太阳光纹；

这是浙江余姚河姆渡出土距今6000多年的骨匕和牙雕上的双

鸟太阳纹；

太阳光芒下的神人兽面纹，已经是众所周知的距今5000年的良渚文化玉器的典型纹饰；

河南郑州大河村出土的陶钵残片复原后，陶钵口沿一周是12个太阳纹，那是5000年前的太阳光芒；

内蒙古敖汉旗出土的距今6000年的陶片上刻有一只正对着太阳的鸡头，这不是金鸡报晓吗？

山东黄县、诸城及安徽尉迟寺出土的陶钵上的纹饰，就是一幅图画了：作“山”状的线条之上，太阳在冉冉升起……

太阳崇拜激发了先民的想象力，并且和中国最古老的神话，如“金鸡负日”相连接。

“日中有三足鸟”，这三足鸟是“日精”和“阳精”，是太阳的象征。陕西华县的一件出土彩陶器上，以弧线表示天穹，下为双翅，两腿有力地向后伸展，作负日状；良渚玉器上刻有太阳纹的高台，站着一只神鸟，风度翩翩，若有所思；洛阳西汉壁画、马王堆帛画上太阳中的神鸟绘像，皆栩栩如生，呼之欲飞了。

三星堆出土的青铜神像，使我们想起了《山海经》所说的“汤谷上有扶桑”，而《文献》又称，这扶桑“叶似桑叶，常数千丈，大二十围，二二同根生，互为倚扶，是以有扶桑之名。太阳从汤谷出，浴于咸池，有三足鸟负之”。

日出扶桑，日落若木，金鸟负之而飞行其间的图像，很可能是先民茫然而惊喜地日复一日、年复一年面对日出日落、昼夜更替之后的一种想象，最原始的想象，从而也是最伟大的想象，以古老非凡的智慧，赋予了太阳及负日神话辉煌的动感，从而使一般意义上的太阳崇拜达至“天之神，日为尊”的至高无上的境界。

没有太阳，哪会有天地万物、人类历史？

大地是保存者。

太阳之下盛放的花崇拜，也同样屡屡显现在出土文物中。在我们即将欣赏这些六七千年前的美丽花朵时，对“花”与“华”字作一点考证，也许是有必要的。六朝之前，“华”、“花”二字同一，“华”即是“花”，“花”即是“华”，早期的中国典籍中“花”均写作“华”，如“逃之夭夭，灼灼其华”，如“时无重至，华不再扬”。如我们已经说过的那样，华胥氏即花胥氏，先有“华”之音后又“华”之字，而这第一声感叹很可能来自先人对花之美丽的惊讶。于是我们先民中的一支便以花自比，在太阳崇拜之后，由天及地产生了花崇拜，并吸引着诸多别的部族，从而成为中国历史上最早的华美之族、华丽之族、华族。

我们或可这样说，伏羲氏及他的母亲华胥氏的最早图腾，是花图腾。因为崇拜与图腾的神圣性、普遍性，华氏族的文化得以壮大，华夏之华、中华之华，得于在 8000 多年前确立、扬名。

花是大地赐予人类的最美丽、最宝贵、最让人怦然心动的财富。花与草木一起，从人类出现之日起，便给了人类最早的愉悦和精神享受，同时它又是原始人食物的主要来源。

人类走过的历史之路坎坷曲折、步履维艰，但有鲜花相伴。

饰有花瓣纹、花枝纹的陶器，最早出现于新石器时代的大地湾、山西芮城东庄村、天水师赵村、半坡遗址等。

有一些是陶器残片，残片上有太阳纹、花瓣纹。

无论残与不残，彩陶上的花瓣纹图饰展示了由简到繁、从具象到抽象的过程，这一过程开始的时间至少是在距今7000年前。

最早的花瓣图饰由2个或4个具象的花瓣组成，少量的陶器上有5瓣或6瓣。恰似瓜花即葫芦花，是可以欣赏的花，并且会结出能吃的累累的瓜。这样的花与瓜，在采集时代的重要性可想而知。

到庙底沟类型时，彩陶上花的纹饰已经有了抽象的意味，并非是一目了然的瓜花了，这是随着时间的推移，先民的食物发生变化更加充裕了呢？还是彩陶艺术走向多样化的开始？

古成纪所属的天水师赵村遗址约20万平方米，1981年至1989年，由于中国社科院考古研究所主持发掘，出土文物2000多件，其中的一件浮雕人面彩陶罐可谓稀世珍品。这个陶罐高21.7厘米，口径15厘米，大口短颈，腹部鼓起为圆形，鼓腹处有两个红陶制成的对称耳饰。器身通体黑色彩绘，各种纹饰繁复有序，主体部分是清纯、秀美的女人头像，以浮雕、刻画制成。头像下面是花木枝叶纹，头像左右两侧似花纹也似日光纹，是花之将开，日之将升。

这一个集人像与太阳崇拜、花崇拜为一体的彩陶器，陆思贤先生在《神话考古》是这样为这个浮雕人面彩陶释义的：“华胥是种子，伏羲是种子的萌芽。从一粒种子的变化去观察宇宙世界，伏羲也就成了宇宙之王。这一认识代代相传……马家窑文化的先民们，绘画了一幅精美的种子发芽图……人面采用浮雕凸出器表，一看就是女性的头像……这头像额上生角，是表示种子的芽角，所以人头就代表了一粒种子……待种子冒出地面，也便是伏羲氏诞生了。”

这一件诞生在新石器时代，六七千年后出土仍然美妙绝伦的惊世之作，说明我们的先民已经把人与植物及太阳，作为了整体艺术构想而以彩绘表达，其中可以生发出无限想象，叹为观止。

苏秉琦先生在《关于仰韶文化的若干问题》中说过，仰韶文化庙底沟类型，很可能是华族形成的核心遗存，其“主要特征之一的花卉图案彩陶，可能就是华族得名的由来。华山则可能是由于华族所居之地而得名，这种花卉图案是土生土长的，在一切原始文化中是独一无二的，华族及其文化无疑也是独一无二的”。

仰韶文化、师赵村遗址是大地湾文化的延续。

那么，在仰韶文化之前的大地湾文化，又是什么样子的呢？

大地华彩

大地湾——华夏始祖的出生地，华夏先人的聚居地，华夏文化最初的华彩闪耀之地！

大地湾遗址的发掘，使华夏民族最早的彩陶蛰伏七八千年之后，重现于光天化日之下，是中国考古史上一个动人心弦的篇章。大地湾遗址出土的迄今为止中国新石器时代最古老的大量彩陶、大房子房基以及一幅完整的房基地画，改写了中国陶器史、中国建筑史、中国绘画史，成为华夏文明的一处发祥地，这一发祥地便是伏羲所创造辉煌的古成纪地。

发掘之前以及发掘之后，这一片渭河支流滋润的土地，这一片青山与森林环绕的土地，始终是沉寂的，岁月的脚步悠闲地经过河边、台地，秋收冬藏年复一年，默默地奉献着五谷杂粮。8000多年的奉献啊，麦苗青了又黄了。

源头之地是退隐的，显现为大沉默。

为了重现历史并且把历史的某一个时间段与现实相连接的历史学家、考古工作者，却早已把目光投向了渭河上游、天水秦安县，五营乡邵店村东侧，葫芦河支流清水河两岸的被称为大地湾的二、三级阶地相连的缓坡上。

在大地湾遗址的山坡上，我问了一个又一个过路的老人：大地湾这个名字是从前留下的呢？还是后来取名的？我总觉得这个山野乡村的地名太不一般了。有一位老人告诉我，那是祖上传下来的，好像也叫大帝湾。显然，这一处遗址的最终被发现，与中国古籍上屡屡出现却又一闪而过的伏羲与成纪的传说相关。同时，我们还要考虑到一段短暂而又不应被遗忘的历史：甘青地区史前考古的肇始者法国人桑志华（PereeE.Licent），于 1920 年在甘肃庆阳城北赵家岔、辛家沟发现有旧石器时代遗址。1921 年 10 月到 12 月，受聘为中国作矿产调查的瑞典人安特生（J.G.Andersson），在河南黄河南岸仰韶村开始了中国第一次考古发掘，发现了史前文化的一个断面，史称仰韶文化。1923 年安特生逆黄河而上到了兰州，又从兰州到临洮县城南的马家窑村、村西南的马家坪发掘出土了令安特生惊讶无比、完整无损且数量巨大的彩陶。

从此，中国新石器时期的彩陶，开始以其独有的风采走向世界的视野。同时也揭开了中国上古史的面纱，激起了中国科学界的兴趣，及一种向着历史深处发掘的文化氛围。

安特生的发现具有划时代的意义，我们没有见到安特生为中国矿产储量所作的调查报告，但他在中国发现的仰韶及马家窑彩陶，却是巨大而美丽的文化宝藏。可是让人遗憾的是，也许是出于谨慎，更有可能是欧洲中心主义作怪，安特生在握有一切历史性的发现及证据之后，仍然发表了“中国彩陶源于西方”，亦即中国文化西来说的曾经风靡一时的观点。

20 世纪 40 年代，战乱中的中国考古学界功绩卓著的前辈裴文中、夏鼐等人在甘青地区考古调查及发掘之后认为：渭河上游、甘青地区的地底下，很有可能是中国新石器时代的重地、宝地。

1949年，新中国成立，在百废待兴重建家园之际，由国家和政府推动的自下而上的文物普查，是新生的共和国的一个壮举。正是这样的大规模普查伴随着铁路建设、水利建设，使西北地区的田野考古发现了大地湾，并从1978年开始进行了为时8年的发掘。

距今8000年前后的大地湾遗址出土了。

大地湾彩陶以其原始的风貌、精美的色彩及构图，透露出大地湾先民的智慧、天赋，新石器时代之初闪烁在渭河上游的陶彩艺术之光，这就是土生土长的华夏先民的创造，这就是中国上古时代的大地华彩。

从此，“中国文化西来说”彻底闭嘴。

大地湾遗址已知总面积为275万平方米，已经揭露面积为13800平方米，出土陶器、石器、骨器、角、玉器各类文物近万件。清理出大地湾至仰韶文化晚期各类房屋遗址241座，灶坑104个，灰坑与窑穴321个，窑址35个，墓葬79座，壕沟9条，最早遗存的年代距今8300年，包含5个文化期，延续了3000年。

3000年间，大地湾彩陶，包括大地湾文化延伸的、或有关联的半坡、庙底沟、马家窑、柳湾彩陶，仅已经出土的便数以千计、万计。这些彩陶中大地湾一期出土的三足钵等多种彩陶器，距今约8000年左右，与世界上两河流域及其他最早出现彩陶的文明古国，恰恰同步。

此种人类早期文明不同地域的同步现象，也许会匡正我们曾经认为的人类文明只有一个源头的论点，文明的火花在日光下、月光下点燃于地球之上的若干地域，所有的人类始祖都在为了生存而行走、采集、创造，虽有快慢却无优劣。那是文明初创的星星之光。

曾经有过一个极富创见的设想：把已经发掘出土的大地湾及别的文化遗址的彩陶，以及数不胜数的彩陶残片，以三足钵为首，作一字长蛇阵随意排列在渭河之滨，该有多长？该有何等辉煌？能不迷人？能不催人泪下？

那是八百里秦川的又一条河流，彩色的、文化的、历史长河。

那是华夏民族大地上思接千载的风景线。

这样一条从大地湾彩陶出发，想象中的彩色长河，足够使我们心旌摇荡了：我们能感受到历史深处进出荒门的脚印，以及火光，先民们或者凝重或者灿烂的面容，制作陶器时的全神贯注，描绘太阳纹、花卉纹、鱼纹、蛙纹时神色的庄重。那是大地湾的早晨呢？还是大地湾的夜晚？那时候，采集、渔猎和制作彩陶的分工已经出现了吗？等等等等，多少历史的细节已经无从得知，但渐渐清晰的是伏羲的背影，正是这样一个人物这样一个英雄，为后人留下了可以永远怀念永远探询而历久更新的时代。

三足钵，高 12 厘米，口径 27.5 厘米，可做食器也可做饮器。腹部有交叉绳纹，结绳记事的草绳纹。钵口沿外侧抹光，绘一圈红色宽带纹，口沿内侧绘一圈红色窄带纹。钵内壁有 10 余种彩绘符号。

大地湾早期的遗存中彩陶线条单纯，图案简洁，可以称之为真正原始的陶器，除三足钵外，还有圜底钵、圈足碗、深腹罐、三足罐、球腹壶等。以三足和圈足为主，平底器较为少见，其用途为食器、饮器和饮水器。

可以想见，这是大地湾彩陶制作的开始时期，我们的先民在萌生了彩绘的构想之后，已经付诸实践，但还未达到放手自如。这样一批脱胎于中国本土的素陶，它们和西亚美索不达米亚的哈逊纳文化一样，是世界上最早的含有彩陶的古文化之一。

让人着迷不解的是彩陶器内壁的彩绘符号，一种类似水波状，有连续性；一种以直线或曲线相交叉的彩绘纹样，没有连续性。细察这些彩绘符号，同半坡、姜寨所见的刻画符号大致相同。在渭河流域，相同类型的遗址还有天水师赵村、华县元君庙、渭南北流村、白庙、华阴横阵村、临潼白家、长安芦坡头等，但唯大地湾一期的彩陶及彩绘符号最多。

大地湾的彩陶震惊了中国和世界考古界，“我国迄今所知最早的彩陶，在我国彩陶发展史上占有极重要的地位。”大地湾一期文化的彩陶“多在圜底钵、三足钵的口沿外绘一圈红色窄带纹。钵内壁有 10 余种彩绘符号”（程晓忠《大地湾考古研究文集》）。一期文化遗存的彩陶数量较少，但在 20 多件钵形器及部分陶器碎片的内壁的彩绘符号，不能不使人联想顿生：其一，无疑这是中国内画艺术的开始；其二，这些彩绘纹样基本上是抽象的，有的类似水波纹状，有的类似植物形状，介于图画和文字之间。是记事符号？还是指事系统？为什么记于陶器的内壁？我们的距今 8000 年的大地湾先民的这些符号的内涵已经无从知晓，但必有所指应无疑义。我们只能说每一个符号都是我们的先人留下的彩色历史记忆。张朋川在《黄河彩陶》中精辟地认为，大地湾的彩陶文化与西亚的哈逊纳文化，是世界上最早产生彩陶的古文化，由此可证，中国的彩陶是中国本土大地湾先民创造的！

第一个陶器是怎样出现的？那是何等美妙的历史文化细节，可惜已经飘逝不存。后人有诸多猜想，试图情景还原，有一个前提是肯定的：先有火，会用火之后再有陶器，并且发现在火烧过的地方土块会变硬。有人认为在当时大地湾所处的葫芦河畔，葫芦众多，有以泥巴涂抹在青葫芦上，然后烧出了第一个陶葫芦。考虑到大地湾的出土陶器有大量的葫芦瓶，师葫芦而制陶的可能性极大，作为器型，天生中空的葫芦是一个极妙的参照物，是不是用泥巴涂抹在青葫芦上，然后连葫芦带泥巴一起烧烤，另作别论。大地湾彩陶的出现，实际上已经是8000年前先人的创造性劳动的开始，它和采集、渔猎、打制石器不一样的是，制陶及其绘彩是器具的创造之初，并且有了装饰美的原初意思。先让我们分析陶器的主要成分：水和土以及火；陶器制作的第一步骤：水与土的揉捏，手深入其中。一种有趣的联想出现了：少不更事的孩提时代，我们谁没有玩过水玩过土捏过泥团？这是人类童年留下的特征之一吗？水和土不仅是人类生存的物质，也是人类最早的玩伴，而水加上土的揉捏，揉捏成泥团，各色各样的泥团，则是创造之初、造型艺术的萌芽。在《水与梦：论物质的想象》一书中，法国科学哲学家加斯东·巴什拉认为："手也有自己的梦"，"手帮助我们了解物质的内在深处，它有助于物质的想象"，"真正的劳动者是把手放入泥团的人们"。手与水、土的接触和揉捏制造了泥团，泥团又使手更加聪明有力，然后是大地湾人依葫芦做陶器的揉捏制作，在火中烧炼，有了陶器，有了人类文明史上具有里程碑意义的手工劳作的意志和能力，有了原创艺术，有了触觉的本能延展。

把色彩绘在陶器上，则是大地湾人思维方式的又一次飞跃，是新石器时代人类对美以及审美意识的追求和提升。香港城市大学资助研究的分析表明，大地湾彩陶中的块状、粉末状颜料与彩绘陶颜料，均为天然矿物，其中红色的为赤铁矿 Fe_2O_3、朱砂 Hgs，黑色为磁铁矿 Fe_3O_4；赤铁矿和磁铁矿混合物，白色为石英晶体、方解石 $Caco_3$、石英、白云石石英、方石英及硬石膏，土黄色为铁白云石。

大地湾一期遗址共出土完整的和可以复原的陶器近 200 件，彩陶约占四分之一。这些彩陶纹饰图案简单，彩色也远非多样，但它所代表的此一时期大地湾先民的精神状态及文化内涵，足可以使后人顶礼膜拜了，是日用器物的开始，也是文化绚丽的开始。文化始于器物、始于日用器物、附丽于生存，此为一证。

渭河流域的彩陶，以及彩绘符号蓬勃涌现的大地湾，是距今七八千年的色彩和符号，它们是中国新石器时代在渭河上游的记录，彩色的生动鲜活的记录。我们不知道这种介于文字和图画之间的符号，确切地代表了先民的何种思维？何种想法？何种用途？

谁也不可能再现历史。

谁也无法让七八千年前的骸骨张嘴说话。

但，那些彩绘符号的指向却是明确的：它们是伏羲时代先民心智和想象力开始飞跃的起点，是心绪或事件的记录，他们肯定是在铭记什么、呼唤什么，他们正向着文字走去。甚至可以说这些符号正是中国文字之初。

大地湾最早的彩陶胎土中含有较多的细沙粒，器壁厚度为 4 毫米左右，烧制良好，成型的方法为“内模敷泥法”，与长江流域同时期的余姚河姆渡、江西仙人洞、石门、姊归柳林溪、三峡等遗址中的“泥片贴筑法”、“一次挤压成型法”等制陶手法并存，是我国迄今为止已发现的最早制陶法之一。

不知道冥冥之中是谁发出了号令？黄河流域、长江流域在相同的历史时期中，我们的先民都开始制陶了，不同的是胎土与制作方法及精美程度。在华夏大地上，上古时期的文明的发生，也是在多处地域多个点以多种方式星火闪耀的。而在大地湾，或者说成纪地，差别在于：因为伏羲的引领，其火焰更加美丽、彩陶更加众多、彩绘符号更加鲜艳而神秘地已经有所指向了。

有人把大地湾的彩陶残片，称为文明的碎片，而那些彩绘符号却是完整的。作为器具的彩陶破碎了，作为文明发生的符号却坚韧地完整着，并且以人们看得见和看不见的方式流播，如同这一条簇拥大地湾的清水河。

大地湾遗址出土的人头形器口彩陶瓶。

这个彩陶器高 31.8 厘米，在圆雕的人头及额前披着整齐的短发，头发刻画细致，五官排列的比例适当，眼睛和鼻子为雕通的空洞，造型准确生动。目光深邃，稍显忧郁，嘴唇微张，气息盎然，两耳耳坠处各有一个穿孔，说明 6000 年前的大地湾女人已经打耳眼垂系饰品了。整个彩陶器纹饰分上中下三层，主题花纹一部分由两个弧三角形对接组成圆圈、内饰弧线；另一部分以斜直线、左右相向的凸弧、垂弧纹、上下相对的凹三角纹组成。这种纹饰中的线条、弧三角形、垂弧纹，比起彩绘符号明显地趋向复杂，线条的应用、变化及对称，让人惊叹！

也有人认为此种纹饰为动物纹样，装饰在一个女性身上，具有自然崇拜向人格神的祖先崇拜过渡的意义。

这是 6000 年前的大地湾少女。

这是岁月无法使之衰老的亭亭玉立。

这是一件中国原始社会中最早、最杰出、最激动人心的陶塑艺术品。

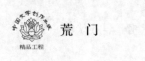

随着时间的推移，大地湾彩陶日渐精美多样，到距今5000多年时，达到了鼎盛时期。此一时期的彩陶上出现了大量的鱼纹和蛙纹，并由具象而变形、抽象，极其大胆夸张，又简约明了。

假如说原初的艺术就是艺术本真的话，今天的繁杂与庞大离开艺术本真已相去甚远了。

变形的蛙纹罐，听取蛙声一片……

鱼纹罐，何不相忘江湖……

叶形纹，多少青枝绿叶……

水波纹，流年似水大荒梦……

陇山上下的花叶，清水河中的水波，还有蛙和鱼，正从历史深处向我们娓娓道来……

天水傅家门和西坪乡水泉谷出土有两件人面鲵鱼纹彩陶瓶。傅家门出土的彩陶器高18厘米，侈口、卷唇，通体绘人面鲵身鱼图案，鳞身，四足，尾巴高高翘起。西坪乡出土的器高38.1厘米，鲵鱼鳞身与前者大体相似。

这两件彩陶器上的图案很容易使人想起《帝王世纪》所言的伏羲形象："人面蛇身，尾交首上。""人面鲵鱼"和"人面蛇身"极为相似，是伏羲生于成纪地又一个可资证明的线索，还可以猜想伏羲部族在最后确立龙图腾之前，不仅有过花图腾，还有过鲵鱼图腾。

大地湾彩陶是中国新石器时代文明的种子，后又下延至半坡文化，广及甘肃、青海、河南的渭河、黄河流域，包括中国和世界上风格别具的马家窑彩陶文化遗存。

这是中国上古人类创造的史前艺术的顶峰，在几千年过去之后，我们回首一望，这顶峰依然是顶峰。

在大地湾彩陶之后，中国又涌现了美轮美奂、千姿百态的玉器、青铜器及瓷器，但，陶器是中国的一切器皿之母。

作为人类社会发展史上的里程碑，大地湾彩陶展示了人类的审美初衷，是清晰地认识和诠释世界的烧制与刻画，并且注入了对未来的彩色向往，无比珍贵地保存了人类童年时期中国先民之精神与心路历程。

与彩陶可以媲美、相互印证的是大地湾的一幅地画。

1982 年 10 月 27 日中午，秦安已是初冬时节。负责第 5 区发掘的赵建龙先生报告考察队：因为扩展道路无意中暴露了一处房基，编号为 F411。清理房基时更加意外地在居住地面上发现了绘画。考察队一干人员当即携摄影器材、临摹工具赶往现场。这座房子在 F405 大房子以东 70 米，平地起建依山面河，居室地面表层是厚 0.3 厘米至 0.4 厘米的抹得光亮的白灰面，居室后部中央的白灰地面上便是这幅东西长 1.2 米、南北宽 1.1 米的地画。

发掘报告称，地画中有人物和动物图案，上部正中一人，头部较模糊似有长发飘散，两腿交叉直立，左侧另绘有一人，胸部突出。两个人物之间相距 18 厘米。

正中人物下方 12 厘米处，绘有黑线长方框，框内之物有人认为是动物，也有人认为是人物。

这幅地画内容的解释众说不一，重要的是它是我国目前仅见的原始社会中具有独立性的绘画，是中国绘画的开山之作，产生于距今5000年前。

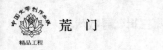

在西安，我专程拜访石兴邦先生，这位著名的考古学家告诫我："我们千万不要低估了原始人的智慧。"

进而可以这样说：我们千万不要以为，文明只是在书本上界定的文明时代发生的事物。

大地湾彩陶和地画所出现的年代，是摩尔根所说的"野蛮时代"。这是一个既让人惊喜又令人困惑的时代，在这一笔者称之为伏羲时代的漫长岁月里，在中国的典籍、文献中却被称为"至德之世"，"以木德治天下"。文献与考古文化也没有大规模争夺领地与战争的记录及证据，这是一个生产力相对低下却又是织网捕鱼、烧制彩陶、平静而温和的时代。其实，野蛮与文明的分野充满着当代人的偏见，有一种可能是：我们的先民被野蛮了，而后来自以为是的文明人的文明时代，才是充满血腥与暴力的时代。

多么美好的"野蛮时代"！

农耕初始

大地湾的秋天。

大地湾刚刚进入秋天时，几乎与夏天没有什么区别，太阳还是炽热地照耀着，孩子们成群结队光着屁股在清水河里戏水。河边有捕鱼者，当一网鲜鱼从河里捞起时，孩子们便从水中扑将过来，捧着大个儿的鲤鱼举到头顶，也有的孩子经不住鲤鱼打挺的反扑，鱼儿重新得水，大地湾的孩子们纷纷追逐……

都说入秋以后天高气爽，除了刮风下雨落雪，大地湾的每一天都在蓝天白云之下，只是入夜之后，清水河谷中的风却带着丝丝凉意了。在星光月色下，一间间散落在阶地缓坡上的圆顶茅草屋隐隐绰绰，那是大地湾的梦乡吗?

大地湾的秋天是采集的季节。

采集的季节是欢乐的季节，也是让伏羲忧心的季节。

大地湾的人口更多了，可是周边山林中可以采摘的果实，却一年比一年稀少了。

自从伏羲成为大地湾的首领之后，部落人口的吃饭问题，便始终困扰着他。有了网，可以捕获更多的鱼及别的野兽了，有一段时间，吃鱼吃肉的大地湾人似乎是无忧无虑的，营养的改善、身体的强壮，再加上定俪皮之礼后，生养更多了。那些白胖胖伸着拳头的小东西是伏羲的至爱，他会抱起他们，用双手高高举起，有好几次他要亲亲这些可爱的小脸蛋，顾及到自己的络腮胡子而只是轻声地呼喊着："小伏羲！我的小伏羲！"

把孩子交还给他们的母亲之后，两手空空的伏羲多少有些失落，他马上想到的是：怎样养活他们？怎样让他们活得更好？

这是一个日益壮大的愉快的部族，他们有一个常怀忧患的王——伏羲。除了吃饭还有住处，半地穴的住所经常为蛇盘踞，也有被蛇咬伤、咬死的小孩，大地湾人对蛇的灵动迅疾忽隐忽现，又是敬畏又是崇拜，一处住所住了两三个人，早晨醒来却看见十几条大蛇小蛇蠕蠕而动。"上古之世，人民少而禽兽多，人民不胜禽兽虫蛇，有圣人作，构木为巢，以避群害。"（韩非子）每一天早起，伏羲都会在清水河畔走走，见面的第一句话便是"无它乎？"它在古语中即为蛇，后来"无蛇乎"就成了大地湾先民最早的问候语。在这个冬天到来之前，伏羲把手下的6个头领找来议事，并且作了分工："命朱囊造书契，昊英造甲历，大庭造屋庐，浑沌驱民害，阴康治田里，栗陆疏泉流。"（《竹书纪年》）

愉快和幸福是一种感觉。

忧患与痛苦能生出思想。

每当一种思绪挥之不去，大地湾将要又一次发生大变革时，冥冥之中总会有声音告诉伏羲：到荒野去！到荒野去！那生长荒草的地方，也生长智慧；那群鹿奔驰的旷野，也奔驰灵感。

夜深沉。

大地湾沉浸在夜的寂寥中，秋风从这空旷的河谷穿过时，抖落了更多的冷意，追随着伏羲，从黄土缓坡拾级而上，荒野在夜色中朦胧地铺展，凝重而浑厚，若近若远，似有似无。

伏羲走进荒草丛中。

伏羲的心里充满了荒草的感觉。

有的荒草会结实，荒草为什么会结实？也许所有的秘密都在这黄土中，所有的树与草，都是因为能在这土地上生根而开花结果，都是因为这土地啊！

在去年冬天的萧条之后，那些荒草似乎已经死亡，后来重又发绿、茂盛，有的荒草重新结出了果实，那是采集之后遗留的种子埋在黄土中生长出来的吗？

荒草啊！

黄土啊！

种子啊！

大地啊！

伏羲在荒草丛中长跪不起，放声大哭！那是感激、感恩，大地湾秋天的荒野告诉他：你要把种子埋到地里去！

伏羲的身影与荒草、山林、大地湾的夜色凝为一体。

太阳升起来了。

每一天的太阳都是新鲜的。

就在这一天的早晨，伏羲在和采集的大地湾女人们一起朝拜太阳之后宣布：从今天开始，所有采集的果实不能全部吃光，要留出一半。女人们惊讶地问：干什么？

伏羲大声地回答："埋进黄土中！"怎么埋？其实就是撒到黄土地上，开始是一边往前走一边撒，这样撒种的结果是种子被踩实了，不易被风吹走。也有板结的土地，后来就开始用石锛、石刀。

这是大地湾的农耕初始。

一切的美好都需要等待。伏羲和阴康似乎有点迫不及待。他们一次又一次地走到地头，甚至刨开冬天的第一场积雪，那些撒过种的土地却和黄土高原所有的地块一样，在白雪的覆盖下不动声色。

当大地湾凄冷的冬天过去，清水河两岸又将要山青草绿时，伏羲带着大地湾的女人探视埋下籽实的土地，有的黄土依然如故，有的长出了青苗。先是星星点点的青苗，后来是大片大片的青苗。伏羲俯身察看，伏在黄土上倾听，他想看到根在地底下如何游走，他想听见那些青苗长高的声音。伏羲泪流满面，伏羲和阴康奔跑、欢呼，大地湾的男人和女人都看见了这一大片他们撒种以后长出的青苗。

这一年的秋天，大地湾有了比以往任何一年更多的收获。

农耕这个词是后来发明的，对大地湾人来说，他们铭记的是伏羲的指令：把籽实埋进黄土中！依然是采集，采集的地域更大了，男人也加入到采集的队伍中，留下了更多的籽实。伏羲带着阴康从清水河谷地向上攀爬，一直到了陇山脚下长满野草的林地边上。伏羲用右手划了个圈：都是地啊，都要长出吃的来！

后来被称为农业革命的所有的辉煌，农耕社会几千年的灿烂便由此开始。阳光照耀野草，采集者又把籽实撒进黄土，上天和大地的恩赐，造就了伏羲以及可以温饱的伏羲时代。

大地湾遗址位于北纬35° 1′，东经105° 54′。

地球上北纬35°一带，是众所周知的产生神奇、神秘，能让人感觉到创生、起源意味的非常地带。

天水、大地湾便坐落其间。

如果再按水系划分，葫芦河是渭河的最大支流，大地湾在渭河流域的环抱中，葫芦河的支流清水河谷宽约1000米，河面开阔，水流平缓，东距陇山50公里，属陇西黄土高原，河流纵横，雨量充沛，地表覆盖着数十米厚的黄土。大地湾遗址最高点海拔1660米，河谷海拔1450米，相对高差200多米，一期遗存所在的二级台地高出河床10多米。河谷地带的土壤为草甸褐土，山坡上为黄绵土与黑垆土，均是土壤中适宜耕种的肥田沃土。

大地湾古气候的资料分析认为，根据现在大地湾的年平均气温9.5摄氏度、年降水量550毫米、无霜期165天来推测，原始社会的生态环境要比现在更为温和湿润，一个直接的证据是：大地湾遗存中一处房子残存的顶梁柱直径达57厘米。另外两处的炭化木柱直径为30—40厘米。这些粗大的树木不可能是从远地采伐搬运而来，它至少说明原始时代的大地湾山坡上有大片森林。遗存中常见的鹿角又可证明，在森林的边缘地带有草地。

大地湾的原始生态应为森林草原环境。

从大地湾往东数十公里，越过陇山南段便可以进入陕西直达关中；往西经秦安到甘谷通陇右而至河西走廊，是新石器时代陇山两侧原始社会交流、汇合的必经之地，也是伏羲部落吸收别的原始文化、原始部落而王天下的风水宝地。

正是因为大地湾所在的清水河谷所拥有的自然环境及地理条件，才孕育产生了黄土高原早期的农业文化。清水河沿岸每隔三五公里就有一处史前文化遗址，如此密集的遗址也是密集的远古信息，它告诉我们：至少在六七千年前，大地湾人就不仅仅靠渔猎、采集为生了，密集的人口说明：这里已经是甘肃东部最早农耕的发生地，最早开发并影响远播的原始文化区了。

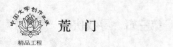

黄其煦先生在1983年第一期的《农业考古》中认为："农业的契机可能就是在林地边缘杂草中发生的。"这个极富想象力的见地，把我们带回了一处大荒野，其中有杂草，荒野杂草是造物为人类准备的地，这地上有后来我们称为五谷杂粮的最初的种子。在多年的观察和研究后，农学家认为禾本科农作物与野草有更多的亲缘性。

一个不解的问题是：野草与禾本科作物的亲缘性是如何体现的？它们互相牵挂吗？

现在，我们要去寻找大地湾林地边缘地带野草丛中伏羲播种、农耕初始的考古文化的证据。

1980年发掘的H938是大地湾一期遗存中最大的一个灰坑，口部近圆形，底部较平坦，口径为3.30—3.90米，底径为4.2米，深1.34米。灰坑中有出土物陶器、石器、骨器20多件，还有大量破碎陶片，底部有两块红烧土及大量木炭。这个灰坑开始吸引人的是火的遗迹，大地湾人不仅已经用火而且还能保存火了。进一步的探察后又有惊人的发现：坑中有炭化的植物种子。

这是7000多年前的种子啊！

西北师范大学植物研究所王庆瑞先生荣幸地成为了这古老种子的鉴定人，鉴定结果是：这些种子属于禾本科的黍及十字花科的油菜。

迄今为止的中国考古发掘中，出土黍的地方有陕西、山东、青海、新疆、黑龙江、湖南、山西和甘肃，而大地湾出土的黍是国内同类标本中年代最早的，与国外最早发现的希腊阿尔基萨前陶期出土的黍，年代不相上下。

黍，在甘肃大地上的延续，在距今4800年的东乡林家遗址中，得到了近乎完美的体现：在1.8立方米的黍的出土物中，秆、叶、穗和圆锥花序相当完整而且完好，是考古发掘中数量最多保存最完好的黍的标本。“为新石器时代考古史所罕见”(《考古》1984年第7期)。

我们不能不再一次感叹：大地是保存者，大地是完美的保存者。黍对华夏民族的贡献可谓源远流长，中国进入历史时期之后，黍是河西走廊的主要粮食作物，尤其是汉代，不仅当地的农民种黍吃黍，屯垦戍边的将士也以黍为主食。在当时有记载的一些屯兵处，如武威、居延、敦煌等遗址均出土有尚未完全炭化的黍粒。

中国文化西来说曾经大行其道，受此影响，不仅彩陶就连黍、中国黍也曾长期被认为来自外国。

中国的黍源于中国本土的史实已经清晰，它告诉我们：黍是甘肃先民自新石器时代以来的主要农作物之一，从7000多年前的大地湾到四五千年的东乡林家、兰州青岗岔，从陇西到河西，直到今天黍仍是甘肃的常见作物。黍和粟相比，其性能更为耐旱、耐盐碱，自身需求甚少而奉献良多，故在黄河流域各省区中，凡土地更加贫瘠、自然条件较为艰难的地区，往往是多种黍而少种粟，为保证收获可以吃饱肚子，如甘肃、陇西，而河西走廊，越西越旱也。

寻找黍的起源，寻找大地湾伏羲开始播种的初始历程，我们的内心里洋溢着寻找野性和野种的感激之情。

我们生命中的一切，均来源于野性、野种。有学者认为，正是黄土高原的丛生杂草，成了黍的起源。在新石器时代，黄土高原河谷肯定有不少林地，但因为周期性的河水泛滥，这些林地远不是密布的森林，而在洪水过后的谷地，更为发育繁多的是杂草与水甸并存的地貌，杂草的繁华茂盛之地，也为人类驯化杂草培育第一代农作物创造了条件。

大地湾所处的陇西黄土高原上，至今仍生长有野黍。

甘肃农科院的一个杰出贡献是：他们以野生黍和栽培黍杂交后，产生了正常的中间类型。其遗传关系由此可证。

大地湾，黄土高原，正是那里的野生的黍、伏羲驯化栽培的黍，成为大地湾强壮的原因之一，中国新石器时代的农耕初始，也成为后来灿烂夺目的农耕文明的强大基础。唯其如此，我们才可以说华夏古国的历史，何止是3000年、4000年、5000年，毫无疑问它始于伏羲创造王业的织网、制陶、种黍、作八卦的新石器时代之初，距今8000多年。

这是一棵至今尚存于渭河之滨黄土高的原野生黍，短小而坚强。

《说文》称：“黍，禾属而粘者也，以大暑而种，故谓之黍。”

这是寻寻觅觅才能找到的野生黍。

这是默默守望在荒野中的野生黍。

这是关乎起源又指向未来的野生黍。

野生的总是真实的，真实的总是美好的。

人类正是因为在漫长的历史时期中，对野生和野种的敬畏，才获得了大自然的恩赐，才有了今天一日三餐的五谷杂粮。

神圣野种啊！

渭河上游、黄河流域，为什么会成为彩陶与黍乃至华夏文明的发源地？写作《历史研究》的汤因比，对此曾有过影响广泛的评论，其核心是“挑战与反应”说，汤因比认为长江因为仁慈而缺少挑战性，黄河因为挑战严峻而激出人类的反应，终成文明起源地，这个起源地在黄河流域的位置，是“黄河中下游”。

汤因比的这些观点，大可商酌。

今人汪荣祖先生反驳说：“黄土的仁慈，而非黄河的凶恶，才是文明起源的契机，”恰与汤因比著名的挑战与反应理论背道而驰。而何炳棣则认为：“中国文明的发祥地在黄土高原及其毗邻的平原地区，并非由于环境的恶劣，而由于土壤的肥沃，几千年来在辽阔的黄土地带几乎不靠人工施肥，便一年复一年的种植。”善哉斯言！在新石器时代，伏羲和他的子民们反复迁徙，显然不是为了接受挑战，以当时的人力物力，他们只能回避挑战而寻找一处气候、环境均适宜生活的所在，这就是上古文明为什么发生于黄河支流如渭河流域的关键所在，大地湾可以作证。

大地湾的农耕初始，陇西黄土高原上寂寞依旧的野生黍，那原始时代林地的边缘地带的荒茫野草，不由得使我想起了梁启超先生关于华夏文明起源于黄河流域的更早更详尽的论述。1922 年，梁任公在清华园作《地理及年代》的讲演，告诫他的学生：“故治史者，于地理之背景，终不能蔑视也。”

那一条奔腾不息浊浪滚滚的黄河，在梁任公看来是最能说明历史与地理环境之间相依相存之关系的，在论及黄河流域为什么成为中华民族及其文明发祥地时，先生从地理的角度给出了 18 条理由，举其要者为：

中国黄河流域原大而饶，宜畜牧耕稼，有交通之便，于产育初民文化为最适。故能已邃古时即组成一独立之文化系。

该流域为世界最大平原之一，千里平衍……气候四时寒燠具备，然规则甚正，无急剧之变化，故能形成一种平原的文化，其人以尊中庸爱和平为天性。

以爱乐天然、顺应天然之故，故伦理的人生哲学最发达。

唯其爱好中庸，万事不肯为极端的偏执，有弘纳众流之量，故可以容受无数复杂之民族使之迅速同化……

梁任公1927年时的声音，如今还有多少人记得？

他的“初民文化”、“邃古时即组成一独立之文化系”的“初民”、“邃古”所指的就是上古时代，而这一时代中由文献及考古文化互为印证的“一独立之文化系”，史书、典籍及神话传说中反复出现的只有伏羲，除了伏羲，伏羲时代岂有他哉？

大地湾一期遗址的地层、灰坑、房址、墓葬中，还出土了一批动物骨骼。发掘者目测其中有猪、狗、鹿，可能还有羊骨。真正让发掘者牵挂的是羊、羊的骨头，农业考古专家告诉我，羊在中国的驯化与起源，是国内外农史界关注已久而未有结论的一个课题。驯化羊的出现，大群的放牧的羊，既和农耕初始相关联，又是畜牧业发生的重要标志。一个文明古国之初不仅要有黍，而且还要有羊。

到底是不是羊骨？是野羊还是家羊？考古动物学的种属确认一时难以定论。1986年9月，美国哈佛大学人学人类学系教授，从事西亚、中亚远古文化研究的考古学者兰伯格先生在北京大学讲学之后，到访甘肃省考古研究所，他小心翼翼地从大地湾一期遗存的兽骨中，拣出并确认了10多个羊的头骨，而且兰伯格判定这是一些小羊，是否家养不能肯定。但，无论如何，大地湾羊骨是中国新石器时代考古发掘至今最早的羊骨。忽然想起，我在天水采访时，有一位朋友告诉我，伏羲是中国最早的牧羊人。

陇山上下，当猪与狗的驯化完成之后，大地湾是不是已经出现温顺的羊群和牧者？

在甘肃的考古发掘中，羊骨屡见不鲜，时间愈后，地域愈西，羊骨愈多，距今四五千年时的马家窑文化、齐家文化的考古文化“说明这一地区已经普遍饲养了羊”（《中国大百科全书·考古学》）。到了距今约4000年时，从羊角演变而来的双钩纹饰大量出现在辛店文化的陶器上。田野考古中羊骨出土最多的是玉门火烧沟墓地，可知羊和当时人类生活的密切程度，这些羊是不是更早的大地湾的羊之后？

大地湾的羊无论是驯化的家羊还是野羊，都是蛰伏在地底下的洪荒年代的一种信息。遗传学研究证明，野羊经过10代、30年即可驯化为家羊，这意味着大地湾的羊即便是野羊，也会在历史的转瞬之间成为家羊，或者这些大地湾的羊恰是正在被驯化过程中的羊？西亚家羊最早的考古文化为11000年前，北扎格罗期山侧萨威克米野营地遗址。(《考古》1980年6期)《中国大百科全书·考古卷》认为，我国羊的驯化始于4000多年前的龙山文化时期，这一结论显然有待修正。

关于羊的另外一种猜想是：羊，很可能是中西文化交流的最早的使者，也就是说距今8000年前左右大地湾的羊，有可能是从中亚草原文化区传入的。这一点也不影响中国远古文明及农业文化土生土长的本土性，它只是告诉我们，人类之初在地球若干处各自创造了文明，并且开始了不同地域不同族群的文明历程。但文明的本质不是排他的，文明的交流与碰撞及互相融合，在地理环境许可的情况下是不可避免的。1975年，何炳棣先生在《山羊和早期的东西贸易之路》中认为，4000多年前庙底沟二期考古文化中的山羊，是中国和欧亚草原之间文化交流的最早证据。何先生的论述精辟而有趣，在大地湾羊骨出现之后，羊的文化交流将会提前到8000年前。从地理位置看，大地湾距兰州300多公里，兰州以西属中亚地区，中亚历史上悠久的草原文化，与大地湾伏羲时代的先进文化，因为牧羊、迁徙、游走而互为交流相得益彰，非不能也。

如果是这样，面对西来的羊，伏羲一定会伸出双臂欢迎它们。《史记·补三皇本纪》称：伏羲“养牺牲以充庖厨，故曰庖牺”。伏羲所养牺牲中假如有羊，我们一点也不要惊讶。如是，伏羲便是华夏第一个牧羊人，并且开中西文化交流风气之先。或者还可以这样说，飞鸟、走兽、野地荒草，始终是引领者，人类的脚步总是在它们之后寻寻觅觅。

大地湾出土的有6000多年前的生产工具石刀、石铲、石锛等，是经过精心琢磨打制的。石刀一般长6.7厘米，厚0.7厘米，扁而薄，刀刃还留有反复试用的痕迹，这是大地湾先民收割黍的工具；石铲用来翻土；石斧用来砍伐于骨。

大地湾还出土了6000多年前的石刃骨刀，这是以镶嵌的细石片为刃部而制作的各类骨器，也称细石器复合工具，是古代草原文化的代表。此种镶嵌已经有了手工技艺，是人类告别旧石器时代的象征。

大地湾的一件石刃骨器通体抛光，另一件局部抛光。

大地湾有一把骨刀柄上有孔，却没有钻痕，制作者利用了骨骼上的营养孔以便穿绳；大地湾的另一件骨器出现了人力钻孔，却未及钻透，大概是力所不逮留下一个小圆窝，这小圆窝直径0.1厘米左右，以20倍放大镜观察，周边有人工钻动时的阶状旋痕。

林家遗址的骨刀柄出现了两面对钻而成的钻孔。大地湾人的劳作，已经有了智慧劳作的内涵。

石刃骨器既有石片的锐利，又以骨器做柄，大地湾及周边地区的先民使二者结合，毫无疑问是当时最先进的生产工具，代表了最先进的生产力。将其抛光、钻孔、系绳，已经倾注了先民的视之为珍爱之物的爱惜之情了，并且随身携带，死后成为男人的陪葬品。

在清水河谷第二阶地的大地湾一期遗存仰望，在农耕初始之后的社会发展中，原始先民的住房沿着河谷地不断上升，乃至住房、窑穴遍布清水河谷的整个山峰。这样的景象仿佛是历史镜头的回放：大地湾的农业是从河谷地带发生，并向着山坡高地逐步发展的，自此大地湾有了定居的原始村落，大地湾先民率先进入了渔猎、畜牧与农业相结合的社会生活。

伏羲及伏羲时代的先民是最早的农耕播种者，工具制作者。

浩然圣殿

大地湾地底下的一切，让人流连忘返，同样让人惊喜的是大地湾的建筑。大地湾一期遗存中的三座房屋遗迹为窝棚式建筑，这种建筑具有原始特征。人类居住方式的演变，代表了原始初民文化的发展，其一般规律为：巢居——穴居——半穴居——平地起建而居。大地湾先民最初的深穴窝棚说明了其时其地的原始古老，后来的建筑则又说明：新石器时，伏羲时代的发展，或者说初民文化曾经历了为时至少 2000 多年的高速的可持续发展期。

如果说从爬行到站立，是人之所以为人的最初基点的话，那么对深穴窝居的渐次告别，则是人类不断完善自身，在大地上安居的又一个里程碑。

大地湾的房基与灰坑形象地显示：如同所有出土的考古文化一样，建筑也是历史和文化的凝聚。不同之处在于：建筑负有使命，是任何古代器物不能比拟的，它是人的居住处，还是各种生活器具、生活资源的存放处。安全的建筑带来的是生存的安全，其中包括了生养后代的安全，对于世界上所有古代民族来说，建筑就是历史的读本。

漫步在这些房基上，触摸几千年的沧桑，空气中弥漫着孕育和诞生的阵痛，这里走出了一代又一代的伏羲，这里还将走出家庭和私有制……

这个圆形的半地穴式房屋遗址，直径为2.5米至2.7米，居住面积约6.75平方米，没有灶坑，居住面是踩踏而成的硬土地面。地穴外侧有柱洞分布，洞壁向地穴中倾斜，距今约8000年，是圆形地穴木结构出露地面的尖顶窝棚茅草屋。

洞壁上有火熏燎过的痕迹。

能闻到烧烤食物的香味。

能听见大地湾母亲的呼唤。

甚至可以想象孩子的梦……

大地湾已经发掘揭露的各期建筑遗址共241处，其中90多座房基轮廓清晰、保存完好，是中国大地上少见的新石器时代建筑群，一部完美无缺的上古建筑史。

大地湾一期之后的房基，大多为方形、长方形半地穴式，但居住面积已达到20多平方米，另有一些细节不能忽略：房子的居住面和地穴壁面均涂抹有草与泥的搅拌物，取斜坡门道，灶坑普遍出现的位置和门口相邻，背门处是火种洞。柱洞已有大小之分，大柱洞中的大木头便是中国建筑中顶梁柱的先躯。居住面的草泥涂料上，再涂一层红色颜料，是大地湾最早的室内装饰，灶坑与门道之间，出现了通风孔洞、孔道。

人类学家的目光久久地停留在了半地穴中的一个小小的窖洞上，显然那是为了存放物品的，是几堆果实呢？还是几条鱼干？

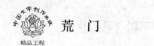

6000 多年前的大地湾先民已经有了私人所有、所藏的物品了，这些物品也许数量很少也毫不称奇，但已经是这间房子的主人所有的了。看来，私有制的萌芽，在比书上写的早得多的年代就出现了。

大约又过了几百年，大地湾的房屋面积又有所扩大。个别房子在草泥地面上又铺了一层料礓石石末面层，红色矿物颜料使用得更多了。有的房子里出现底部相通的双连灶，一灶煮饭？一灶烧菜？灶的变化说明大地湾人口的增加，以及食物的渐渐丰富。

这一时期还出土了面积达 60 多平方米的房址，因为房基损毁严重而不知其详。考古学家的推测是用来公共活动的公所性房屋，是一个虽然因为埋压剥蚀而模糊不清却又是动人心弦的信号：大地湾先民已经有了很可能是祭祀集会的公共场所了；从六七平方米到 60 多平方米，大地湾要造大房子了！

距今 5000 年左右时，大地湾告别了半地穴式建筑，大地湾人已经居住在平地起建的房屋中了。室内有沿中轴线对称排列的三组大柱洞，每组各两洞，灶坑为前大后小的双联灶。大灶小灶有无分工？怎样分工？大地湾人吃的是什么饭，烧的是什么菜？

人说考古的魅力在于不断的发现和连接，并可以置身于历史的长河。而对于我们，大地湾正是可以感觉上古饭香火热的余温之地。

1980 年，编号为 F405 的房址出土，建筑面积为 270 平方米，室内面积 150 平方米，5000 年前的大房子，至今仍可谓洋洋大观！

1983 年，大地湾遗址的发掘进入第六个年头，在一连串的惊喜之后，发掘者的内心已经稍稍平静，所有的工作都在有条不紊地进行。6 月，1983 年 6 月的大地湾再一次传出了让人目瞪口呆的消息：第十发掘区发现了一处罕见的、比 F405 还要大的房址！经过 150 多个工作日的发掘与清理，1984 年 8 月，这座编号为 F901 的房基整体被揭露，有主室、东西侧室和后室及屋前附属建筑，占地面积达 420 平方米，仅主室一间的室内面积是 130 平方米，有残留墙体，最高处达 95 厘米。

大房子遗址位于大地湾半山腰的一块水平梯田上，距河床的垂直高度约 80 米。

我注视着这一被称为 F901 的建筑，主室地面平滑光亮，蒙尘 5000 年而地面品质依然，与现时的水泥落地几无二致，用发掘铲轻轻敲打，铿然作响。居住面之下有 15 厘米至 20 厘米厚的砂、石、土混合层，其中含有大量烧制而成的轻骨料，这是已知的新石器时代最早采用的非天然建筑材料。居住面使用烧制的黏土陶粒为集料，水泥为胶结材料的轻混凝土，其中人造粗、细陶粒占整个混凝土重量的 64%，恰为现代混凝土材料中的一种配比模式。

一个更加有趣的问题出现了：5000 年前的大地湾人就已经使用水泥为胶结材料了，它的原材料从何而来？经化学分析、碳 14 测定，这种材料是以大地湾出产的料礓石经煅烧后粉碎，再加水调制而成。料礓石即为含有黏土成分较高的石灰岩，在煅烧后未熔解的产品就是胶结材料，硬化快，强度也高。

今日之测试表明：它的抗压强度与今日之 100 号硅酸盐水泥相接近。平均强度为每平方厘米 110 公斤至 120 公斤。

除硅钙比稍高外，5000 年前大地湾先民使用于房屋地面的轻混凝土材料，其性能和成分近似于罗马水泥。真正的罗马水泥发明于 18 世纪末，19 世纪中期才广泛应用于土木建筑工程。文献中所载的古希腊、古罗马人应用烧石灰和火山炭水泥的时代，也远在大地湾烧料礓石水泥之后。

至于人造陶粒轻骨料在新石器时代建筑中的应用，在已有的记载中，大地湾是独一无二的。在F901的地面中，涂抹的轻混凝土层厚达20厘米，最上面的一层是平整光洁的原浆磨面。在这所大房子的墙角，还保存有明显的用光滑石块在地面上进行打磨的痕迹。

5000年前的建筑材料及其精美的工艺，那种世界上最古老的混凝土，大地湾大房子的设计师是谁？

《循甲开山图》称："女娲氏没，大庭氏王。次有柏皇氏、中央氏、栗陆氏、骊连氏、赫胥氏、尊卢氏、祝融氏、混沌氏、昊英氏、有巢氏、葛天氏、阴康氏、朱襄氏、无怀氏，凡十五代，袭庖牺之号。""大庭氏"之称亦见于庄子的《胠箧》和《帛书·经法·十六经》，但不知其详。直到大地湾遗址中大房子房址出土人们才恍然大悟：传说中的伏羲氏族中的大庭氏，原来就在这里。这是一个以造大房子为特征的伏羲氏族集团中的一支，是中国土木建筑的大宗师。

平地起建的大房子对地基的要求很高，这厚厚的黄土地基是如何夯实的？一般认为5000年前大地湾房屋的地基，是以脚踩踏而成的。需要多少次、多长时间、一遍又一遍地来回踩踏？当踩踏时，又是如何统一步调的？有没有为首者类似口令的呼喊？这手舞足蹈的热烈场面，是不是集体原始舞蹈的一种？

何等坚实的地基啊！

大地湾的发掘报告说：F901大房子的居住面及墙体，在发掘时未出现沉降现象。

大房子墙体解剖后探明：基槽坑深2米，有夯土12层，居住面上有两个直径90厘米的顶梁柱洞，下垫青石柱础。另有6个半嵌在泥墙中的室外柱穴。墙体厚40—50厘米，分内、外、中三层，每一层又分若干小屋。显然，墙体是分层筑造的，原料为红烧土，内有木骨，墙泥中有大量草茎秆的痕迹。发掘者的推测是：在砌墙前先以竹、草、树枝编织成篱笆状，然后涂抹墙泥，层层编织而层层涂抹，既可以作为墙体稳固的维系结构，又能增加附着粘结力。

大房子前墙开三门，正门处有一个底径为267厘米的圆形灶台，门前纵横两排柱洞，另有一排6处放置青石，还有一个大火塘。有专家认为，此处应是一个大棚类的大房子的附属建筑，那些柱洞很可能是用来竖立各部落图腾标志物的图腾柱，与之相连接的是1000多平方米的宽阔广场。

F901坐北面南，高出河床80米，东北部为断崖。在它的南侧还有众多小房子，以大房子为中心，呈扇形分布，在半山腰大房子坐落的地势高耸处纵目，清水河谷尽收眼底。

当我面对原始聚落中的大房子的诸多感慨暂且不表，不由得想起了顾颉刚先生所言："此类屋宇以容积言，谓之大室，是集众开会之所。以方向言，又可谓之明堂。"何谓明堂？《淮南子》说："春生夏长，秋收冬藏，月省时考，岁终献贡，以时尝谷，祀于明堂。明堂之制，有盖而无四方，风雨不能袭，寒暑不能伤，迁延而入之，养民以公，其民朴重端悫，不忿争而财足，不劳形而功成。"

《淮南子》所说的明堂之朴重，所指的是其公益性，所谓养民以公也。

史前大地湾的大房子是后来之明堂的肇始，开后人宫室建筑之先河。可以想见，F901 是部落、部落联盟用之于议事、集会、祭祀的公共场所，也可以说是大地湾先民的公众空间，它是奠定了中国宫殿制度基本格局的、一座宏伟庄严的新石器时代的圣殿。

多少考古者、历史人类家在这里徘徊沉思。

5000 年的风风雨雨啊，5000 年的兴衰更替！我坐在大房子的墙基上，我走在大房子前今已成为荒野的广场上，上古的一处荒野由大地湾先民建成圣殿，拓为广场；在岁月的飘逝中继而又成为荒野，伏藏着文明之初的薪火。这就是生命的演进？这就是历史？所有这一切，当人们在沉思默想时便凝滞以瞬间，与大房子前面大广场上的野草，与清水河谷的风一起，倾听着历史从深邃处发出的幽幽感叹：“圣殿！圣殿！”“伏羲！伏羲！”

大地湾的先民又是怎样护卫自己的圣殿的呢？

清水河南岸有壕沟分布在靠近河道的阶地上，呈椭圆形，东西长 180 米，南北有 130 米，深 4 米，宽 7 米，壕沟环绕着 2.5 万平方米的大地湾家园。

历史大视野中的大地湾家园风貌，是从星星点点的深穴窝棚、半地穴式尖顶茅草棚开始的。然后是凝聚式统一聚落，到环壕向心式联合体聚落，再到主从式聚落进而成为以大房子为中心的聚落布局，是农耕开始，生产力进步的发展脉络。

F901 这一处主从式聚落，工程浩大、技艺精细，在建造之时不仅要动员数以千百计的人力，还要耗费不少时日，同时还需要集中相当数量的能工巧匠，远不是一个氏族或部落的力量可以完成的，它是部落联合体众志成城的象征和写照。复杂的建筑结构、精美的地面工艺显示这里不是一般的生活用房，在近千平方米的范围内浩然独立，气象庄严。可想而知是以伏羲氏族为中心的、清水河流域乃至陇东更大区域内各部落首领议事集会，及重大祭祀活动的中心场所。

大房子侧室有 11 件摞叠的红陶钵，它给出的信息是：在这里有过至少 11 个人的集会与就餐，这 11 个人是 11 个部落的首领吗？有没有破碎的红陶钵陶片？会不会有更多的人参与议事？这里肯定作出过大地湾的重大决策，然后由首领发布，他仍然叫伏羲，但肯定不是最老的那个伏羲了，2000 年后的伏羲已经是第 N 代伏羲了。

F901 还有器形独特的陶器。有一件涂红衣、白色弦纹的四足大圆鼎，是祭祀用的礼器，还是问鼎中原的鼎的开始？另有两件大小不一的带把斜口箕形器，与当地农民至今仍用作斗面取粮的木抄相似，故称之为陶抄。进一步研究发现，这两把陶抄与另一件四把泥质罐，是大地湾最古老的陶量具。

小陶抄盛粮容积为 2650.7 立方厘米，大陶抄为 5288.4 立方厘米，四把罐为 26082.1 立方厘米。计算结果为 2 小抄等于 1 大抄，5 大抄等于一个四把罐的容积，排列成公式为：1 个四把罐 =5 大抄 =10 小抄，既有二进位，也有十进位。

这是 5000 年前的度量衡器具，古老、质朴而简单，但它已经是权力的象征了，置放于大房子，掌握在伏羲手中，然后集会，公开、公平地实行分配。那时没有权钱交易、贫富差距。

圣殿离不开墓葬。人生的大事从有人类之日起便已经开始了：人怎样活着？人怎样繁衍？人怎样死去？死了怎么安置？因而在所有古老文化的遗存中，墓葬同样也是考察人类文明史的不可或缺之处。

大地湾已经有氏族公共墓地了，墓坑以长方形竖穴土坑墓为主，墓中一般都有随葬品，随着时间的推移，随葬品由一件而几件，多的到十几件。以生活用品为主，如钵、罐、葫芦瓶、石斧、石刀、磨盘、骨针等。另有一些是装饰品，骨珠、骨管、蚌壳等，做工可称精美。

人之初啊，就是出生和死亡。

后来便习以为常了：总有出生，总有死亡。

可是，死亡这古老的游戏，对于所有个体生命而言却永远是新鲜的，因为人只能活一次；人是必死的，也只会死一次。

大地湾的瓮棺葬是埋葬夭亡之幼儿的，他们是真正的来去匆匆。瓮棺葬的葬具是陶罐，有陶盖，盖上有打穿的洞眼。有的瓮棺墓离住室很近。那是父母舍不得死去的孩子，并且给孩子留个透气的孔洞，或者大地湾人已经认为人是有灵魂的，可以让灵魂由此飞天？

就孕育中国文明的上古而言，大地湾使我们目睹了苏秉琦先生提出的8000年前、7000年前、6000年前、5000年前村落——聚落——古城——古国之中国文明起源模式的前二者。自20世纪80年代以来，在甘肃大地湾、辽宁牛河梁、浙江河姆渡、良渚、广汉三星堆、河南贾湖、濮阳等地，相继发掘出了震惊世界的文化遗存，说明史前中国在漫长的时期内，有着若干自成系列，既独立发展、又互相影响的文化区，如渭河上游、中原河洛地区、山东、北方长城一带、江浙及华南等地。史前文化区是史前文明的土壤和基础，影响并决定了中国文明起源多元发展的独特性。

而天水、大地湾，以其年代之久远、延续3000多年的彩陶的辉煌、圣殿的宏伟，又与古文献记载伏羲、女娲的传说两相吻合，而更加发人深思：在灯红酒绿只为发财的今人今世，我们是不是已经淡忘了历史的源头之地？

当中国上古时代进入史家认定的文明社会之前，继大地湾玉权杖、彩陶之后，出现了当时世界上无与伦比的精美玉器及之后的青铜器。浙江余杭反山良渚文化大型墓地，高耸的祭坛，说明墓主地位之显赫。而良渚文化玉器中的琮、璧等礼器，其精美能在一毫米之内琢磨 3—4 道纹饰，其阳光闪烁下的神人兽面等纹饰，成为商周青铜器纹饰的渊源之一。而良渚玉龙、红山玉龙开龙纹饰之先河，延续几千年，锲而不舍地张扬着华夏民族的龙文化、龙图腾。

让我们以浩然圣殿的名义，对世界说：最迟在 8000 年前，华夏大地上激动人心的时刻已经来临。距今 5000 年时大地湾以及中国大地上别处的先民将要穿越最后一片原始地带，并且在荒野中高呼：灿烂辉煌的中古文化、古城、古国的年代到来了！

神圣崇拜

一个曾经使我们在遐想中既兴奋又困惑而思考再三的问题是：当伏羲时代，经历了太阳与花的自然灵崇拜，织网捕鱼并开始了原始的农耕，造圣殿般的大房子等等伟大业绩之时，相关的典籍与文献只是说伏羲“造书契”、“制荒乐”，却从没有吐露出丝毫这样的信息：大地湾人是怎样说话的？以喊叫及手势表达一种意向的时代，显然已经过去，结绳记字仍在使用，已经有镌刻符号了，但还没有文字。那么，语言呢？伏羲用的是什么语言？大地湾的语言是怎样开始的？

有了语言的大地湾，才是思维活跃、生机勃发的大地湾啊！

那时的语言肯定是简短的，那初始实词是什么？

从思维的发生到思维促始语言的发生、变化、组合与创造，以原始文化发展的速度至少需要几万年、十几万年，甚至更长时间。关键是思维、原始思维。有的历史人类学家认为，性崇拜以及由此一崇拜激发的原始思维，对华夏语言的诞生，初始实词的形成，起到了决定性的作用。只是当人类进入新石器时代、农耕出现之后，与人类社会的发展同步的语言水平，才有了一个新的飞跃。遗憾的是所有这一切合乎逻辑的推论，却面临着这样一个事实：在没有文字记录之前的语言的流失，是完全彻底的流失！

反映上古时代最生动、最精彩的初始语言，无可奈何地飘逝了。

有多少美好已经或将要飘逝。

有多少声音消散后不再归来。

在清水河谷的旷野、山林、野草丛中，在大地湾的小房子大房子的遗址中，在各种器形、不同年代有着刻画符号的彩陶上寻寻觅觅，寻觅初始语言，寻觅这样的语言发出的声音，那种在冲动中饱含着情感、惊悚而又不能自制的声音，那第一个实词应该是叹词。

《国语叹词研究》的作者、语言学家张世禄先生说："原始的语言是含糊不清楚、没有节制作用的……只有这种原始的语言，完全出于生理上自然的反应，是纯粹的主观情感激发的，而且超出社会同化力的支配……我们的语言中，和这种直接反应的语言性质最接近的，只有叹词，所以叹词在人类语言上，有一种很普遍的价值。"

何为叹词？《现代汉语词典》称："表示强烈的感情以及表示招呼、应答的词，如啊、哎、哟、哼、嗯、喂等。"

为了寻找初始语言，首先得找到初始语音。

语言学家把人类语言分为元音和辅音，元音为韵母，辅音为声母，元音又分单元音和复合元音，单元音是人类语言发生之初的语音。王增永先生认为："根据越原始的事物越低级粗陋的规律，可以确认'a'是华夏远祖的第一元音。四声是汉语的一个重要语音特征，'a'、'y'、'u'三者都可明确发出四声，这一点三者相同。'a'是由自身发出……与任何声母相拼，都不会再发生自身的四声。'a'又是低元音，发声位置在舌底，发音时的一个明显特征是口腔大开，人在自然状态下受到某种刺激最通常发出的便是'a'音。"

"a"是人类最容易发出的一个语音，"a"是人类的第一元音，也是汉语的第一元音。由语音而语词，“啊”字便成为汉语的第一叹词和第一语言。

仔细想来，“啊”字从语言之初就一直和我们每一个人密切相关着。赵翼释阿（即啊）谓:“俗呼小儿名，辄曰阿某，此自古然。”又说:“凡发语未有不起于阿者，尝细思其故，小儿初生到地，开口第一声即系阿音，则此乃天地之元音，宜乎遍天下不谋而同然。”

“啊”是语音、文字的活化石，作为汉语的第一叹词历经千年万载，依然保留着它的发音和基本词义，依然是人类日常生活中不可或缺之词，并且为诗人所情有独钟。当我们在清水河谷大声地“啊！啊！”呼唤 8000 年的风云变幻时，仿佛也听到了河谷从半地穴中传来的伏羲和他的时代回音:“阿——阿——”

“阿”是”“啊”的本字，为表明感叹之热烈，加口为啊，大声呼叫也，为当今诗人所常用。我们也可以想见，在大地湾当时，人们互相打招呼应是“啊”声一片“啊！伏羲！”，“啊，无它乎？”，“华！华！”已经有短语的应用了，但仍需依赖手势的辅助，当伏羲手指清水河，说“鱼”的时候，众人便去捉鱼，同样，“啊，瓜”的语言便意味着女人们去采集，如此等等。

叹词是虚词，初始叹词还是不成熟的语言，是语言之开始，它保留着动物语言的浓重色彩，也就是说它保留着野性，它有着历久弥新的野性美。

那么，华夏先民语言中的第一个实词是什么呢？

王增永先生在《华夏文化源流考》中精辟地指出:“人类早期的各种符号，无论是象形的还是抽象的，都是早期人类思维和文化的反映。每个符号都具有实在的含义，表现了当时人们的思想和感情，后来的文字即源自这种人类早期符号。”

可以稍加补充的是，符号出现之前的各种纹饰，也许可以称为符号之初，如“华纹”也即“花纹”、“花草纹”、“水波纹”、“蛙纹”等。

华夏民族的第一个实词已经呼之欲出了。

那就是以“a”为元音的“华”，华夏、中华之华。华夏民族即华族，回答华族之华从何而来时，又得追溯到我们的圣母华胥民——中国最早的以“华”命名的原始氏族。如同已经写到过的那样，在古文中华、花同字，“开花谓之华”，“木谓之华，草谓之荣”，甲骨文中没有“花”字只有“华”字，刻画的是一棵开花的树，在甲骨文之前则是石器、陶器上的华纹、花草纹。华，应该是先民对一切花朵、日光、月光之总称，光华夺目之意也。

如同我们今人面对惊喜时会“哇！哇！”叫喊一样，当采集的先民在蓝田、大地湾一带看着灿烂美丽的花朵，会不约而同地发出“华！华！”的感叹，久而久之，我们的先民在对花的崇拜之下也把自己的民族成为华族，这就是华胥氏族。

华！华！

华夏之华，中华之华。

如前所说，华胥氏已经离我们十分遥远了。可是，“华”、“花”相关的民俗，中国大西南少数民族中至今犹存的浓郁芬芳的花灵崇拜，却铺就了一条撒着鲜花的连结上古之年的时空大道。在壮族和侗族的神话中，人的始祖住在一处大花林中，每一个人的灵魂都是花林之中的一朵鲜花，这处花林由春夏秋冬意为花林祖婆的“萨华”掌管。人之出生，是花魂降临人间，没有一个小生命在呱呱坠地时不是喜极而泣的：“哇！哇！”“华！华！”

由大地湾文化延续的一个半坡彩陶器上，有着醒目的“八”形彩绘符号，郑思贤先生认为：“数码八，半坡彩陶作‘)(’，甲骨文、金文还如此作，正是相背的两个圆弧。”八字符号的出现，肯定远在八的语音出现之后，因着多少年多少代的呼唤、回荡，后来才成为一个如此意味深长的刻画符号。

八，是不是华夏语言中最早的实词之一？

八，其元音为汉语第一元音 a，对于八字发音的自然状态，古人早有明察。《广韵》：“吧、吧、呀、大口貌。”“大口貌”是指发音大张其口的形态。

八有女阴义，古籍称：“八之本义为分，八是分的本字，象分别相背之行。”《易辞》：“天七、地八。”《乾凿度》：“阳动而进，阴动而退，故阳以七，阴以八。”

至此，我们已经触及人类初始语言的本源了：生殖崇拜。这是由人类与生俱有的本能引起的最真实、最原始、从而也是最激动人心的呼唤，或者说呼叫，它与巫术一起成为原始先民的两大支柱。如果说从巫术中得到的是精神的慰藉的话，性、交媾所带来的则是肉体与感官的巨大满足，以及始所未料的婴儿的出生、种的繁衍。

因而有学者认为，“汉语初始实词是在性呼唤中诞生。”正是原始先民的既感觉神秘又不可抑止的性冲动、性行为，推动了华夏初始语言的出现：“八！八！”

“食色，人之大欲也。”柏拉图说：“世间没有一种快感比性爱本身更强烈……一切生命形式的创造，一切生活的创造，谁敢说不都是爱神之功呢？”

我们还可以想象以下的场景：在清水河谷渔猎采集的先民，从旧石器时代过渡到新石器时代之初，几乎都是赤身裸体，只用树叶略作遮盖。到晚上，一群人、男人和女人相拥相挤在地穴或山洞中，白天则是荒野。女人的性器官一直为男人注目，同样强壮剽悍的狩猎的男人也令女人倾慕，开始是互相触摸，这就有了人体之间最伟大的感官——触觉之始，“我们之所以会有感觉，会爱、会恨、会感动人与被感动，乃是经由皮肤的触觉微粒而来。”（泰勒）第一次交媾是在多次的尝试和失败之后完成的，巨大的从未体验过的快感的刺激，先是使男人和女人发出了“啊——啊——”的声音，是“叫床”的开始。也可能会有男人与男人、女人与女人之间的抚摸与接触，自此便留下了同性恋的基因。在那漫长的性生活最自由也最混乱的岁月中，发生任何事情都是可能的，而且是正常的。王增永认为“语言生物机能的成熟，性爱冲动的撞击，使远古男人终于在某一天喊出了一个声音：八！”或者还可以加上性爱时男人对女人身体包括女阴的一览无余的观察，终于迸发出了这一激动人心的呼叫，与女人发出的声音相呼应、相撞击，一个实词出现了，出现于清水河谷的丛林里、野草中、河滩上，以及半地穴的小房子中：“八！八！”至于是男人先叫出声的，还是女人喊出来的却并不重要了。

真正使生殖崇拜变得神圣而神秘的，是男女交媾之后的结果：女人怀孕生孩子。这个带着血污的对女人来说极为痛苦的过程，曾经让原始先民惊恐不已、手足无措，可是孩子一旦降生，部落有人丁兴旺之吉利，人类开传宗接代之先河，生殖崇拜便真正形成，并成为不仅是大地湾而是整个人类的文化基因。

伏羲、女娲在大洪水之后兄妹成亲、创生人类的故事，是中国上古生殖崇拜之辉煌灿烂的开端，并演绎成扑朔迷离的神话传说流传至今。在天水，在大地湾的山陵谷地间穿行，总会感到扑面而来的古风，飘荡于河谷间。

人类的脚步倘是从新石器时代算起，至今已经走过了上万年，今天我们赖以生存、发展的，仍然是星空下的这片山川大地。

今夜之星空不就是上古的星空吗？

《水经注》称："瓦亭水面南出显亲峡，石宕水注之，水出北山，山上有女娲祠。庖牺之后，有帝女娲矣，与神农为三皇矣。"瓦亭水又称陇水，即今葫芦河，此山就是现在的秦安陇城北山。显亲峡，即为传说中伏羲、女娲在天水的成亲之处。

陇山、瓦亭水、显亲峡，在日光下是显现的，在月光下是隐秘的，缠绵着伏羲、女娲和风的传说。陇城乡古城娲皇故里，还有娲皇村、凤尾村、风谷、风台、风沟、风茔、女娲洞，当地传说称，女娲生于风台长于风谷葬于风茔。

风啊风！

风台的风宽阔。

风谷的风悠远。

风茔的风凄婉。

宽阔的风，悠远的风，凄婉的风，天水风，大地风，华夏民族的风，生生不息的风。

范长江先生在《中国的西北角》一书中说："现在的天水是由6个城合并而成，最有历史意味的是'伏羲城'，我们现在虽然未能在考古学上具体证明‘伏羲’的时代，和他当时的社会内容，然而汉族最早的传说和神话，都在渭水流域，都在渭水本源上游，这却无可怀疑。”

追溯华夏文明的起源，范长江指出了一个如此迷人的方向：中国西北角、渭水本源的上游。今天可以告慰范长江先生：大地湾的发掘，在考古学上已经无可怀疑地证实：伏羲和伏羲时代，在新石器时期的成纪地的存在并延续了3000年辉煌的真实性。

伏羲、女娲的交尾图始于何时？

张光直先生在《青铜时代》中说：“商代舞阳西北殷王墓中出土又一个交蛇的图案，似乎是东周楚墓交蛇雕像与汉梁武祠伏羲、女娲交尾像的前身。”西汉而下，伏羲女娲人首蛇身交尾像频繁地出现在建筑物彩绘、墓室石刻中，几成风气并下传至明清两朝。我们或可这样推断：华夏民族在不断发展成为大一统之后，对初民始祖的追思愈加强烈，芸芸众生，从何而来？死者再生，生者平安，谁来保佑？伏羲女娲也。交尾像的出现和流传，除了原始生殖崇拜的流风余韵，还有其画面上缠结、交合的生动有力，伏羲执矩，女娲执规，四目相视，风情万种。这种遗风如此顽强而坚韧，一直下传到明清，可谓绵绵无尽了。

这是对始祖创生人类、文化的怀念，也是对生殖崇拜的敬仰，更是对华夏民族兴旺、发达的祈福与期盼。

杨利慧在《女娲溯源》中，列制了从西汉马王堆一号墓帛画人首蛇身像，到明代瓷器上所绘伏羲、女娲袒露上身的交尾图像共78件。画像中伏羲、女娲姿态有异，但交尾是基本主题。这78件画像已足可震慑人心了，况且还有明朝以后的、近现代的不断发现的类似文物。

这些林林总总的形制相近的交尾图像告诉我们：当一种传说成为民俗，在如此广泛的地域延续如此之久而流布时，它已经成为一种文化，是生殖崇拜的神圣，并产生了《易经》所言的颠扑不破的真理："男女媾精，万物化生"，"天地不交而万物不兴"，"一阴一阳之谓道"。

因为性的呼唤而产生的最早的原始语言中，还有一个"妈"字，韩愈在《祭女挐文》中说："维年日月，阿爹阿八……"宋人赵彦卫在《云麓漫钞》中说韩愈"自称阿爹阿八，岂唐人又称母为啊八，今人则约'妈'"。"妈"与"八"在古时不仅音近而且意同。卡瓦利·斯福札在《人类的大迁徙》中称："一个有趣的例子就是组成母亲这个词的ma，这是汉语中与普通欧洲词汇相似的少数几个词汇之一。"

这个世界上穿着各种服装、有着不同肤色和语言、或富或穷的人群，其实也只是两大类：男人和女人，在生命体征上有着本质的相同之处，还包括了语言起源的相类似。经过了或者必需或者多余的包装之后，现代人在以驱逐野性为荣的漫长岁月里，似乎变得越来越文明的同时，性，则已是文明人类唯一不愿驱逐或无法驱逐的野性的最后了。

你看野草就知道了，野性是多么伟大！

在"啊"、"华"之后，"八"与"妈"的出现，是生殖崇拜的进化与深入，也可以帮助我们了解母系社会之存在的必要与必然。当母系氏族社会成为遥远的过去，但，母亲的形象却永远神圣。除她之外，谁能生出孩子来？

源头活水

太史公作《史记》下笔谨慎，惜墨如金，因为“三皇”的传说中语多“不雅驯”，因而以《五帝本纪》开篇，中国的历史从此便从西周共和元年算起，即公元前420年。但，太史公对伏羲的记与不记、如何记法，显然是颇费思量的，因而在《太史公自序》中写下了让后人顿生无限联想的重重一笔：“余闻之先人曰：‘伏羲至纯厚，作易八卦。’”

史称群经之首的《周易》说：“古者庖牺氏之王天下也，仰则观象于天，俯则观法于地，观鸟兽之纹与地之宜，近取诸身，远取诸物，于是始作八卦，以通神明之德，以类万物之情。”

以疑古著称的东汉王充在《论衡》中记《易经》所言，却毫无疑古之意：“《易》言伏羲作八卦。前是未有八卦，伏羲造之，故曰作也。”

从先秦的《易经》到孔子、老子、庄子，到汉朝的纬书，直至有清一代诸多典籍中，对伏羲始作八卦一记再记从无质疑。时至近世，有人以为妄不可信：伏羲所处的野蛮时代，说发明网还可以，怎么可能会有如此博大精深之八卦呢？

野蛮时代一切都是野蛮的吗？有关人类历史的曾经充满争议的分期，似乎是以对古人类初创、原创文化的轻视或忽略为基础的。人类迄今为止所有的文明成果，恰恰都萌芽在这漫长的洪荒年代，因此之故，我更愿意把那个时代称为伏羲时代、源头时代。

茅盾先生在《神话研究》中说：“原始人受自然界的束缚，活动规模是狭小的，然而他们的想象力却很阔大。”

妙哉！“阔大”！如果允许我略加补充的话，原始人受自然界的束缚是确凿无疑的，他们是完完全全的大自然的儿子，一切都要依赖天和地的恩赐，并不得不承受各种各样的自然灾害。正缘于此，他们为了农耕生存的仰观天象、俯察地理的深入细微，则令人远不可及！另外，原始人的活动规模未必狭小，早在伏羲始作八卦之前的冰期时代，人类完成了地球上除南极之外的所有地域的地理大发现，同样也是为了生存，在与冰雪严寒、饥饿死亡争夺时间的迁徙、流浪中，用脚步丈量着大地。

毫不夸张地说，古人类在大迁徙中经受的大苦难、大视野积累的大智慧，是他们的也是后人的“很阔大”的想象力的源头。

人类在数以百万年的旧石器时代中，沿着江河、石头、乃至在冰川之间、陆桥之上的行走，看似漫无目的，其实已经有了自己的方向，生命的方向：一切为了生存，有难以数计的死亡和若干古人种的灭绝，经历了残酷无情的灾难的磨难与拣选之后，人类历史似乎顿时豁然开朗、冰消雪融，进入了心智迸发的突然加速的新石器时期，我们称之为人类历史上的第一个高速发展期。这一高速发展期首先是生产力的发展，与此同时也必定伴随着文化与精神的创造，想象力的飞跃。

当然，我们同样不应该忘记，那时人类的一切作为只是为了生存，不是为了奢侈；是为了一个氏族、一个部落乃至整个部落联盟生存，而不是一个人的私利，人类早期那种充满着野性的人人必须具备的吃苦耐劳、大公无私，今人也同样已经无法想象了。

人类到了这样的历史时刻：人们不再完全被动地面对大自然，人们希望了解天上忽雷忽雨、风云变幻的奥秘，关照地上人群的吉凶祸福，以及埋进地里的种子的命运等等。

就在这个时刻，伏羲八卦应运而生了。

郭沫若先生认为，“八卦的根底，我们可以很鲜明地看出是生殖器崇拜的俗遗。画‘——’以像男根，画‘一一’以像女阴，由此演出男女、父母、阴阳、刚柔、天地的概念。古人的数字观念，以‘三’为最多，‘三’最神秘，由一阴一阳的‘一’画错综而成‘三’，刚好可以得出八种不同的形式。”

《易经》中阴阳交媾的描写和论述，可以证明郭沫若所言不谬，如“夫乾，其静也专，其动也直，是以大生焉。夫坤，其静也翕，其动也辟，是以广生焉”。再如“乾，阳物也；坤，阴物也。阴阳合德而刚柔有体”。

从男女交媾到阴阳合德、天地交合到万物广生，伏羲在一个原始思维的制高点上，以八卦这一原始的形式，包容了彻上彻下人在其中的天人合一的宇宙图像，以天地定位，山泽通气，风雷相搏而水火不相射，达到至大至成至极。

伏羲画八卦之说，最早见于正式文献的是《周易·系辞下传》，《乾凿度》所言与《周易》大致相同：“孔子曰：方上古之时，人民无别，群物无殊，及食器用之利。于是伏羲乃仰观于天，俯观于地，中观万物之宜，始作八卦，以通神明之德，以类万物之情。”

伏羲画八卦，有生殖器崇拜的因素或启发，是无可怀疑的，但并不是始作八卦的全部。我们千万不要忽略了伏羲对天地万物的观察：仰视、俯观、中观。把自己完全寄身于山川大地，既在其中享有、也与困惑交织的原始人类，正是在把天地自然当作求解一切答案之所在的漫长岁月里，有所悟也有所为，所悟所为之于伏羲便是一画开天。

朱子在《周易本义》中有此一解：“俯仰远近，所取不一，然不过以验阴阳消息两端而已。‘神明之德’如健顺动止之性。‘万物之情’如雷、风、山、泽之象。”

这些记述加上生殖崇拜的大生、广生万物之意，应是伏羲画八卦的真意所在了，是人类认识史上一次空前绝后的飞跃，其神圣的指向，直到今天依然是黑夜中光芒闪烁的灯塔。

八卦的流布，八卦影响之深广，虽然被包裹了浓重的神秘色彩，但总是离不开仰观俯察，并且推动了民间的口头文学和传说创作。发现于湖北神农架的汉民族唯一的史诗《黑暗传》中，八卦是这样起源的：

伏羲他把金龟看，
金龟背上有花纹。
就以龟纹画八卦，
画出太极八卦文。
伏羲女娲观天象，
又观山川日月星。

就把天地分两仪，
一个阳来一个阴。
又以四极分四象，
四象又把八卦生。
取名乾坎与艮震，
还有巽离与兑坤。
阴阳顺逆到如今，
先天八卦已形成。

有众多传说中的伏羲画卦之处，天水卦台山是其中之一。

甘肃天水市西北，渭河东西横流，葫芦河由此而来，与渭河顶托冲击，形成三阳川。相传伏羲画卦之地的卦台山即在三阳川之西渭河入川处。形似龙首，涛声相拥，遗世独立，伏羲创王业、织网罟于成纪地时，每每朝思暮想，象天法地，沐风临水，独坐此台，得妙悟而作八卦。

为什么人们要把伏羲画卦之地和卦台山相联系呢？只能说风水使然。卦台山上吴家庄的吴耀彰先生有三阳川地理与八卦形成之说，妙不可言：渭河由西而来，在三阳川蜿蜒东流，于卦台上和东西缺口的马嘴山之间形成S形，南北山脉，呈外弓形，若抱若合，三阳川酷似太极图，而渭河即为图中阴阳之界。卦台山如上龙首，南山众脉似龙身，至马嘴山形成南山卧龙。与马嘴山相对的导流山似下龙首，北山众脉如龙身，至卦台山对面刘家爷山形成北山卧龙，两龙首尾合成为太极图边缘。乾南坤北，恰是伏羲八卦之乾坤两卦，乾坤既定，则天地已分，是为一画开天也，然后有阴阳六爻之变化无穷，八卦大备。

卦台山上伏羲庙先天殿坐北朝南，古柏森森按九宫八卦之序排列，远眺三阳，一川星月，银汉迢迢，八面来风。

卦台山有民谣说：观三阳，象阴阳，画八卦。

小陇山林业局工程师黄国卿先生为这民谣所启发，对卦台山早中晚三阳的阴阳变化细加观察后认为，“两仪生四象，四象生八卦”是卦台山三阳的时刻变化之象。

朝阳启明时，卦台山西阴东阳；日上中天时，卦台山下阴上阳，西、东阴阳两部分分成：东北角先阳后阴，是为少阴；东南角重阳，是为太阳；西南角先阴后阳，是为少阳；西北角重阴，是为太阴。两仪生四象也。夕阳返照时，西、东阴阳互变，余晖暗淡，四象消失……

这一切，伏羲看到了吗？

这一切，伏羲能看不到吗？

正是因为这一切，伏羲变得更加沉静，关于天和地的思考，男人和女人的思考，令他激动不已，他追问着女人因何生出孩子？黄土地里因何长出黍子？天上因何有雨有雷？还有闪电，游走的闪电，像蛇、像鲵鱼、也像龙……当夜晚来临，这时候天和地仿佛也相拥在一起了。

今夜无眠啊，伏羲拥着自己的女人，他的女人风情万种地颤慄、呻吟……他走出屋子，他的心里产生了比织网之初还要强烈的冲动。他信步而行，他要去卦台山迎候日出，卦台山半明半暗，东明西暗。他用手指在地上画出了一道线——，那是天，是阳，是男；再把中间断开– –，那是地，是阴，是女……

开始是占卜、记事。

伏羲在大地湾空旷的野地里说卦，乾南，坤北，离东，坎西，兑东南，震东北，巽西南，艮西北；天和地，阴和阳；天要刮风，天要下雨；男女媾精，阴阳交泰……

伏羲的初始一画，分出了天地、阴阳、男女，连结起宇宙万物，凸显着自由自在。这一画，成为最早的笔迹、最初的符号，成为书契之肇始，成为源头、中国文化的流出之地。

这开天一画，后来成为《八卦》、又演化成为中国古代群经之首的《易经》，历代读经、注经者多有高论。石涛，清朝画坛巨匠也，他的一画之见，却是别一种高明了：“太古无法，太朴不散，太朴一散，而法立矣。法于何立？立于一画，一画者，众有之本，万象之根，见用于神，藏用于人……立一画之法则，盖以无法生有法，以有法贯众法。”石涛所论之法，无论是画法还是非画法，却包含一切法，阴阳动变之法，极天立地之法，此非一画开天乎？

所谓一画开天，开辟之意也，除去天地、阴阳、风雨、雷泽，又怎么理解古籍载“伏羲造书契”呢？梁启超在《志语言文字》一文中说：“文字之原起于八卦，许氏《说文解字》为现存最古之字书，即首述包牺（即伏羲）作八卦，以垂宪象，盖探其本也。今按坎、离两卦，坎☵为水，离☲为火，确为籀篆巛 火二字所本，但一横一纵耳。此象形字之所从出也。乾☰坤☷两卦，以奇偶表阴阳之概念，以阴阳表天地之概念，此会意字所从出也。”（《饮冰室合集·专集之 48，1—2 页）妙哉！任公一言九鼎之论！

必须承认，我们已经无法肯定，八卦最初的样子是什么样的？从第一代伏羲开始又历经多少伏羲之后人，才得以逐步完善？正如周山先生在《周易文化论》（文物出版社1995年版）所言：“八卦的创作，有其广泛的文化背景和社会基础，不可能出自包牺（即伏羲，笔者附识）一人之手，但如果把包牺氏其人看作代表一个时代而非仅仅他个人，那么对于包牺氏创始八卦的传说，就更不必存疑了。”

考古文化中与伏羲年代相当的陶器上，涡形太极纹、角形八卦纹曾被普遍使用。马家窑遗址出土了一件与八卦方位完全一致的线条纹陶纺轮，安徽含山凌家滩出土的一件夹置于龟板中的玉版，刻重圈纹，中央为小圆，内琢八角图案，小圆和大圆之间分成八份，每份刻“圭”形纹，大圆外的四角又各刻“圭”形纹，正是一件四象、八方、太极八卦图。

年代更早至8000年前河南舞阳贾湖遗址中，有龟板壳置彩石子，有专家认为这是最早的八卦卜巫器，巫师摇动龟壳，有石子吐出，以单、双数定吉凶。

瑞典远东博物馆藏有一件出土自中国天水的双龙古太极陶钵，距今6000年左右。这一件已流失至异国他乡的文物，除了证实伏羲从各种图腾中，汇聚、流变而成龙图腾之外，还厘清了这样一个历史谜团：太极图与八卦均是伏羲始作，倘论先后，应是先有太极再作八卦。因为“易有太极，是生两仪，两仪生四象，四象生八卦”也。

亲爱的朋友，当这一章快要结束时，让我们一起回想这个世界上一些极为简约地包含了定律、真理的堪称为伟大而优美的方程式，比如爱因斯坦的 $E = mc^2$。那么，伏羲的太极八卦图呢？可以说，它是更加古老而遥远的年代里，由华夏民族的人文初祖奉献给世界和人类的，集画、爻、卦、数、理、象为一体的一个抽象符号系统。这个系统从一画开天始，到变化无穷而原始返终，开启了中国文化之始，也为莱布尼茨、波尔激赏。正是在伏羲八卦图的启发影响下，莱布尼茨完成了人类至今仍然受益无穷的二进位制的伟大工程。

在疑古之风中，当中国人与伏羲、八卦、《易经》渐行渐远，甚至有人认为始作《易经》、《八卦》的是战国时期的楚人轩臂子弓时，莱布尼茨说：伏羲是世界科学的创始人。荣格在英文版《周易》的再版前言中说："世界人类唯一的智慧宝典，首推中国的《易经》，在科学方面，我们所得的定律常常是短命的，被后来的事实推翻。唯独中国的《易经》亘古常新，延续6000年之久仍然具有价值，而且与最新的原子物理学有颇多相同的地方。"

变、通变、动与静、语与默，在易道之中皆是阴阳之理，以"象"为基础，感悟是《易经》的一大思维特色。

比如："用九，见群龙无首，吉。"爻辞说出现一群龙，但均谦逊退让而不居其首，大吉祥。说的是谦逊、互让而和谐广益。乾卦六爻均阳，天下英豪集中，"德，不可为首也"，乾元"用九"化阳刚为阴柔，天下大治势在必然。

唐太宗李世民熟知"用九"之妙，《贞观政要》卷八载有李世民与其太子的一段对话："汝知舟乎？"太子答曰："不知。"李世民进而训诲太子说："舟所以比人君，水所以比黎庶，水能载舟，亦能覆舟。尔方为人主，可不畏惧！"

这"载舟覆舟"之说，"可不畏惧"之诫，"群龙无首"之象，说的是人君要不以真龙天子自居，不以有为有，而要体察民生时艰，如履薄冰，如临深渊。

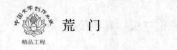

《易经》是颠扑不破的，《八卦》是天人之思的不朽杰作，是以简朴的符号最早揭示天地万有及其无穷流变的一个美妙的抽象图案。

“天行健，君子以自强不息；地势坤，君子以厚德载物。”

河洛悠悠

现在，我们又要走了，走向中原，走向河洛。

那是杜甫《后出塞》诗句的吸引吗？“坐见幽州骑，长驱河洛昏”；或者如左思《蜀都赋》中所言：“崤函有帝皇之宅，河洛为王者之里？”河洛有太多的王，“昔三代之居，皆在河洛”，自夏商以下至后唐后晋等13个朝代的王朝更替，先后在洛阳建都，时间长达1500多年。

还记得《千字文》吗？“龙师火帝，鸟官羲皇，结绳创制，始服衣裳”；“都邑华夏，东西建京，背邙面洛，浮渭据泾”。

邙山的墓冢与神道石刻，邙山不高却无比庄严，邙山上下是层垒叠加的过去，又何止是过去？过去之中就包含着现在和未来。

河洛有太多的王，而信史不载的伏羲是所有这些王中最早、最伟大的王。

沿着伏羲及其部落迁徙的脚印，从大地湾出发，经过宝鸡，沿黄河而下，从太行山麓远眺，眼前是一派何等广阔的平川啊，河洛之地。

走到河洛的伏羲已经不知道是第几代伏羲了。

大地湾的黄土经过千百年耕种，收成一年比一年少，而伏羲部落及归附伏羲的部落联盟的人口却越来越多，在祭天、问祖、占卜之后，他们得到的神灵的指示是明白无误的：离开清水河谷大地湾的日子到来了！

收拾起祖宗的骸骨，带着剩余的食粮，扶老携幼的迁徙之路开始了。葫芦河轻轻地流淌着，陇山绵延而去，这个收获过后的秋天已经略带凉意，而离开这片生养祖先的发祥之地的凄凉，使人们的脚步沉重而缓慢，从织网、制陶到俪皮嫁娶到蓄养牲畜，一直到画太极八卦，这是所有辉煌的诞生之地啊！

没有一个部落，没有一处地域可以永远辉煌。

辉煌是一种火光，辉煌是一粒种子，使这片土地辉煌的伏羲及其子子孙孙，自已就是辉煌。哪有干柴不需点燃便生出火焰的？他们走了，他们要去河洛了，他们将要燃亮新的辉煌，连接起大地湾，连接一条辉煌之路。

伏羲画八卦的另外一种传说，就是源于河图、洛书。《周易》载：“天生神物，圣人则之，天地变化，圣人效之……河出图、洛出书、圣人则之。”杨雄又称：“大《易》之时，河序龙马，洛贡龟书。”

相传，当伏羲为治理天下而苦思良策徘徊于黄河岸边时，有龙头马身的“神物”从黄河里跃出，伏羲细察之下只见“神物”身上之旋毛组成“一六在下、二七在上、三八居左、四九处右”的图形，这就是河图，得河图之后的伏羲仰观俯察而作八卦，自此，华夏文明的方向得以确立。

河图、洛书渊源有自，不是天书。《尚书·顾命》载：周康王登基大典时，“天球、河图”，“在东序”，而“不言怪、力、乱、神”

的孔子，晚年曾有意味深长的感叹："凤鸟不至，河不出图，洛不出书，吾以矣夫！"

先秦两汉有诸多典籍记河图洛书且不说，还有当代考古学的佐证在。20世纪50年代初，陕西华县元君庙出土有距今6000年的陶钵上，有55个锥刺而成的小三角组成的三角形图案。考证后的结论是，此种三角形绝非信手而得，它与清胡煦所说洛河三角图及李光地的点数应河图极相似，蔡运章先生认为"很可能是原始河图"。我们已经说过的含山玉版上四周所钻的分别为4、5、9、5之数的小圆孔，与《乾凿度》所称"太一下行八卦之宫，每四乃还于中央"的洛书理数相合，我们当然有理由认为这一块距今5000年置于玉龟背腹之间的玉版上的图案及圆孔，不仅是八卦而且也是灵龟负书的象征。饶宗颐先生惊叹道："看似荒诞不经的神话怪谈，却可印证起来，竟有它的事实依据，真是匪夷所思了！"

还有教人惊诧不已的，1977年，安徽阜阳西汉汝阴乙侯墓出土的太乙九宫占盘上，所刻数字和文字内容，与《皇帝内经·灵枢经·九宫八风篇》所载的洛书九宫图完全相同，如出于一人之手笔，它至少说明：洛书图的传布，在历史上其年已久矣！

洛阳孟津县东北10公里处黄河南岸雷河村旁，有龙马负图寺，南有图河，该寺本名伏羲庙。图河沿岸有不少村子，小村也，它们的名字却浓缩了龙马负图的经久不衰的历史信息，如卦沟、负图、上河图、下河图、孟河、马庄等，相传这里便是伏羲受河图而画八卦之地。而洛宁西长水村一带，是传说中的灵龟负书之地。

悠悠洛河，源远流长。

河洛文化使我想起了黄河与洛水的交汇，交汇就是交流与汇合，所有的交汇都会撞击出文明火花，闪烁在悠悠往事中。

我去探寻舞阳贾湖遗址的两个墓地，并不是所有的墓冢都阴森可怖的。这些距今八九千年的墓地，有时会给人余温尚存的废墟感觉，使人联想到一些原始时代相关史书从未提及的某些场面，有伏羲创制的“荒乐”之声，幽幽地、幽幽地传来……这个编号为 M282 的墓地中出土的两支骨笛，一支在墓主的左股骨外侧，一支在内侧。有 60 多件陪葬品，提示我们这个携笛而去的墓主人，生前不仅显赫而且还是个吹笛者。

贾湖出土有几十支骨笛，唯这两支骨质、工艺、音质均为最佳。其中的一支已断为三截，经过发掘者仔细辨认，这一支骨笛在入土之前先已断裂，主人因为珍爱而不弃，在折断处钻了 14 个小孔，再以细线连缀。发掘者如法炮制加以修复，有今天的笛子演奏者吹奏一曲，音质良好，笛声悠远，此为 21 号笛。

20 号笛是后来制作的，是 21 号笛的改进型。猜想之下，主人在 21 号笛意外折断之后，朝思暮想，心痛不已，便以其原型再制一支，力求在外形的精美程度和高音上保持一致，测试后的音高有两分之差，即今之半音的 1/50。对这两支骨笛如此珍爱的贾湖人，吹的是什么曲？唱的是什么歌？跳的是什么舞？

这些五孔、七孔以天鹅骨制作的骨笛所释放的历史信息是如此丰富多彩。

距今八九千年时，贾湖一带有大面积的湖泊与沼泽水草，否则何来天鹅？而且肯定是成群结队的天鹅。

天鹅能歌善舞，在近距离的观察中，先民为天鹅的歌声舞姿所吸引，认定天鹅身上肯定有某种秘密，这个秘密解开了，便可以回答天鹅何以能歌善舞之了。

我们的贾湖先民肯定吃过不少天鹅肉，也有人对天鹅身上的两根大腿骨发生了兴趣；中空，可以直吹。又在腿骨上钻眼，先钻一眼，再钻一眼，反复试着吹，以五孔、七孔吹出的声音为最佳，于是骨笛制成。也许永远无法解释的一个疑问是：这钻孔的灵感从何而来？

另外一个编号为M335的墓穴中，随葬品众多，除了装有石子的龟壳外，还有刻画符号。贾湖锲刻与彩陶上的刻画符号有相似之处，即都是符号；不同之处是锲刻于龟板及石头，相比之下，锲刻的艰难与用力程度，可以发人猜想深思：锲刻者的行为，已经是在更强烈的锲刻意识的支配之下了，他们想表达什么？诉说什么？

锲刻符号趋于复杂，其笔势与笔画与几千年后的甲骨文惊人地相似，比如“目”，比如“日”；还有两个符号的连接与组合，类似于汉字中的“边旁”，复杂性可想而知，我们只能惊叹而不解其意。

这是原始的符号。

也是原始的文字。

所有的锲刻符号，都是一种具有不断增加的深度和力度的呼唤，这呼唤从内心深处发出，是心灵与思维的远古痕迹。

我们可以肯定地说，在甲骨文之先就已经有古文字了，中国文字不是源于图画，而源于锲刻、符号，八卦。

骨笛、龟壳石子占卜，还有锲刻，贾湖当时，巫文化与精神生活，已经相当丰富了。

贾湖的一次祭祀活动。

贾湖的一个月圆之夜。

挥动着树枝，仿佛要触摸天上星空夜色的先民们狂呼乱跳，手持龟壳的巫师摇动着龟壳，有石子跳出；骨笛声起，呼叫者伏在地上屏息静听，那是伏羲的“荒乐”。荒野之乐，唯有荒野之乐，才可以连接贾湖地、贾湖人与贾湖的天、天上的神灵……

贾湖之夜的笛声啊！

有笛声、有歌舞、有河图洛书及八卦的河洛之地，便是有着浓厚文化积淀的中原大地，逐鹿中原、问鼎中原，都离不开中原，中原中原中国之原。那是后来的“文明时代”的事情了，充斥着战争、杀戮与争霸，及大一统的梦想。

可是，今天、今夜，我们为什么不追思河洛，问笛贾湖呢？

贾湖遗址中有8000年前的稻谷遗存，这是华夏大地上稻作农业已经先后发生的实证之一，加上大地湾的黍和油菜籽，黄河上下，大江南北，中国农耕文化的全面发生与初步发展，已可见端倪。

湖南道县玉蟾洞出土的栽培稻粒，约在一万年前，为苍梧之野的古粳民种植。

与贾湖差不多时期，湖南彭头山有大片稻田出土。

晚于贾湖的浙江河姆渡有稻作遗存，干栏式建筑，还有骨哨内插伸缩管，是中国可以自动变音的最早管乐器。

还有河北邯郸磁山杂谷耕作区，陕南及山东大汶口、龙山文化时期的农作物遗存……

从骨笛到骨哨，从湖南玉蟾洞、贾湖稻作到大地湾的黍、油菜籽，到河姆渡，到河北、山东的杂谷耕作地，华夏大地上的农耕区域已先后展开。从新石器时代早期驯化野种的尝试，到新石器时代晚期时，已可谓农事繁忙了，养猪、养狗、吹骨哨、筑干栏式住房，吃黍、大米及河蚌鱼鲜，假如凡此种种还不是文明景象，又从何说起古代文明？

无论如何，贾湖是独一无二的。

迄今为止的所有新石器时期遗存中，只有在贾湖发现了酒，是贾湖酒浸泡过的一块陶器碎片。这一遗物被美国人发现，并在带回美国后作了详尽的测试与分析。

新华社每日电讯 2007 年 1 月 21 日消息：美国考古学家从贾湖遗址出土的陶器碎片中，发现了酒的残渍，并获得酿制配料，有大米、蜂蜜及葡萄、山楂等。特拉华州一酒厂据此仿制而成以“贾湖城”命名的口味独特的啤酒。其外包装由美国著名设计师麦柯森佛设计，以浓郁的东方情调为主色调。

进一步的了解得知：宾夕法尼亚大学考古与人类学教授麦戈文于 2004 年到中国参与贾湖新石器时代遗址研究，从 16 片陶器片中发现了含酒的残渍的碎片，并带回美国。

那是什么样的碎片啊，有时候，文明就是碎片，文明的秘密往往伏藏于碎片及边角料中。

我们有太多的碎片。

我们有太多被扬弃的碎片。

假如有一个碎片博物馆，让那些散落的碎片连结起遥远的年代，我们将会发现：历史原来还有如此之多出人意料的迷人的细节。

酒，贾湖的酒，亲爱的朋友，你只要想一想就会心醉神迷！

《舞阳贾湖》一书中的人类学测试表明：贾湖人的人体特征，更接近于北方游牧民族的人种。红山文化表明，最迟在6000多年前，一个剽悍的游牧部落已经驰骋在中国北方的大草原上，这个部落的先祖在当时不设防的华夏大地上，是否曾经驰骋而来？游牧先民与农耕先民的接触、交流和冲突，有没有可能在上古时期便已经开始？假如答案是肯定的，那么正是在这些人种、文化的接触地带，有了新的融合，贾湖先民中，是不是还有当年远从西北呼啸而来的游牧之人？

河洛悠悠啊！

那是河洛之中龙马、神龟负载的悠悠往事，也是骨笛的乐声和刻画线条的无限延伸，当然最激动人心的还是伏羲画卦。八卦的彻上彻下博大精深，我们已谈过不少，回到事物本身，伏羲画卦也就是刻画符号，这个以伏羲为代表的时代，在进入河洛文化的历史性阶段之后，河洛之水、河洛大地，蛰伏在波峰浪谷以及地底下的，还有多少符号？这些符号的指向又是什么？

总是新桃换旧符啊！

河洛是幸运的，河洛是伟大的。

河洛文化自舞阳贾湖至北宋末年，7000多年绵延不息，处于中原文化的核心地位，是儒学导源之地，是道家首创之地，是佛教广传之地，也是两汉经学、魏晋玄学、程朱理学一时灿烂辉煌、引领潮流之地。如竹林七贤，那种高旷飘逸、遗世独立，已经是中华民族可以永远怀念的千古不朽之绝响遗风，让后来者只能望其项背而徒自感叹！

我们不知道河洛大地还有多少秘密？

我们只知道有秘密的大地，是神圣而高贵的大地。

我们已经看见了：文明不是一夕之功。从石器到陶器，从织网到画八卦，从蓝田到天水，从大地湾到河洛、中原，还有更加辽阔的山东、浙江、巴蜀，乃至大西南的大山深处，华夏民族的所有先民，都在为生存而前仆后继地创造、奋斗，伏羲不是唯一的，但伏羲是大智大慧的集大成者。

伏羲文化与中原本土文化的结合，是一次和平而有序的整合，从而奠定了此后中原大地上群雄逐鹿、文明发达而又充满着血腥的不可替代的历史地位。

贾湖让人流连忘返。

这个有着美酒与笛声的古老遗址，如今已经回填，遗址被披露、气息飘散之后的重新掩埋，让人觉得惆怅，那尘封的古老还依然古老吗？但，或许我们也可以这样说，它又重归幽暗了，无论如何，它是悠悠河洛血肉相连的一部分。

华夏龙腾

在这个世界上，几乎所有民族的历史叙述都是从神话和传说开始的，因而我们有理由这样说，神话与传说存在于一个古老民族的历史深处，并处于源头地位。在口耳相传的漫长岁月中，历经添加、删削的嬗变，历时愈久似乎也变得愈加不可相信。后来的研究者经过千百年的钩沉、辨析、整理之后却又发现，这些以各种形态表现的神话和传说的母题，却是一以贯之的，其核心部分往往是流传愈久愈能说明其真实存在。比如中国的伏羲、女娲创生故事，伏羲一画开天，以及龙图腾等。

直到今天我们还在说、还在唱，我们是黄皮肤、黑眼睛的龙的传人。

社会发展史上一种有趣的现象出现了：即使在今日之世，因为物质和财富的巨大的诱惑与挤压，人类的精神领域已经变得日渐狭窄，甚至走向虚拟世界时，面对着龙的传人龙子龙孙的呼唤，每一个中国人却仍然会感到血脉贲张，激情荡漾。

有一种假设始终尖锐地困扰着我们：假如我们抛弃了龙的神话，伏羲和女娲的传说，那将会是一种什么状态呢？太简单不过了，我们的上古时代一片空白，华夏民族，中国人将成为无源之水、无本之木，无源无本，那就是历史的弃儿，因为历史不能借贷。

何其幸运，龙的子孙。在几千年延续不断的祖先崇拜的祭祀与传说中，黄河上下大江南北，从汉族到巴族到苗族、瑶族、乃至北方游牧民族等等诸多少数民族，从未间断过对伏羲、女娲的颂扬。还有那一些以从石刻到帛画的人首鳞身的伏羲女娲交尾像，惊世骇俗、惊心动魄地告诉我们：这就是创生，这就是人间世，这就是中华民族有足够多的男人和女人传承文化、持续发展的最早的基础及后代万世的根本。

我们要简略地说几句20世纪20年代的往事。新文化运动中的“古史辨”派承袭晚清以来的“疑古主义”，以反封建文化的名义认为中国的神话是经学家、政客之伪作，不足为训。可是历史却经常有出乎意料的大手笔，这一疑古的思潮促成了有识之士对西方学说的引进及思考。以周作人关于西方人类学神话理论的译介为发端，茅盾先生的《中国神话研究ABC》的出版，成为此一领域的奠基之作。

正是在此种神话文化氛围中，加上摩尔根、西方社会学及图腾学说的引进，法国人培松的《图腾主义》1932年在中国出版之后，又带来了系统的图腾学说及世界各地相关图腾消息。凡此种种，触动并激活了中国的一位诗人与学者的激情，并且留下了一部关于中国根本神话的杰作：这就是闻一多先生和他的《伏羲考》。

从伏羲、女娲人首蛇身交尾像着手，直指蛇躯龙身，伏羲女娲的两龙神话，以及今天这比20世纪30年代丰富不知多少的考古文化、出土图像、新石器时代的彩陶等，所有零散的细节，成为可以连接的系统：那些不同形式的伏羲女娲交尾图，是两龙交配像，伏羲女娲不再是孤立的图像，而是华夏民族的图腾。华夏、汉族、苗蛮及别的少数民族，在伏羲、女娲身上成为整体，在紧紧缠绕的交尾中生生不息。

自此，龙图腾便成了一个历史悠久的伟大民族的象征。

这是烙印在民族心里中的图腾，奔腾在长江、黄河的波涛间，奔腾在中国人的血液里。

那么，龙究竟为何物？

闻一多说："它是一种图腾，并且只存在于图腾之中，而不存在生物界中的一种虚拟的生物，它是由许多不同的图腾糅合成的一种综合体。"

崇拜是图腾的先声，从太阳崇拜、雷电崇拜、火崇拜、花崇拜、鲵鱼崇拜、鸟崇拜、蛇崇拜、蛙崇拜、鳄崇拜等等，上古万国先民在漫长的生活、生产与心路历程中，不同民族、不同部落曾产生过形形色色的图腾，并视之为自己的老祖宗和保护神。当各种各样的图腾凝聚而成为龙图腾时，有了中国上古时代原始文化的第一次伟大融合，以及第一个众望所归的王的出现，这个王就是以木德王天下、以龙纪官的伏羲、教而不诛的伏羲、风从东方来化生万物的伏羲。

我们的先民在各种图腾的基础上糅合而成为龙图腾的过程中，关于龙的想象，是上古文化中所产生的一切想象中最伟大的想象。

以想象为勾画，以想象而和龙声气相同，蛇、鸟、马、鱼以及闪电雷鸣的交融交织，使龙图腾的形象生动、鲜活的同时，也产生了华夏先民独有的心灵情感生活。当一条虚幻的龙能够毕灵毕现地乘风化雨，而人又能够御龙升天时，这样的心灵情感构成的精神世界之广大、美好，亲爱的朋友，你说该怎么形容？

多元一体，能蛰伏，敢腾飞，化生万物，兴云布雨的龙，诚如闻一多所言：“龙，是我们民族发祥和文化肇端的象征。”

我们的先人不仅想象龙，也创造着龙。

濮阳有龙，在详说濮阳出土的蚌塑龙之前，我们还要说濮阳龙不是唯一的，迄今所知年代最早的龙出土于辽宁阜新查海遗址，距今约 8000 年前，我们的北方先民用红褐色石块堆塑而成的这一条查海龙，昂首张口，身躯蜿蜒达 20 多米。内蒙古敖汉旗小山出土的磨光陶尊上，刻画有灵物纹饰，其中的猪首蛇身者，是 7000 年前大草原游牧民族龙形象的又一代表作。还有举世闻名的红山文化玉龙，良渚龙首玉镯，山西陶寺蟠龙盆，湖北黄梅的卵石龙，等等。至于自殷商而下，各种玉器、青铜器上龙的形象更是千姿百态、令人目不暇接，举不胜举。

濮阳龙不是唯一的，但濮阳龙仍是华夏第一龙。专家们认为，濮阳龙是人与自然的连续体，是中国古代史上内涵极为丰富的龙文化的丰碑，其地位和意义非它龙可及。

1987 年 5 月，河南濮阳因为挖掘水库而偶然地发现了西水坡遗址，进一步的发掘使发掘者兴奋莫名：墓室里不仅有死者的遗骸，还有龙、虎、鹿等，且与龙、虎同处一穴。这是距今 6000 多年前的新石器遗址中见所未见、闻所未闻。

墓主人为一壮年男性，身高1.84米，仰身直肢葬，头南足北；其右侧为蚌壳堆塑龙，头向北，长1.67米，高0.67米，昂首曲颈、长尾弓身，作似欲腾飞状；左侧为蚌塑虎，1.39米，高0.67米，龇牙咧嘴，怒目圆睁。墓主的脚跟方向，有未成年孩子的胫骨两根，及一组三角形蚌壳堆塑。在墓室东、西、北方向的三个小龛内有三具年龄幼小的人骨架，墓穴平面为南圆北方。

在这一组编号为M45的龙虎堆塑穴南20米为第二个墓室，又南25米为第三墓室，三组墓室在一条直线上。在第二组墓室中有蚌壳堆塑的龙、虎、鹿、蜘蛛，奇特的是鹿虎一体而鹿骑虎背，蜘蛛在龙头之东，蜘蛛与鹿之间有石斧一把，第三组为人骑龙、虎图腾。

诸多专家、学者，对濮阳龙作出了各种精彩纷呈的解释。

李学勤先生说："考虑到这处仰韶文化的墓葬，与古埃及前王国时期相当，这一发现的重大价值便很明白了。"

所有的专家都认为，濮阳45号墓在已经发现的同期墓葬中，其规模与规格空前而独特，又说明墓主人的身份非同一般。同时它还提醒发掘者，6000多年前，西水坑一带曾举行过盛大的祭祀活动，以下葬墓主人。遗憾的是，我们没有找到任何资料佐证这一祭祀活动的规模、仪式，历史场面的无数细节都已经消散了。

关于墓主，王大有先生的观察与观点与众不同，他发现墓主人在生前即已破胸毁身，胸椎中间少了7根肋骨，而且肩、髀分离。王大有认为墓主人是蚩尤无疑。

寻觅蚩尤的足迹，充满了血腥和惨烈。

《史记·五帝本记》载：黄帝"与蚩尤战于涿鹿之野，遂擒杀蚩尤"。《十三州志》称："传言蚩尤与黄帝战，克之于涿鹿之野，身首异处，故别葬也。”

笔者力图平静地叙述这一段历史，也不对蚩尤、黄帝及涿鹿之战本身作道德或政治意义上的判断，而只是着重于真相。对于这一历史事件血腥的结局，王大有先生有如下叙述：蚩尤在距今 6445 士 45 年（公元前 4515 年前），在冀州中部被械杀肢解后，黄帝族人沉浸在胜利的狂欢中，蚩尤的尸骨被余部抢走偷运到这个远离前线的地方——西水坡，秘密下葬。下葬时很匆忙，没有来得及深挖墓圹，M45 的墓圹只有 0.5 米深……蚌塑先用泥土堆出毛坯形，再往上堆砌蚌壳，成浅浮雕，用蚌塑做碑铭，记录蚩尤的事迹和当年的战事，没有其他随葬品，然后用土质松软的灰黄土覆盖起来。

是也？非也？

无论是不是蚩尤，墓主在生前虽然被开胸毁身、肩髀分离，死后的灵魂却是完整的，他将乘龙御虎而去，直上九霄云中。

也有人认为是颛顼墓。颛顼，五帝之二，古史所记由他进行一次宗教改革，可谓空前绝后：“命南正重司天以属神，命火正黎司地以属民”，天地神人有所区分而绝天通地，弭除乱想，重建秩序。徐旭升先生评价说，颛顼“声名洋溢，超过黄帝”。或者有人问：所谓洋溢者为何？且看《大戴礼记·五帝德》所言：“颛顼乘龙，而至四海，北至于幽陵，南至于交趾，西济于流沙，东至于蟠木，动物之物，大小之神，日月所照，莫石砥励”，此非洋溢者乎？

据传，颛顼死后葬在濮阳城外广元里，从地望与年代看均与 M45 号墓不相符合，颛顼墓至今没有找到。

还有人认为墓中长眠的是伏羲、伏羲氏族中的一位领袖、一个大巫等等等等，不一而足，但从年代来说显然不是第一代伏羲，应是伏羲的帝王级的裔族。

也许，我们只能在西水坡轻声地呼唤：老祖宗啊，你到底是谁？

濮阳又一次使我们想起了华胥氏履迹妊娠之处的雷泽，以及有可能是蛇躯、龙身人首神话的最早的记载:《山海经·海内东经》谓:“雷泽中有雷神，龙身而人头。”又有“太昊之母居于华胥之渚，履巨人迹……因而始娠”的记述。蓝田有华胥渚，今称华胥沟，华胥沟不远处有雷泽，有学者认为，华胥沟一带的雷泽即华胥氏履迹之雷泽。

可是，从《尚书·禹贡》、《汉书·地理志》、《集解》、《路史》、《水经注》等典籍记的另一处雷泽，其地望大体一致：古濮阳县城东南，接山东菏泽地界。

遥望雷泽或者遥想雷泽，如去踏访雷泽周边一定会生出沧海桑田之慨，可是古雷泽是已经湮枯，改道后的黄河水覆盖其上，没有波澜壮阔，而是平缓舒放，是流向未来之水也是挟带历史的缅怀往昔之水。

濮阳城东南今黄河水淹之雷泽，是华胥氏始娠伏羲之雷泽吗？

一个争论已久的未解之谜出现了：伏羲母族华胥氏在蓝田，是华族，假如不是在蓝田华胥渚履大人迹，那就是漫游至濮阳之雷泽而与伏羲的父族相见恨晚，交媾而孕？有专家认为此说均不合理，因为两地相隔太远，史学界不少认为伏羲是苗蛮或东夷族，因此伏羲的母族不会距祖族太远，况且伏羲的后代又是在中原一带定都。

今人说古的一个通病是以今日之思维，量古人之智慧。正如我们已经说过的那样，假如华胥氏在蓝田华胥渚履迹而孕，那么伏羲的父族便是为走避冰期结束后的洪水，由地势较低的东夷而西迁蓝田者；假如说是在濮阳之东南的雷泽履迹而娠，那就是另外一种可能：伏羲的父族已由东夷迁至中原，华胥氏乘兴东游，姻缘巧遇而有伏羲。

我认为，伏羲的母族与父族不会相距太远，他们在迁徙和漫游中的相识相交，似乎更加符合新、旧石器交替之际上古时代的社会状况，我们今天看来的路途遥远，对于伏羲父族，以及华胥氏又算得了什么呢？上古传话的扑朔迷离还包括“伏羲风姓”，伏羲的姓即是其母族的姓，华胥氏也风姓，风从东风来，木生风，华胥的根源却是东夷了。

正如本文开头所叙述的，华胥氏在何处雷泽妊娠，都是可能的，都是上古时期先民之间的交融、碰撞、触摸，都是一个时代的妙不可言的原始起点。

成纪地域、濮阳古雷泽，都为瑰丽、曼妙、奇特的神话或者传说包裹，并且都有新石器时期大量的考古文化作证，今天的人一睹情深、思之心动的，是因为它们见证着一个伟大时代即伏羲时代的萌生时刻，见证着华夏民族的一种根本文化——龙文化。

濮阳的龙啊！

濮阳新石器时代有徐堌堆、玉皇岭、丹朱墓、尧王墓、仓颉陵等，而西水坡的华夏第一龙，更使这一处帝丘之地有了无比的高贵。我们当可想象：蛰伏 6400 多年的巨龙，一旦飞龙在天，那是何等的壮丽气象、雍容华贵。

濮阳已经发现的所有新石器时代遗址，从年代而言均在天水大地湾之后约 2000 年到 3000 年，因而，我们才能认定，伏羲的创始、立基、王业发展之地是天水、大地湾，而中原是伏羲东迁后进一步发展农耕，完善八卦，创建龙图腾并建都之地。

谁能够还原 6400 年前的濮阳大地？我们只能约略言之，西水坡墓的墓主，是伏羲时代、伏羲王业的继往开来者，而随之一起蛰伏于地下的，又据张光直先生认为，是中国古代原始道教的龙、虎、鹿三蹻，《抱朴子》云：“若能乘蹻者，可以周游天下，不拘山河。凡乘蹻，道有三法：一曰龙蹻，二曰虎蹻，三曰鹿蹻……龙蹻行最远，其余者不过千里也。”如是言之，由巫术到原始的道教，上古中原精神文化的激越飞扬可见一斑，而“道可道，非常道”的醒世之言，似乎也在隐隐约约地萌生之中了。

另外一种与古天文学相关的解释也是引人入胜的，冯时先生认为，西水坡墓葬实际上是个蚌塑星象图，M45 号墓的外观及内涵，是“二宫北斗”、“天圆地方”的天象布局，东宫苍龙、西宫白虎是星宿的象征，反映了季节变化、昼夜更替、春分秋分的天象图式。

二十八宿与四灵相配是中国传统天文学的一个特色，东宫七宿为苍龙，孔颖达说：“东方七宿，角、亢、氐、房、心、尾、箕共为苍龙之体，南首北尾，‘角’即是龙角，‘尾’即是龙尾。”

我们可以从诸多方面去理解龙，但与天象联系的龙，显然是格外动人的龙。对苍龙七宿的观测在《周易·乾卦》中，已经跃跃欲试了：潜龙勿用，龙跃在渊，见龙在田，飞龙在天，亢龙有悔，群龙无首……

通天的龙啊通天的墓主！

冯时还认为，M45 号墓提示的天文知识，将中国传统天文学确证可考的历史提前了 3000 年。6000 多年前，中国有天文学吗？明代大学者顾炎武在《日知录》中说："三代以上，人人皆知天文。'七月流火'，农夫之辞也；'三星在天'，妇人之语也；'月离于毕'，戍卒之作也；'龙尾伏辰'，儿童之谣也。后世文人学士，有问之而茫然不知者矣。"

在那遥远的年代里，濮阳有观星者，华夏有星空图。

让我们再来说龙，在上古音读中，风、雷、龙三字同源。在不同民族融合为华夏民族的过程中，随着复辅音的渐次消失，读音也有所变化，如风——丰隆。而《离骚》有句曰："我令丰隆乘云兮，求宓妃之所在。"丰隆，汉族神话中的雷师，雷之象声词。以此类推，华胥氏始娠之雷泽就是龙泽，又有《周易》的"帝出乎震"，"震为龙"作例证。风、雷、震、闪电游走如龙，一目了然。曹植《女娲赞》说"或云二皇，人首蛇形"，二皇即指伏羲、女娲，传说中的圣人的人首共体并且两相交尾，其实是先民极而言之的崇拜和敬仰，绝非亵渎。《山海经》所载神灵计约454位，其中龙首、龙身、蛇身者达138位。或者还可以从中发现某种隐喻：伏羲部族最早是以蛇为图腾的，后来由蛇而成为龙图腾，小龙成为大龙。

以龙为图腾的伏羲时代，以龙纪官是龙图腾之下，华夏夷狄各部族合力开启中华文明之光伟大历程的浓缩。

三皇五帝中，只有伏羲的形象是龙身而人首，华夏龙祖也。伏羲而下，炎帝神农、句芒、蚩尤、共工、颛顼、祝融、轩辕黄帝等远古帝王，无不继续龙图腾，三皇五帝一脉相承，龙的足迹龙子龙孙由黄土高原而中原而山东而江浙而四川而云贵高原……

华夏龙腾，源自上古。

闻一多先生在《伏羲考》有如下论述："现在所谓龙便是因原始

龙（一种蛇）图腾兼并了许多旁的图腾，而形成的一种综合式的虚构的生物。这综合式的龙图腾团族所包括的单位，大概就是古代所谓‘诸夏’，和至少与他们同姓的若干夷狄。他们起初都在黄河流域的上游，即古代中原的西部，后来也许因受东方一个以鸟为图腾的商民族的压迫，一部分向北迁移，即后来的匈奴；一部分向南迁移的，即周初南方荆楚吴越各蛮族，现在的苗族即是其中一部分的后裔。留在原地的一部分，虽一度被商人征服，政治势力暂时衰落，但其文化势力不但始终屹然未动，并且做了我国四千年文化的核心。东方商民族对我国古代文化的贡献虽大，但我们的文化究以龙图腾团族（以下简称龙族）的诸夏为基础。龙族的诸夏文化才是我们真正的本位文化，所以数千年来我们自称为华夏，历代帝王都说是龙的化身……总之，龙是我们立国的象征。”

宛丘陈风

伏羲部落从天水清水河谷大地湾出发的迁徙，其大致路线图是这样的：惜别大地湾，渐行渐远中沿黄河上中游谷地，进关中、出潼关，沿黄河干流傍崤山、王屋山、太行山东迁，再折而东南，至黄河中下游建都“陈”——今河南周口的淮阳。伏羲氏族的迁徙方向与顾颉刚先生在《中国史学入门》中总结的黄河流域原始部落的迁徙规律正相一致：“黄河中下游一带地方，土质好，雨量好，气候好。所以，有的古老氏族部落就从西边沿着黄河向东部发展，到了山西、河南、河北这些地区。”

自此，一个拥有彩陶、能织网、能盖大房子、夜观天象、有龙图腾、掌握了农耕技术、以八卦治天下的先进而强大的部落，入主中原，成为逐鹿中原的最早得风气之先者，但没有战争，至少没有大规模的战争。在众望所归的龙图腾之下，中原文明史、华夏文明史翻开了新的一页。

伏羲建都于“陈”，典籍有各种记载，《左传·昭公十七年》说：“陈，太昊之虚也。”《帝王世纪》称：“庖牺氏都陈。”《竹书记年》记太昊伏羲氏“以木德王，为风姓，都宛丘”。何为宛丘？宛丘与“陈”即今之淮阳是什么关系呢？《尔雅》说：“陈有宛丘。”《诗经·陈风》有诗道：“东门之枌，宛丘之栩。”

“陈”为伏羲的定都之地，史籍所载均无异议，河南淮阳，“陈国”之地也，简称“陈”。“陈”有宛丘，宛丘在“陈”，“陈”和宛丘无论在地域历史或文化意义上，均不可分割。

淮阳大地宽阔地敞开，却彰而不显，但又有脉络可寻。《左传·昭公十七年》说“陈”为太皞之虚；虚，即墟。《诗经》：“升彼虚矣”，虚为土山；《说文解字》：“虚，大丘也”；虚，帝都也。《竹世纪年·前编》：太昊包牺氏“以木德王，为风姓，元年即位，都宛丘”。宛丘何在？《水经注》说“宛丘在‘陈’城南道东”，《天平寰宇记》说“宛丘在县东南”。丘，《说文解字》：“四方高，中央下，为丘。”《尔雅·释丘》：“丘上又丘，为宛丘，陈有宛丘。”按照典籍所指的方位，河南与周口的文物工作者，在一次次踏访之后，于1979、1980年，在淮阳城东南4公里处的大朱庄西南，找到了一处广约百亩的土堆高台，当地农民称之为平粮台，也称平粮冢。民间相传，这里是包公陈州开仓放赈，从米中筛出的沙子堆积而成的一个高台。包公放粮、米仓重地，理应是县治之所在，平粮台就是宛丘故地吗？

一切需要考古文化作证。2007年早春，我赶往淮阳平粮台。

可以清晰地见到平粮台的遗址文化层相互叠压，第十层出土的陶器早于龙山文化，平粮台古城的夯土城墙叠压在大汶口晚期文化层之上，同时又为龙山文化、二里沟文化叠压。出土的陶片以棕陶为主，青灰陶次之，素器居多，蓝纹彩陶饰于陶器的腹部，品种有鼎、罐、壶、圈足碗、圈足碟等，距今4600年前。

发掘之初，有《中华遗产》的记者闻讯赶到平粮台遗址采访，在平粮台杂树丛生的黄土堆上，意外地拾得一枚陶纺轮残片。上有刻画符号，后经李学勤先生辨认，这个符号为八卦中的“离”字。

这一残片和那些散落在平粮台的陶片一起，默默地见证着伏羲都宛丘以八卦治天下的历史。

平粮台古城平面为正方形，有南北二门，南门有两间朝向相对的门卫房。古城已发掘的面积为50000多平方米，南北、东西各长185米，城墙底部宽17米，上部宽8至10米，残高3.65米。城墙用小筑板堆筑法建成，北墙有高台。两间门卫房相对的中间是宽1.7米的路土，路下0.3米处是上宽下窄、北高南低的沟槽。沟底铺有陶质排水管，其上再铺两条管道，陶管上饰有蓝色纹、网状纹及方格网状纹。一端有榫口，节节套合；一端稍细为0.23至0.26米，一端稍粗为0.27至0.32米；每节0.35至0.45米，小口朝南，套进另一节的大口内；管道周围有料礓石充填，上覆泥土为路面。

已经发掘揭露出的房基遗址有29处，长方形排房平地起建，用土坯做建筑材料。遗址的东南部与南部，有三座建于夯土台上的高台建筑，先以小筑板法夯出一个长方形高台，高台残长15米，宽7.7米，残高0.72米。台上再用土坯砌墙，南北墙宽均为0.34米，残高0.16米。土坯又称“干砖”，土坯的出现，被称为中国古代建筑史上的一大进步，也是烧制砖块的前奏。

不知道这三排建在坯土台上的高台土坯建筑，是古城的祭祀之地呢？还是伏羲的住所？

古城东北部有陶窑、墓葬，灰坑位于房基附近，在一处灰坑中还清理出了一块铜碴。

我从天水一路踏访而来，不能不想起大地湾的深穴窝棚、半地穴式茅棚，从2平方米、6平方米、20多平方米到400多平方米的大房子、壕沟与广场；从聚落式居住到面积达 5 万平方米的一个古城的出现，大约经过了 3000 多年的时间，这是 3000 年的摸索、奋斗与创造，是物质与精神涓滴积聚、层累叠加的过程。我不能妄加评论说，这 3000 年是太过漫长，或者太过迅捷。无论如何，历史风雨兼程走到了这样一个时刻：古文化、古城、古国的面貌，已经清晰地展现在淮阳大地上了。

一个时代，一条道路。伏羲时代风云激荡的道路，现在浓缩于宛丘古城之中，铺展于陶质的排水管道上。

谁都难以考证，"都于宛丘"、亦即"都于陈"的伏羲是多少代伏羲，当人类社会按照普遍的认定行将进入文明社会之际，伏羲氏仍然是独领风骚的。还在野蛮时代之初或野蛮时代行将结束之前，伏羲以八卦及龙图腾，凝聚并引领华夏初民，独领风骚于当时，行走在文明之路上，并建立了中国古代史上的第一个古城，第一个王都。

这个远在 4600 年前的古城、王都，已经有了先进的排污管道，陶质管道上还饰有各种纹饰；而门卫房的出现又表明伏羲都城所具有的初步防御功能，及其土坯、高台建筑等，均可谓开中国古城、王都建筑之先河。

面对那些出土的陶器，却又不能不心生遗憾：大地湾、半坡、马家窑彩陶的精美已不复再现。伏羲王都兴起之时，彩陶的衰落，或许标志着某种器物文化，在达到极致之后的不复辉煌，而新的从材质到加工工艺均为不同的器物比如玉器，其时已经或将要开始兴盛，还有青铜器。器物也有兴衰啊，那同样是文明进步的代价。

淮阳城北有新蔡河，绕城东入沙水，《水经注》有载。伏羲定都之地，首先应是适宜人类生存之地，有水、有草，淮阳所处的黄淮大平原宜耕宜牧。查中原古气候得知，当距今约5000至7000年左右时，黄河流域率先进入仰韶文化期，当时中原地区降水丰富，湖泊连绵，年平均气温比现在高4℃，属亚热带湿润型气候。既有天时气候之宜，又得平原水草之利，伏羲部落后来的繁衍生息，定都淮阳，是天时地利人和的美满结合。

淮阳与伏羲相关的文化遗址，另有《水经注》所载的“羲城”，“沙水又东南迳陈城北，故陈国也。伏羲、神农并都之、城东北三十里许，犹有羲城实中。”

淮阳东北三十里许的新石器遗址有朱丘寺，位在黄路口乡王菜园东南，有高台约4万多平方米，文化层厚达3米至5米，中央高，四方低。1990年发掘后得知，朱丘寺遗址高达3米、有两处夯土墙建筑，一处墙宽0.6米，高2米，南北宽6米。采集有平沙红陶鸭嘴鼎、壶、深腹罐、圆足盘、平底碗、陶纺轮、陶网坠、石斧、石刀、骨锥等器物，有红烧土房基多处。

无论地望及古籍所载，朱丘寺与“羲城实中”完全符合，朱丘寺古遗址地势高隆，在这高一寸为山的平原上，已可谓高哉巍巍，从八卦方位看，又位于在淮阳城东北的“艮”山之位，风水宝地也。

又据《淮阳县志》：“朱丘寺西北有伏羲庙。”

淮阳县东北与西南有两处相距约30公里的伏羲故城，恰恰说明伏羲都陈之都不是孤证，史学家一般认为平粮台是伏羲的宛丘古都，而朱丘寺则是都城之外史书有记的另一城，也是伏羲之城。

太昊伏羲陵位于淮阳城外一公里的蔡河北岸，始建于春秋，汉以前有祠，唐太宗贞观四年颁布诏令：在伏羲陵区“禁民刍牧”。五代“禁民樵采耕犁”，到元宋，宏伟气象已损毁剥蚀。现有建筑为明代重建。朱元璋访求天下祖宗陵寝，认为全国各地通祀三皇实为泛滥而亵渎，应中止，只祭以陵寝。《明太祖实录·兴武四年三月丁未条》记道："上曰：三皇继天立极，以开万世教化之源……自今命天下郡县毋得亵祀，止命有司祭以陵寝。"

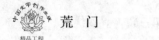

淮阳是伏羲的陵寝所在，朱元璋指令为全国唯一的伏羲祭祀地。

明洪武二年、四年，朱元璋自制祝文亲临淮阳太昊伏羲陵致祭，并下令整修庙宇，冢圆而高，像天也；周砌以砖台，方而厚，像地也；冢前远数丈，筑高台券门，建碑亭于上。陵庙建筑共包括三殿、十六门、两楼一台一坛一亭、两廊两坊，另有一园一祠一堂八观，陵墓以外城、内城、紫禁城三城拱卫。并有古柏、古槐、古檀 100 多枝，新植松柏数千。

朱元璋对太昊伏羲陵的感情由来已久。

朱元璋，本名朱重八。穷愁潦倒做和尚云游陈州时，即住在太昊陵的旧庙内。元至正十一年即 1351 年，江淮流域有红巾军起义，朱元璋投奔红巾军郭子兴部，郭子兴"奇其状貌，留为亲兵"，并以养女马氏下嫁，直到这时他才正式起名元璋，字国瑞。

不久朱元璋于淮阳率部与元军激战，不敌，追兵在后，仓惶无路之计，逃进了太昊陵前曾经栖身的破庙，并祈祷说："人祖爷伏羲保佑！保佑！今若逃过此劫能得天下，便重修庙宇，再塑金身。"这时候，有一只蜘蛛不知从何而来，在庙门口竟悠悠然织起网来，有追兵巡查至庙门前时，见蜘蛛织网，便扭头而返，朱元璋大难不死是有后福。

朱元璋落魄陈州，后来做了皇帝，感念伏羲并非虚构。破庙与蜘蛛织网的故事，则很可能是传说。但这个传说中的蜘蛛与网，却又多少带点偶然地连结了伏羲师蜘蛛而织网渔猎的功绩。

一张网，又一张网。

我们该怎样感激蜘蛛和网？在民智未开时，无疑，动物是原始人类的导师，伏羲的王业从一张网开始，而这样的网还成就了另一个皇帝；又正是这个朱皇帝因为感恩而重修太昊伏羲陵，冥冥之中，因含着果，果即是因。

二月二，龙抬头。我拥挤在太昊陵前的人山人海，这一天是从古到今延续下来的祭拜伏羲的日子。

这是传承数千年，充满了生殖崇拜意味的交尾“泥泥狗”。

这是求子求福的子孙窑。

这是蓍草园。

这是陶埙。

这是“担经挑”，又称“抬花篮”，是古老的颂扬伏羲圣迹的原始巫舞。舞者一组四女，三人表演，一人打板，三副经挑 6 种花篮，竹制花篮有宝瓶、龙等样式。舞者全身着黑衣，舞步有“剪子股”、“铁锁链”、“蛇蜕皮”等，热烈奔放，是颂扬伏羲女娲繁衍人类的祭祖之舞，也是求子求孙生殖崇拜的心迹之舞，正好应了《汉书》所言：“陈人好巫……好祭神鬼，鼓舞而祀。”

即便没有答案，我在这焚香膜拜的人潮中仍然在心里再三追问：淮阳的这些古风起源于何时？又何以在民间的流传中得以保存至今？

我看见的是陌生的虔敬，古老的新鲜，还有内疚，对于一个先王以及他的时代，我们已经疏离太久了！

幸运的是，在《诗经》中，那些被称为“风”的篇什，分明可以让我们在吟唱中感到，那远古的“陈风”正在触摸、揉搓我们的心灵。

《诗经·陈风》有《宛丘》三首：

子之荡兮，
宛丘之上兮，
洵有情兮，
而无望兮。

坎其击鼓，
宛丘之下，
无冬无夏，
值其鹭羽。

坎其击缶，
宛丘之道，
无冬无夏，
值其鹭焘。

多么奔放、热烈！先秦之前陈国的舞者，陈国大地上生活的姿态。无冬无夏手执鹭羽飘然起舞于宛丘之道的风啊，陈风。

《东门之枌》是《诗经·陈风》中的另一首诗，写东门的榆树林中，柞树之下，是女人的跳舞之地，是天然的歌舞场，男的看上了一个叫子仲的姑娘，相携而去……男女之情欣然跳荡，是人性的返璞与归真，有古时“濮上桑间奔者不禁”的意味。

东门之枌，
宛丘之栩，
子仲之子，
婆娑其下。

谷旦于差，
南方之原，
不绩其麻，
市也婆娑。

谷旦于逝，
越以奏近，
视尔如荍，
贻我握菽。

《诗经》在先秦时称为诗，或“诗三百”，孔子删定后被尊为经典名《诗经》。考虑到一首诗或歌谣从形成之初，到不断丰满渐趋完善的流传过程，我们有理由认为《诗经》中诗的发生时间应该更早，更早。

从原始语音到“华”、“啊”等汉语的第一叹词，到《诗经》中的诗，华夏民族的语言已经堪称精美；作为中国历史上第一部诗歌读本，这是一个民族注重和追求心灵与精神生活的伟大咏叹。

宛丘陈风啊，尽情地吹吧。

新的道路已经开启，这个民族如此深远、厚重的文化积淀，将要面对各种曲折与灾难，但毫无疑问这是一个必将会龙腾显赫的民族！

大哉伏羲

一个时代结束了。

当这个时代行将结束时，华夏大地已经有了深厚的文化积淀了。

因为没有信史可据，神话和传说又是如此吊诡，这是一个注定要被后人反复考证、争论的时代。这个分分秒秒都在被当今之世加速远离的时代，却是中国乃至人类历史中最有魅力、最具有原创性的时代，这个与新石器时期早、中期相当的时代，就是华夏民族的伏羲时代。

假如伏羲不是一个开天辟地造福众生的人物，口耳相传的传说怎么会绵延上万年？即便在进入物欲横流的21世纪之后，仍然有思者发问，我们从哪里来？我们的先祖是谁？这样的与终极思考相关的话题，永远不会从人类的思维中消失。同时又因为它和一片地域、一个族群的起源血肉相关，这样的思考便有了神秘性、神圣性。深入其中，我们会感到正是这一些不断隐退的话题，才是我们充满激情和想象的渊源，只有当思想触摸人类文明的起源时，我们才有可能借着考古文化的实证，走进那个如此遥远而又如此美好的伏羲时代。也正是因为这一切，使我们既喜不自胜而又不胜惶恐。

亲爱的朋友，现在，请允许我把这一部书稿的行将结束，当作是再一次颂扬太昊伏羲的开始。

中华民族追溯自己的人文初祖时，总是离不了开天辟地的“三皇五帝”，在“三皇”之前先有“二皇”，《淮南子》说：“泰古二皇”，“二皇，伏羲、神农也。”又说：“故不言之令、不视之见，此伏羲神农之所以为师也。”同时《淮南子》，还有另一说：“伏羲、女娲不设法度，而以至德遗以后世。”

《史记·秦始皇本纪》以天皇、地皇、泰皇为三皇。《河图》、《三五历纪》以天皇、地皇、人皇为三皇。《风俗通义》谓：“伏羲、女娲、神农，三皇也。”《白虎通》、《通鉴外记》的三皇之属分别是：伏羲、神农、祝融；伏羲、神农、共工。《尚书·序》、《帝王世纪》则以伏羲、神农、黄帝为三皇。也有个别典籍的三皇次序为：燧人、伏羲、神农。《绎史》引《三坟》称：伏羲为天皇，神农为人皇，轩辕氏为地皇。

无论二皇、三皇，伏羲始终居于古籍所载的中国古代帝王之首位，即冠诸王而为三皇之先也。

称为群经之首的《易经·系辞》，以决断的毫无神话传说意味的口气说：“古者包牺氏王天下也，仰则观象于天，俯则观法于地，观鸟兽之文与地之宜，近取诸身，远取诸物，于是始作八卦，以通神明之德，以类万物之情……包牺氏殁，神农氏作……神农氏殁，黄帝、尧、舜氏作……”

在《易经》中，伏羲不仅仰观俯察，而且尚象制器，位在炎、黄之前。这是《系辞》的作者在对历史及百家之言广泛而深入研究的基础上，得出的一个符合历史的结论，此后史学家大都从《系辞》之说。

《左传》又称为“编年体史传文学”，记述春秋时期的各种重要的史实，并引用了一部分西周以前的历史与传说，因而又有《左传春秋》之称。《昭公·十七年》载：“秋，郯子来朝，昭子问焉，曰：‘少皋氏鸟名官，何故也？’郯子曰：吾祖也，吾知之矣。昔者黄帝氏以云纪，故曰云师而云名。炎帝氏以火纪，故以火师而火名。共工氏以水纪，故以水师而水名。太皋氏以龙纪，故以龙师而龙名。我高祖少皋挚之立业，凤鸟适至，故纪于鸟师而鸟名。”郯子先言黄帝，上及太皋即太昊伏羲，共工、炎帝、黄帝相继之世一目了然。《战国策》中赵武灵王谓：“古今不同俗，何古之法？帝王不相袭，何礼之循？宓戏（即伏羲，笔者注）、神农，教而不诛；黄帝、尧舜，诛而不怒。”……一般认为《战国策》较《周易》晚，比《史记》早。

深入典籍，进而在传说的迷云中寻寻觅觅追根逆源时，有多少不解之惑的答疑，总是会不约而同地指向伏羲及其所处的时代。

《孔子家语》是孔子弟子集孔子之言的记录，“季康子问于孔子，曰：‘旧闻五帝之名，而不知其实，请问何为五帝？’孔子曰：‘古之王者，易代而改号，取法五行，是以太皋配木，炎帝配火，黄帝配土，少昊配金，颛顼配水。’康子曰：‘太皋始于木，何也？’孔子曰：‘五行用事，先起于木，木，东方也，万物之初，皆出焉。是故王者则之，而首以木德王天下。其次则以所生之行转相承也。’”孔子在这里又把太昊伏羲列五帝之首，皋、昊同义，以五行相配而木德王天下。

三皇五帝，伏羲为首，华夏民族人文始祖的地位，纵观历史，舍伏羲而其谁？

《汉书》在“古今人表”中，伏羲为古今人物第一人，且被冠以“上上圣人”之称。班固之胆识，无人可及，他告诉我们虽千万人、亿万人，追根寻古第一人，却是伏羲。没有伏羲，哪有后来人？《汉书·艺文志》写有“人更三圣，世历三古”。孟康注道：“《易·系辞》曰：‘《易》之兴，其于古乎！’然则伏羲为上古，文王为中古，孔子为下古。”

东汉刘歆说太昊帝，“《易》曰：‘包牺氏王天下也。’言庖牺氏继天而王，为百王先，首德于木，故曰太昊。”刘歆对远古帝王的排序是：太昊伏羲氏、共工氏、炎帝神农氏、黄帝轩辕氏、少昊金天氏、颛顼帝高阳氏、帝喾高辛氏、帝尧陶唐氏、帝舜有虞氏。这一为后代史家公认的排序，标志着中华民族宗祖谱系的诞生。所谓“文起羲炎”，“稽古羲黄”，由起始之“起”到寻古之“古”，都是源头之意，根在伏羲是也。上述种种均记载在典籍文献之中，而楚帛书出土自长沙子弹库战国墓葬，由盗墓者掘得于1942年，几经易手后1946年由美国人考克斯豪夺至美国，现存纽约大都会博物馆。帛书有图画有文字，记录了楚国的风俗、日历，也记有开辟之初的神话传说，文字是真正的楚国当时的语言，如同天书。特录何新先生译解的帛书部分：“传说：古时有大能（龙）名（庖牺、伏羲）生于雷泽，居于睢水（淮水），其族号（有虞氏）。那时天地日夜不分，到处昏昏暗暗，看不见光明，唯有海水乱流，风雨大作……”帛书后来记的是伏羲化生，管理天地日月云云。那是留给子孙关于伏羲传说的最原始记载。

当我感叹“大哉伏羲”的时候，也从未忘记过女娲及其功绩，如同他们之间的交尾像所隐喻的，这是密不可分的两个人。兄妹、夫妻，上古之世化生万物者，屈原在《天问》中有“女娲有体，孰制匠之”的困惑，《山海经》载“有神十人，名曰女娲之肠，出栗广之野”。此则神话与“抟土造人”均与生生不息相关。《淮南子·览冥训》所记女娲较为详细：“昔者皇帝治天下……然犹未及虑戏氏之道也。往古之时，四极废，九州裂，天不兼覆，地不周载，火烂炎而不灭，水浩洋而不息，猛兽食颛民，鸷鸟攫老弱。于是女娲炼五色石以补苍天，断鳌足以立四极，杀黑龙以济冀州，积芦灰以止淫水。苍天补，四极正，淫水固，冀州平……考其功烈，上际九天，下契黄栌。”

神话之中也往往会吐露某些真实的信息，《淮南子》所记告诉我们，当时之世，正是地质史上冰期结束后的气候炎热、洪水泛滥之际，女娲炼石补天、积灰止水，功在天地之间。

《辞源·伏羲》称：“伏羲，古代传说中的部落酋长，即太昊，风姓。”伏羲部族的风夷，《左传·僖二十一年》说“任、宿、须句、颛臾等国皆风姓”，伏羲之后人也。在夏以后至春秋时，由河南、河北、山西迁入山东、江苏等地。任，今山东洛宁；宿，今江苏宿迁；须句，今山东东平；颛臾，今山东弗县西北。伏羲风姓部族，在历经几千年的辉煌，伏羲时代结束之后并没有销声匿迹而余威尚存，余音绕梁。在夏至桀17世471年间，《竹书纪年》载：后相为王，“二年，征风夷及黄夷”。后相至后芬、后荒、后泄，风夷部族与夏仍有抗争，并开始逃亡，成为附庸小国。再以后，便是人亡政息，史书无载了。

即使如此，风，仍然在吹啊！

风吹到哪里，哪里就有伏羲的后人。

《山海经》称：“有木，青叶，紫茎，玄华，黄实，名曰建木，百仞无枝……其实如麻，其叶如芒，太皞爰过，皇帝所为。”又称“西南有巴国，太皞生咸鸟，咸鸟生承厘，承厘生后照”，后照始为巴人。太皞即太昊伏羲。前些年，学界有所谓巴人身世之谜，其实无谜可言。巴人，伏羲子孙也。伏羲氏族往西南迁徙，咸鸟等等，西迁形成的新的部落，且并不是到四川为止，一直到了云贵高原乃至东南亚等国。至今，苗、瑶、彝、水等少数民族的葫芦、伏羲神话，以及对伏羲、女娲的祭祀、崇拜，其真诚、热烈、持久与敬畏，远在中原汉人之上。

亲爱的朋友，你还记得吗？大地湾有葫芦河。大地湾遗址就在葫芦河支流清水河南岸。葫芦河畔有民间传说：上古时，有兄妹俩把雷公送给他们的一枚牙齿种在地里，长出了一个大葫芦，在大洪水来临仓惶无计时，大葫芦裂开一口，兄妹俩钻进去得以幸存，于是便把洪水满溢后流淌的河，叫做葫芦河。这个故事与西南苗族、瑶族的伏羲神话惊人地相似。这样的相似却在南北远隔、千山万水之间，是伏羲在葫芦河一带的踪迹，也是伏羲氏族大迁徙的渺茫背影。

有多少祭拜伏羲的香火、伏羲女娲像，闪烁在日光下、月光下：

蓝田华胥镇、华胥渚、华胥陵；
天水伏羲庙、卦台山；
天水大地湾遗址；
陇城女娲庙；
陇城风谷、风台；
大象山太昊宫，华盖寺伏羲像；

静宁成纪古城；

宝鸡北首岭；

西和仇池山；

河北新乐伏羲台；

河北涉县娲皇台；

河北赵县双祖庙；

山西洪洞伏羲庙；

山西汾阳圣母庙；

山东峄山伏羲文化遗址；

山东部城伏羲庙；

四川阆中三台山华胥台、伏羲台、女娲台；

台湾宜兰、台北伏羲庙；

日本静冈伏羲庙……

湖南长沙马王堆一号墓帛画；

山东曲阜灵克殿；

河南洛阳卜千秋壁画；

河南唐河画像石；

河南南场画像石；

山东长清孝堂山郭氏墓石祠；

山东肥城画像石墓；

四川重庆沙坪坝石棺；

陕西米脂二号画像石墓；

江苏铜山画像石，江苏铜山留山画像石；

江苏徐州蔡丘画像石；

四川郫县东汉墓石棺；

四川彭县画像砖墓；

四川城都天回山崖墓石棺；

四川新津画像石；

四川乐山张公桥崖墓石刻；

甘肃天水麦积山石窟 69 窟；

敦煌 285 窟；

吉林高句丽古墓 5 号；

新疆高昌国阿斯塔那墓定彩色绢画……

目睹这一切，遥想远古先民的流浪迁徙，繁衍生息，我们能不心潮澎湃，感慨万千？

从 20 世纪末叶到 21 世纪初年，中国大地上骤然升温的对炎黄二帝也包括伏羲、女娲的祭拜热潮中，果然有出于旅游、地域经济增长等方面的因素，却不能简短地归结成“为了多寻一个帝王而跪拜”的浅薄之论。

祭祀是后来人对历史和历史人物的记忆的唤醒与激活，祭祀是心灵深处的感恩与洗礼，正是祭祀这一中华民族延续几千年的美德，使我们这个古老民族有了最可宝贵的集体记忆。这集体记忆深入历史深处，从而可以使中华民族的一代代子孙，能从历史的大文化中汲取继往开来的大智慧。

相反，假如我们成为一个集体失忆的族群，唯利是图，见利忘义，那才是导致民族文化与精神全面沦丧的数典忘祖。

我不由得想起了杨振宁先生在 2004 年 9 月 3 日文化高峰论坛上说的话：“《易经》影响了中华文化的思维方式。”杨振宁并且认为，这一影响才是近代科学没有在中国萌芽的重要原因之一。杨先生之说大错特错了，请看爱因斯坦在《给J·E斯威策的信》所言："西方科学的发展，是以两个伟大成就为基础，那就是希腊哲学家发明的形式逻辑体系（在欧几里德几何中），以及通过系统的实践发现，有可能找出因果关系（在文艺复兴时期）。在我看来，中国的贤哲没有走上这两步，那是用不着惊奇的，令人惊奇的倒是这些发现，在中国全部都做出来了。"

"中国的贤哲"之首，不就是伏羲吗？

"中国的贤哲"之首的最伟大的贡献，不就是八卦、《易经》吗？

在《中国科学技术史》中，当李约瑟博士论及莱布尼茨与《易经》时，有如下一段话："使莱布尼茨感到惊奇的是，他竟然从《易经》的六十四卦中发现了他为63至0数字序列而采用的二进制记数法……两个推理的人，时间上相隔6个半世纪，而又生活在世界上相对的两端，并且从完全不同的基础出发，竟然得到了同样的顺序方案，这确实是一个令人惊奇的现象。"其实，莱布尼茨的二进位制与伏羲八卦的关系之争论，在世界和中国国内争论已有300多年，同是李约瑟，也是《中国科学技术史》第2卷《关于"易经"与莱布尼茨的二进制算术补记》中力主布莱尼茨的二进位制发明与伏羲八卦无关，"莱布尼茨是第一位描述二进制者，早在1679年已经写了'二的级数'一文。1703年将全部研究成果发表在法国《皇家科学院院刊》上，题为《二进位制算术的阐述——关于只用0和1兼论其用处及伏羲氏所有数字的意义》。由此可见，莱布尼茨受白晋所示太极八卦图启发发明二进制一说，是不符合历史年代的。"白晋，法国传教士，法国皇家科学院院士，数学家，1688年到北京，对《易经》研究颇有造诣，曾为莱布尼茨寄伏羲先天八卦图。而比白晋更早的卫匡国，意大利人，1643年来华，1658年出版了《中国上古史》，向欧洲人介绍《易经》，解释阴阳、太极、两仪、八卦等，书中附有伏羲六十卦图。“一般认为这是第一次在欧洲出现的伏羲六十四卦图”(《莱布尼茨与伏羲八卦图考》胡阳、李长铎著)。

在二进制与《易经》关联问题上，“莱布尼茨本人也曾一度试图否认0和1的二进制源于《易经》”，但“莱布尼茨临终前，即1716年在《致雷蒙德先生的信——论中国的自然神教》中，终于坦承了他的二进制源于《易经》的过程和途径。并把《易经》传入欧洲的时间向前提到13世纪，由阿拉伯人传入欧洲”(《莱布尼茨与伏羲八卦图考》胡阳、李长铎著)。

莱布尼茨说:“伏羲是中国最古老的帝王和哲学家，他知道万物的起源是‘一’与‘无’……经过数千年后，我重新发现在八卦里的所有数字符号，皆可用两个数字表示:‘0’与‘1’。”(《莱布尼茨哲学书信著作集》)

白晋说:“伏羲，这位哲学王子，已将一切科学隐藏在《易经》的六十四个卦象中了。”(《白晋书信书稿》)

康德说:“《易经》包含着中国人的智慧。”

李约瑟说:“中国人的科学或原始科学思想，包含着宇宙间的两种基本力量或原理，即阴和阳，以及构成的一切过程和物质的‘五行’。”(《中国科学技术史》)“就《易经》学者直接感受到的范围而言，不管物质的提纯进展到哪一步，仍然是阳性和阴性结合在一起，尽管某一性在表面上可能占主导地位。”(《李约瑟文集·中国与西方科学上的交往》)

李政道:“‘测不准定律’和老子所说‘道可道非常道，名可名非常名’的意思颇有符合之处，所有近代物理学，与中国的太极和阴阳学说有相似的地方。”(1972年10月31日在香港大学的演讲)

至哉乾元!

大哉坤元!

至哉伏羲！

大哉伏羲！

伏羲风姓，我们也姓风。“姓”字的一分为二便是“女”、“生”，是血肉相关的父亲和母亲的血缘遗传。追溯这个遗传便是问祖寻根，知原达世，便是清人张澎所言：“参天之木，必有其根，怀山之水，必有其源。”

无处不在，无所不在的风啊！

伏羲为自己的民族命名为风，而称为“风族”后，八风浩荡，分化蔓延，于风姓之下自立氏名，氏名又传化为姓名、族名，如此往复，一姓之风，广布天下，演化出百家姓、万家姓，演化成经磨历劫、自强不息的华夏民族，在世界民族之林中源远流长，永葆青春。风，乃天下第一姓，《说文解字》：“风，八风也，东方曰明庶风，东南曰清明风，南方曰景风，西南曰凉风，西方曰阊阖风，西北曰不周风，北方曰广莫风，东北曰融风。”风字从虫，风动而虫生，泛指万物随风而复生。“风以动之，教以化之”，风是生命生生不息包括人类行为的一种象征。其中也包括了雌雄相诱、风动煽情之原始意涵，也有风姓之下交尾像生殖含义，例句如“风马牛不相及是也”。风行天下，何时不风？或者可以联想，伏羲之后中国人生养众多以及数不胜数的关于风的诗篇文章。又据典籍称，伏羲以木德王天下，主东方，苍色，东方之神。董仲舒在《春秋繁露》中说：“木者春、生之性。”东风花雨，源远流长矣！

一个时代结束了。

当这个时代行将结束时，伏羲的后人在南渐东进中，像种子一般，播向中国大地，直至天涯海角。风，起于青萍之末，鼓荡于万水千山。三皇而五帝而夏、商、周，春秋战国，刀光剑影，秦灭六国得一统天下，建立了华夏民族历史上第一个中华帝国，开国者秦皇嬴政，始皇帝也。查秦先祖伯翳，又称益、羿，秦人长于畜牧骑射，能打井，会养马。《路史·国名记》引《世本》称："淮夷嬴姓"，童书业先生也有此证，可见嬴姓与淮夷同祖，是伏羲母亲的后裔，同为风姓之后也，当然秦始皇要晚得多。伏羲出生地成纪即今之天水、陇西，即为后来的秦地，秦人不仅能打仗，还继承了伏羲的"荒乐"而能歌善舞，《李斯·谏逐客书》："夫击瓮、叩缶，弹筝博髀，而歌呼呜呜快耳目者，真秦之声也。""博髀"即扇子舞，"伏羲所在的秦地，是我国最早跳扇子舞的发祥地"（周祖昌语）。而击瓮、叩缶渐变为音乐中的"击节"之风，影响到我国后来梆子剧种的形成，秦腔首当其冲，京剧、山西梆子、河北梆子等均能听出秦时流风余韵。在历史的荒野上，伏羲与秦皇在我笔下的相遇，偶然乎？必然乎？

我们生活在历史中。

华夏民族是有 8000 多年历史的伟大民族，我们民族的第一个有名有姓的男人、第一个王叫伏羲，我们是羲皇子孙，面对那一张网，那些彩陶及刻画符号，以及博大精深的八卦，亲爱的朋友，让我们一起怀想洪荒年代，记住历史荒原上的那个地穴、荒门。

2007 年 9 月 7 日初稿

2009 年 12 月 29 日再改

2010 年 1 月 18 日又改

2012 年 10 月又改

于北京，一苇斋

第四辑

大荒四题

荒　沙

大荒者，大荒漠、大荒凉也。何以称大？因其细小而称大也。荒漠之中被称为沙的一个颗粒，其直径介于0.05毫米到2毫米之间，可谓细小。细小的沙粒相依相陈，弥漫无际，成为沙丘沙山。乘风而动，扬沙成暴，是为流沙。流沙奔涌若巨川，掩埋了西域三十六国、丝绸之路、明长城、古阳关，此非大乎？

中国沙漠、沙漠化土地面积为153万平方公里，占国土总面积的15.9%，超过全国耕地数，而沙漠化还在每时每刻推进扩大之中。

我被大荒召唤，也为历史吸引，沙的历史，荒沙掩埋的历史。中国西部为什么会有如此浩瀚的沙漠、如此细小的沙？而荒沙之下，除去楼兰女尸、流沙坠简之外，还有多少蛰伏的神秘与神圣？人在荒沙之中怎样生存怎样爱？怎样娱乐怎样死？当灵魂飞天，晴空之下、荒沙之上，会不会更加从容优雅？只要没有风，荒沙便宁静，宁静至极。荒沙的每一粒，如婴儿酣睡，铺陈于大漠的是梦、梦境，不可言说，能见其柔嫩的外表，起伏连绵，若塔若丘，是大漠之风随意为之的银钩铁画似的线条……

先造山，再造沙漠。沙是山和风与水的杰作，是作品，是大自然的艺术，“这种显现在作品中的光亮就是美，美是真理显现的一种方式”（海德格尔）。塔克拉玛干沙漠中，有一座名叫玛扎塔格的红山，红色的山，玛扎塔格是维吾尔语，“坟墓山”之意。在风化的岩石、岩层中，有零散破碎的海洋生物的化石——这里是 2800 万年前古地中海的海滩。不可思议的地质运动，将幽暗的海底抬升，成为山脉。红色是当初极为炎热、或者火山爆发的证明，零散的生物化石，记录的则是生命被粉碎的最后时刻。

曾经有更多的山与玛扎塔格山相望相闻，太多的山在风化与剥蚀之后，便任由热风揉搓，揉搓着巨大，揉搓着嶙峋，揉搓着最后的坚硬，揉搓成细小。这单个沙粒的细小，可以忽略不计，无数的细小，则成了无边的荒沙、无尽的燥热。坐在塔克拉玛干沙漠腹地的一个沙丘上，西下夕阳依旧如此炽热，我感觉着在极旱、极热时，生命怎样被丝丝缕缕地蒸发，却又不留痕迹，所有的汗水刹那间蒸腾散尽。

沙漠车的司机催我赶紧走。

我要再看一眼夕照大漠的辉煌，以及沙山沙丘之间的光亮，宁静的光亮，带着金色与红色的光亮。在塔克拉玛干，就连“十万大山”之类的词语都是苍白的，如此细小的沙粒，铺展、堆砌出如此浩大的沙漠，如今目力所及，都在落日余晖的观照下，绵延起伏，迤逦而去，交织着生的渴望，死的诱惑。光亮渐显暗淡，宁静变得深邃。月亮已经升起，很快便会明镜一般悬挂在大漠上空，荒沙也爱照镜子吗？沙漠中没有电灯，沙漠中只有夜的黑。

我感觉着苍凉。宁静中生命飘逝的感觉，其为苍凉乎？

感觉苍凉，就是感觉生命，感觉一沙一世界。

我与苍凉同在时，看见高大的倾坍了、粉碎了，细小的将与岁月共存。

当繁华时，我不是我；当荒凉时，我才是我。

面对沙漠就是面对两种极端：无风时的极端宁静安详，有风时的极端无序迷茫。就其本质而言，又该怎样言说沙漠？20世纪30年代，英国物理学家巴格诺尔德在考察利比亚的沙漠后说，在沙漠中“惊讶地看到一种形式上的单纯性、重复的准确性与几何的秩序性。在自然界中，在超出结晶规模的构造上，实为罕见”。让人目瞪口呆的是，“大量的重达数百万吨的沙子堆积坚持不懈，而又以规则的陈列沿着地面移动，并且保持它们的形状而增长着，甚至以模拟生命的方式繁殖着，即便最有想象力的头脑，也为之困惑不解”。

人的困惑是沙的荣耀。

大自然生成的一切，都是有序的生命体，是这个世界上人所不解的伟大艺术，并且显现一种真理，“所有的偶然都指向必然”（蒲柏）。

巴格诺尔德还在埃及西南部，“有两次，在寂静的夜晚”，突然听到沙漠中的轰轰隆隆声，“这个怪诞的合唱持续了5分钟”，鸣沙也。沙宁静，沙淡泊，沙细微，沙无声，沙何以鸣？韩愈谓：“大凡物不得其平者鸣”，“金、石、丝、竹、匏、土、草、木，物之善鸣者也。”土善鸣，沙何以不鸣？鸣沙处皆在沙丘沙山间，沙有不平也，风挠之者鸣。

鸣沙记载之于中国，早在2000年前，敦煌鸣沙山可证。而鸣沙山的存在更早于汉武帝设敦煌郡县前，很可能是牧人闻沙鸣，因有鸣沙名。

我走过中国八大沙漠，偶尔深入腹地旋即返回之外，更多是在荒漠边沿、风沙线上行行复行行。那是一览无余的敞开啊，何等胸怀，如此坦荡。但，随即我又看见了遮蔽，沙的层垒叠加之下是什么？在年降雨量不足30毫米、20毫米，年蒸发量超过2000毫米、3000毫米的极度干旱中，沙与草怎样生存？倘若人仍不以水为至珍至宝，何能得救？

无风时沙漠是宁静的，固定的沙丘是美的。风起沙扬成为沙尘暴，流沙推进时，这一掩埋家园、沙进人退的土地荒漠化的过程，则是人类的灭顶之灾。

荒沙是拯救者。

想到了大城中的奢华浮躁，挥霍浪费的水和食物。

人类面临着缺淡水、缺耕地的严峻时刻，唯敞开而又遮蔽的荒漠，才是阳光普照的思想库。迄今为止，除了石油和煤炭，我们一无所获，有权有钱的人离开大漠很远，人类仍然视大漠为畏途。

荒沙不是精神。

荒沙拥有精神。

2010年11月记于塔克拉玛干大漠油田

2012年10月写于北京一苇斋

荒 草

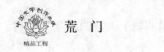

一个相对固定的沙丘之上，必有一种沙生植物如红柳、梭梭、骆驼刺、沙枣等生长其上。它们的使命是以根以枝以细小若针尖的叶子，抱住沙丘。它们不曾想到高大自己，因为极度缺水，也毫无可能高大自己。但因为它们的拥抱，躁动的沙丘安静了。腾格里沙漠边沿有一种植物叫白茨，在一个又一个沙丘的顶端，伸出一根又一根枝条，自上而下把沙丘揽入怀中，相亲相爱，相拥入梦。我曾小心翼翼地触摸过这样的沙丘，较之于暴晒的荒沙多了一点点湿润。有沙蜥在沙丘的背阳处悠然而过。还有沙雀——比北京的麻雀小而机敏——偶然光顾，不是成群结队，三两只而已，低飞，相逐，这一片荒漠因之生动。

沙漠中的每一种植物，都是一种神奇。

我曾在河西走廊的民勤县，和农民一起种梭梭。在沙窝里播种时必须要浇水，就浇这一次水，梭梭种子在争分夺秒地汲取水分 4 个小时之后便发芽，生命时速是如此迅捷而紧迫，急速地吸水，急速地与沙漠抢时间，急速地发芽生长，在被荒沙掩埋之前，长出一片、几片叶子。然后便是面对干旱、面对风沙，一无所求地守望家园。

"花棒"是荒漠低矮灌木中的另类，花色鲜艳，一朵接一朵的花开放于花枝，是有花棒之称，沙区农人也称之为"沙姑娘"。当沙丘之上这一片花棒闪现在眼前时，我跋涉的脚步顿觉轻盈，晃动在我眼前的是大漠中的神奇。梭梭、花棒等，是荒漠之中的"骨骼"，而更加低矮紧贴流沙的草本植物，则如同人的血肉皮肤，骨肉相连，便有了抗沙能力。

此类人工种植的低矮灌木高不足 2 米，年耗水仅为 100 毫米，不到相同面积的农田用水量的 1/15。两年补水，第三年可以自己平衡。干旱与缺水制约了沙漠中草木的生长，也造就了沙生植物不弃低矮的美丽与光荣。

红柳好伴生于胡杨林中，在没有胡杨的沙漠中，则独立沙丘、独自成林。其枝干坚而韧，好蔓延，交错缠结中覆盖着丈余高近百平方米的沙丘。很难分清这是红柳的根节，还是枝干，虬曲裸露于沙丘之表，一为抱沙使沙丘固定，二为吮吸沙漠之中极其稀罕的一点点露水，以维持红柳的生命，不致荒丘分崩、荒沙流离，人称红柳包。

坐在红柳包下小憩，置身红柳的盘根错节间，随手可拾的是已经枯亡的红柳根茎，没有人工砍伐的痕迹，那是红柳的自生自灭、自我代谢吗？在中国西部大漠中，我不能不放弃"婀娜多姿"之类的词汇，它们只有与沙丘相依为命的一种姿态。

这种姿态是植物世界中最艰难的生存状态。

它的美妙不仅在于固沙，而且富有启示，是无声的大漠呼告：这干旱而炎热的世界，才是真实的世界。

荒漠也大，荒草也众。我把沙漠中所有的低矮灌木与草木植物，统称为荒草，显然并不确切，那是我在大荒之中眼见的一种印象：它们几乎一律灰黄一律细小，除去胡杨，草木之间的界线早已模糊。也有例外如沙葱，嫩绿欲滴，使人想起帕米尔高原的古名：葱岭。在古代，这里到处都是野生的葱，是牧民、旅人难得的食用绿色植物。还有沙米、沙棘、沙苁蓉、沙甘草。有牧人告诉我，沙漠很富有，他养的羊因为吃各种沙生植物，毛亮肉鲜，就连尿的尿也胜过可口可乐，而羊粪蛋子便是“六味地黄丸”。

塔克拉玛干沙漠周边，不时有沙芦苇出现，与我故乡崇明岛的芦苇相比，极矮，高不过半米甚至更矮；没有叶子，有花、银白色的芦花，在骄阳下闪闪发光；芦苇不惧盐碱，好水，在这极旱的沙漠之地，芦苇何来？如果去博斯腾湖，那里的大片芦苇秆粗叶肥，晃动着，我的思绪被牵往遥远：当古地中海被逼退，塔克拉玛干沙漠成为2000多万年前的海滩时，芦苇是曾经的旺族，大芦荡的起伏汹涌替代了古地中海的波涛澎湃。在后来的继续抬升中，古海滩成为荒漠，却也留下了芦苇的种子和根。肯定有酷热与苦旱中的毁灭，也有冥冥中造物的美意，那留下的就是新的生命，寂寞而又不懈地与大漠厮守，回想那古海……

2012年立冬后三日，我从天山南麓的库尔勒赶往孔雀河北岸的尉犁县，尉犁又称罗布诺尔，以罗布泊得名，有最后的罗布人家。

车程100里，100里的荒沙荒草。

这是库尔勒难得的好天气，扬沙不再遮天蔽日，阳光照耀在荒漠戈壁上。起起伏伏大小不一的固定沙丘，与那些沙生植物一律灰黄色。红柳、骆驼刺、沙蒿、沙柳们，删除了植物世界几乎所有的姿色，只留下没有退路的抗争，全部的献身精神，成为一句箴言：“勇敢地完成你自己。”（尼采）

我已经在罗布泊边缘了。

每一丛荒草都是对水的思念。

还有那一家罗布泊的后人，主人高大粗壮披着皮袄，我叫他老罗布，他在一只小船上弹琴，那是罗布泊人的乐器，他是如今唯一能弹能唱者。我像一丛荒草坐在他身边，听老罗布弹拨历史，当他弹拨历史时，罗布泊曾经的水和鱼会到场，同时涌现的还有罗布泊的先祖。老罗布的太太正在烤鱼、烤羊肉串，她只是用温和善良的目光看着老罗布，听着弹唱，不说一句话。当琴声戛然而止，罗布人家及其周围的荒野沉浸在一片宁静中，宁静若老罗布的太太，靠着一根胡杨木柱，源源不断地从目光中流淌出古典的安详平和，还有对远方来客的祝福。

我吮吸着这一切，罗布泊边缘的宁静，友善与爱。

有胡杨在望，金色的树叶等待着风，等待着飘落……

荒草，草之美者也。

2012年立冬过了记于罗布泊边上

写于北京一苇斋

美丽传说

大漠深处，是美丽传说。是我们的先祖面对着天山、昆仑山、阿尔泰山的冰雪雄奇，以及浩瀚流沙的赞叹与想象，并且试图作出某种解释。久而久之成为新疆文化积淀中最迷人的一部分，给出了大荒之美美在何处的心灵图像。

所有的传说都是在很久很久以前了。

塔里木河，原名阿娜河，母亲河之意。

阿娜河流淌的是冰雪融水，河里有大鱼，水是甜的，阿娜河滋养的庄稼、牛羊与葡萄，都是甜的，阿娜河是流淌着蜜香的河。

有一年阿娜河突然断流，一个名叫塔里木的年轻人要去找水，可是这苍茫沙海哪里有水？有长者告诉塔里木：“你要在荒漠中找到一头鹿，鹿角所指便是有水之地。但你要走很多路，在阿娜河上游走6天，再往南部沙漠。”塔里木带着宝剑与热瓦甫，走进了大漠中，6天后，塔里木以仅剩的一点力气弹着热瓦甫低声吟唱：“我母亲一般的阿娜河，你为什么不再扬波？没有了你的奶和蜜，我的父老乡亲怎么活？呵！呵！阿娜河，母亲河，母亲河……”大漠中突然起风，扬沙集结成墙向塔里木压过来，然后又把他卷向空中，惊恐的塔里木落到沙丘上时，一头鹿正笑眯眯地向他走来：“塔里木，骑到我身上。”梅花鹿疾驰而去，停在一座大山前，“阿娜河水就是从这里的山洞流出来的，一次山崩后巨石把洞口堵死了。你要把巨石劈开，阿娜河就会流淌不绝。但是，你会被吸进山洞，然后死去。”塔里木：“我愿意死，也要让阿娜河有水！”梅花鹿：“看我鹿角所指，用你的剑在我鹿角上磨三下，去吧！”塔里木磨罢剑，转身而去，劈石，巨石分崩，流泉汹涌，塔里木已不见踪影，那一把剑和热瓦甫顺流而下。

从此阿娜河便成为塔里木河。

摩尔根说：“塔里木河流域是世界文化的摇篮，找到这把钥匙，世界文化的大门便打开了。”

孔雀河，没有比它更美的河流之名了。

塔克拉玛干曾经胡杨丛生，水丰草盛，维吾尔语意为“过去的家园”。西北有高山，东北有条河，岸边有一个叫塔依尔的皮匠，乐善好施，是穷苦农牧民的好朋友。和他相恋相爱的是财主买克巴依老爷的女儿索合拉罕，买克巴依为此震怒，“我的女儿怎么能嫁一个臭皮匠？”他决心把皮匠赶走，斩断女儿的情丝。月黑风高之夜，买克巴依一把大火烧光了皮匠的作坊，塔依尔远走他乡，索合拉罕离家出走，沿着塔依尔的足迹，在罗布泊找到了皮匠。从此，人们把这一条河称为皮匠河，按照维吾尔语的发音，汉语译称孔雀河。

那是一条因为爱而美丽的河。

孔雀河在断流之前注入罗布泊。在库尔勒东北的山谷中有铁门关，此刻，孔雀河正穿行于峡谷间。

2010 年秋，在塔里木河胡杨林中，我和一个维吾尔族朋友说起鸣沙，他告诉我，只要有风，大漠中还有另外一种声音，教人肝肠寸断的呜咽声，此种声音还关系到：大漠从何而来？

阿里普是闻名绿洲的猎手，他的邻居阿依古丽是和母亲相依为命、靠织棉刺绣为生的美丽姑娘。他们俩青梅竹马，准备成亲时，有个名叫巴依的富豪找到阿里普，要把自己的女儿嫁给他，阿里普说他只爱阿依古丽。几天后的一个夜晚，巴依趁阿里普进山打猎，便抢走了阿依古丽。当阿里普赶到时，巴依告诉他："只要你答应跟我女儿成亲，我马上放了阿依古丽。"阿里普抱起阿依古丽夺门而去，翻山涉水，巴依的打手紧追不放。走过一处戈壁，又爬上一座山，眼前是陡崖，阿里普一手抱着阿依古丽，一手以刀和打手们激战，一脚踩空，跌落悬崖，顿时山崩地裂，飞沙走石，风声中有阿里普的呼唤："阿依古丽——"

当风平沙静，景象大变：大山崩坍了，成为沙漠荒野，一望无际的苍凉。有风时，便有阿里普颤抖的呼喊、阿依古丽五内皆裂的回声……

新疆的地名与传说互为交织，且多古意，有历史的厚重感，又经汉语精心翻译，其命名之美让人击节三叹！

我曾踏访过帕米尔高原，塔吉克族男男女女所戴的帽子可谓精美绝伦，而塔吉克即为"王冠"之意，帽子是这一王冠族的一种象征吗？大约在公元2世纪前后，塔吉克人——中国唯一的白种人——又为什么选择帕米尔这山结之地营造自己的家园？在王冠一般的帕米尔高原，他们是想离太阳更近呢？还是冥冥之中阿波罗神的召唤？今天，终年积雪、戈壁连绵、山上不长树的帕米尔高原，却是塔吉克人的高贵与自豪，他们是传说中的"汉日天种"之后。

今天尚存的公主堡、石头城的遗址，是汉代被称为蒲犁国的羯盘陀国。公元643年，玄奘取经东返，经帕米尔，羯盘陀国王盛情款待，并自称为"汉日天种"，玄奘在《大唐西域记》中记道："自此山（即帕米尔，唐时称波迷罗，笔者注）中东南，登山履险，路无人里，唯多冰雪。行五百余里，至羯盘陀国。羯盘陀国周二千余里，国大都城基大石岭，背徙多河(即今之塔什库尔干河，笔者注)，周二十余里，山岭连属，川原隘狭，谷稼极少，菽麦丰多，林树稀，花果少，原隰丘墟，城邑空旷……今王淳质，敬重三宝，仪容优雅，笃志好学……其自称是至那提婆瞿祖罗，唐言汉日天种。”

何为“汉日天种”？人与太阳神之种也。

羯盘陀国先时的国王娶汉女为妻，时当战乱，遂安置于孤峰，筑石城，极危峻，梯崖而上，设警卫守护。三个月后，刀兵已息，正欲归程时，汉女已有娠。左右不胜惶恐，侍者却告之曰:“勿相尤也，乃神会耳。每日正午，有一丈夫从日轮中乘马会于此……以其先祖之世，母则汉土之人，父乃日天之神，故其自称‘汉日天种’。”(《大唐西域记》)

公主堡、石头城已成断垣残壁，有几根野草和野葱从断石间探出身来，世移时迁两千载，唯草与石仍可见证当年，见证“汉日天种”这一词语的美丽与不朽。凡不朽的词语必须是独特的词语，有神的信息的词语，而且是承载历史的词语。这样的词语便是诗。

城堡崩毁，门亦无存。

在慕士塔格峰下，沐浴于阳光，我呼吸着帕米尔的气息，岿岿高冈上的气息，无比清新、无穷荒凉的气息，那气息汇集成高原上的风，门关上了，门打开了……

2012年11月北京一苇斋

叶　骚

叶骚，秋风落叶之离骚也。

农人收获庄稼之后，秋风鼓动，大地便开始收获落叶，一片又一片，一阵又一阵，一层又一层。城里扫落叶时，山上、林中、荒野的落叶要幸运得多，它们随风起舞，若浮若沉，千种斑斓，万般姿态，然后优雅地飘落。等待着雨雪，从容朽腐。我曾追随大江南北、西部荒野的秋风落叶，至冬日，感觉着季节更替，死而复生的神奇美妙。

叶落悲秋，叶何以落？人何必悲？

冬日，万木萧萧之后，真个是风景不再，光阴凄凉吗？

这是个一言难尽的季节。对于所有的落叶林来说，尽管林地的封冻要稍晚于农田，却更适合于保留积雪，在中国北方的大小兴安岭，积雪如几尺厚的白色毯子覆盖了林下的一切，除了风声便是寂静。有最后的树叶飘零，落在雪地上，黄叶似金，红叶如火。

这是一个忙着落叶，忙着凋零，忙着死去，忙着再生的季节。当秋风凉意渐浓，冬日在望时，树木便自行关闭了它巨大、细密的供水系统，得不到水分供应的叶片开始枯黄、飘零，落叶之来由也。作为母体的树之所以舍弃为它带来风姿绰约的叶子，是为了维持那些伏藏在树根、树干和树枝细胞中的水分，然后休眠。我们看见的冬日凋零的树，是睡眠的树，是站立着做梦的树，是落叶簇拥的树。森林中的落叶如同森林土壤中的微生物一样不可胜数，有外国森林学家估算，在0.4公顷即一英亩的林地上，落叶约达一千万片之多。所有的落叶不可能再回到树枝上，但，在它们飘落之前，原来的叶柄基部相连处，一个新芽已经生成。对于树木而言，我们通常说的春芽其实是冬芽，冬是春的孕育者。回想落叶，它的飘零意味着双重别离：脱落母体，一别也；辞离新芽，又别也；其于风中旋舞，不舍也；偶发鸣声，若骚歌也。

生离死别，非止人间。然草木以其柔弱，却能驰骋生灭，秋则藏，冬则生，春夏而荣，如是往复，原始返终，悲也喜也，悲喜如常也。

对于树木而言，通常情况下一叶落即意味着一芽生，四时更替，落落无尽，生生不息。一株合抱粗的大树有几百万个冬芽，伴随着人及万类万物从严寒而向绚丽。只要有树就可以看见这包孕春天的芽，柳树的芽细小之极，星星点点不为人知，玉兰树宽厚的叶子似乎脱落得更早、更彻底，但那毛茸茸的冬芽却格外醒目。每一种树的冬芽各有特色，每一个冬芽都是一个真正完美的雏形，包含一切——新枝新叶或花的全部生命要素，一群具有迅速分裂能力的细胞，一组严密地包裹胚叶的鳞片。这些鳞片里面，是柔嫩的胚叶，极其紧密，或卷而叠之，或折而叠之，美妙、精巧之极，除了造物，孰能为之？待春风又回，阳气上升，所有这些冬芽便完美无缺地开放、舒张，成为青枝绿叶，是时也，生命时速加快，冬眠者醒来，南下者北归，走兽巡游，鸣声争斗，花叶繁忙，虫事繁忙。曰春，曰夏，又骚，又动。

木棉与玉兰会先开花，金杯银盏似的花，张开，显露着植物性器官的芬芳艳丽，然后生长叶子。这使我想到在秋深落叶时节，阔厚的玉兰树叶因何先行飘落，也就是说为了明春的花朵，玉兰的冬芽孕育得更早，比起柳芽之细小，可谓大壮也。并非所有的阔叶树都是争先落叶的，在城市园林中梧桐树巴掌大的叶子，在枯黄以后仍然不舍枝头，一棵成年梧桐树的巨型树冠上，青黄并存，斑驳相间，有大群的麻雀栖居，“啾啾”于冬初，静候着早春。

每一片落叶都是飞动的启示。

每一棵树木都是挺立的神圣。

秋天，我去辽宁本溪的红叶沟，满山遍野的红叶和黄叶，铺出了一条厚达尺许的落叶小道，阳光从林子间照射其上，那金色、那红色、那半红半青色闪烁跃动美不胜收，令我却步。有当地艺校的孩子们在写生，我便看这些男孩女孩画山、画树、画一片落叶，除了山风携最后的落叶飘然而至，红叶沟静极，只有画笔的勾勒、心灵和手的移动，在方寸之间，我看见了大地落叶在孩子们的笔下，是如何成为作品的。或可说在红叶沟的美与作品美之间，那凋零的树、那即将朽腐的叶、那枯山瘦水告诉我“美是显现真理的一种方式”（海德格尔），是骚动之后的坦然、宁静、简洁。

我从本溪又一次赶往新疆塔里木河胡杨林，在33万平方公里的塔克拉玛干沙漠中，胡杨是不可思议的唯一高大乔木。胡杨林散落在塔里木河两岸，也有零星的甚至独株胡杨耸立在大漠深处。秋冬时节，塔克拉玛干沙漠较之春夏相对平静，大部分时间，风蛰伏在乌兹别里山口、蒙古高原。胡杨林中厚厚的落叶层还在继续变得深厚，胡杨叶大小形状不一，一棵树上同时长着杨树和柳树叶子，胡杨的古名叫胡桐，也称异叶杨。胡杨树顶端飘落的是宽阔的掌形大叶，这使我惊讶的大叶子，是努力接近太阳的叶子，它们有使命：最大限度地进行光合作用，制造生命的能量，以维持这一棵高达三十米的大树的生存。树顶以下，叶子便成为细小的条形叶，且有角质如一层蜡包裹着，为使水分的蒸发减至最少。

金色胡杨林啊，金色落叶层。不知道塔克拉玛干大漠中，今年是否有雪？不知道一年一度的洪水会不会如期而至？

胡杨雌雄异株，胸径可达 1.5 米，树皮呈灰褐色、铁灰色。因为风沙经年累月的打磨，其树干浑身伤疤累累相叠，布满不规则的纵裂沟纹。有的树心已经朽腐，可见一个黑色大洞。落叶之后，胡杨赤条条无遮蔽地兀立于大漠，有铁干虬枝伸出，伸出苍凉也伸出傲然，把苍凉和傲然一起伸向远方。

远方何方？有水一方。

见过胡杨花的人是幸运的。雄蕊与雌蕊的花粉、花柱均为紫红色。胡杨的花期很短，风，这时候特别需要有风，哪怕是不大的风，胡杨雄树的花粉随风飞扬，寻找另外一棵开花的雌性胡杨。当种子挂满枝头时，胡杨耐心而又焦虑，它在等待，虽说等待总是美好的，可是又有谁能体会洪水到来之前的焦灼？胡杨的种子找到了水，就有了生存壮大的机会，所有沙生植物为了哪怕一线生机，都会奢侈地生出更多种子，胡杨尤甚。一株雌性胡杨孕育了数以亿计的种子，而每一粒种子的重量，则为万分之一克，种子身上长满白色茸毛，在空中可以助飞，落地后则抓住稍带潮湿的土地，它要生根，它要长成一棵新的胡杨。能得此机会的胡杨种子寥寥无几，更多的在热风中死亡，埋没于塔克拉玛干沙漠中，这里的年降水量不足 30 毫米，年蒸发量超过 3000 毫米，干旱是永恒的主题，水是永恒的梦想。

夏日，塔里木盆地周边山上冰川融化，成为河流，洪水的来到，是胡杨种子唯一生机。沙漠无河床，塔里木河像脱缰的野马河，但为什么不能说，这一条新疆的母亲河正在寻找新疆绿洲不可或缺的胡杨的种子呢？当种子飘落河水，等待已久将要干枯的种子 6 秒钟之内便吸饱了水，趁水温升高时迅即发芽，它的茸毛仍然在帮助它游到岸边沙滩，然后以一粒种子吸饱水以后的全部能量扎根。洪峰过后的河流岸边会有泥沙淤积，很多沙生植物的种子已经集积于此，在这悄无声息、鲜为人知的集结中，胡杨也找到了自己的摇篮。

塔里木盆地、塔克拉玛干沙漠夏日的风啊，有沙子也有太多胡杨的种子，在寻觅，在游荡。我曾呼吸在夏日之塔里木河畔，胡杨的种子也从此流淌在血液中。当秋风又起，无论我行走何方，心里都会流溢金黄，那是我时时可以触摸的金色胡杨的风景，那些已经飘落将要飘落的叶子，又在我心中飞旋，发出呜声：水！水！水啊水！

叶骚，大漠荒野之呼告也。

2012 年 11 月记于塔里木河畔

写于北京一苇斋

图书在版编目（CIP）数据

荒门/徐刚著. －北京：作家出版社，2013. 1
（中国作家精品文库）
ISBN 978－7－5063－6746－2

Ⅰ.①荒… Ⅱ.①徐… Ⅲ.①散文集－中国－当代
Ⅳ.①I267

中国版本图书馆 CIP 数据核字（2012）第 291319 号

荒　门

作　　者：徐　刚
责任编辑：史佳丽
装帧设计：曹全弘
出版发行：作家出版社
社　　址：北京农展馆南里 10 号　　**邮编**：100125
电话传真：86－10－65930756（出版发行部）
86－10－65004079（总编室）
86－10－65015116（邮购部）
E－mail：**zuojia@ zuojia. net. cn**
http://www. haozuojia. com（作家在线）
印　　刷：北京谊兴印刷有限公司
成品尺寸：152×230
字　　数：225 千
印　　张：19
版　　次：2013 年 1 月第 1 版
印　　次：2013 年 1 月第 1 次印刷
ISBN 978－7－5063－6746－2
定　　价：29.00 元